译文纪实

The Poisoner's Handbook
Murder and the Birth of Forensic Medicine in Jazz Age New York

Deborah Blum

[美] 黛博拉 · 布鲁姆 著　　温华 译

毒理学破案手册

上海译文出版社

献给豪根一家——戴夫、海伦、彼得、

特丽卡，还有爱的记忆中的帕梅拉

目　录

序言　下毒竞赛

直到十九世纪早期，还极少有工具可以检测尸体中的有毒物质。有时候，调查者会从死亡之前的极度痛苦推断出毒物，或者通过将受害者的最后一餐喂给动物来立案，但更常见的情况是，下毒者会逍遥法外。其结果就是下毒杀人盛极一时。毒杀在消除挥之不去的困难——比如富有的父母活得太长这类情况——时是如此常见，因此法国人给化学成分砒霜起了个绰号，叫“继承药粉”。

一八〇〇年代的化学革命改变了这类谋杀的相对容易性。科学家们学会了分离和辨认组成地球上生命的基本元素与化合物，并逐渐建立了一份目录：化学元素周期表。一八〇四年，钯、铈、铱、锇、铑元素被发现；一八〇七年，钾和钠被分离出来；一八〇八年分离出了钡、钙、镁和锶；氯的分离则是在一八一〇年。研究者们一旦了解了单个元素，便会进一步研究其相应的化合物，考察各元素是如何结合在一起，成为独特的化合物或者常见物质的，例如钠-氯化合物就产生了基本的食盐（NaCl）。

研究基础化学的科学先驱们不会专门考虑毒药的事。但其他科学家会。一八一四年，在这波科学发现的热潮当中，西班牙化学家马修·奥菲拉出版了一部有关毒药及其检测的专著，也是同类书中的第一部。奥菲拉怀疑，像砒霜这样的金属性毒物在人体组织中可能是最容易检测的，他由此出发展开了研究。到十九世纪三十年代末，已经发展到了进行分离砒霜的首次实验。十年之内，更加可信的实验被设计出来并且成功地应用于刑事诉讼。

然而，正是这种使分辨老式毒药成为可能的科学原理，也让新式毒药的致命组合变得唾手可得。吗啡在一八〇四年被分离出来，同一年，钯被发现。一八一九年，从亚洲马钱树（拉丁文名字 Strychnos nux vomica）的种子里提取出了马钱子碱。致命化合物毒芹素也于同一年从铁杉中分离了出来。化学家在一八二八年从烟叶中巧妙地提取出了尼古丁。被一位毒理学家描述为“高纯度状态下可能是人类已知最具潜力的毒药”的乌头碱，于一八三二年在开着美丽花朵的附子类植物中被发现了。

尽管研究者们已经学会分离这些生物碱——其中混合着部分氮的有机（碳基）化合物——他们却并不知道如何在人体组织里找到这些毒药。奥菲拉本人进行了一次又一次失败的尝试，担心这是个不可能完成的任务。一位恼火的法国检察官，在十九世纪中叶一个涉嫌用吗啡谋杀的审判中宣称：“从此以后，我们可以告诉未来的那些投毒者，不要使用金属性毒物了，因为它们会留下痕迹。用植物性毒药吧……什么都不用怕，你的罪行不会遭到惩罚。没有犯罪事实（物理证据），因为根本没法发现它。”

由此开始了一场致命的猫鼠游戏——科学家和下毒者成为敌人，要在智力上一较高下。一把枪也许会在盛怒之中开火，一块石头会被不小心扔出去，一把铁铲会在盛怒中挥起来，但致命的毒药却需要精确的算计。因此，一点也不令人意外，当砒霜这样的金属性毒物在人体内已经可以检测到时，明智的杀人者都对它们退避三舍。十九世纪中叶英国一项关于毒药诉讼案的调查发现，砒霜杀人案在下降。同时，更加棘手的植物类碱在杀人犯中变得更流行了。

作为回应，科学家们也加紧了在人体组织中捕捉生物碱的努力。终于在十九世纪六十年代，一位离群索居又专心致志的法国化学家让-S.斯塔弄清楚了如何从尸体中分离出尼古丁，一种烟草里的植物碱。其他植物性毒药很快变得更易获得，这下化学家们能够为刑事调查提供新的帮助了。于是，毒理学日益成为需要被认真对待的领域，尤其是在欧洲。

相关知识与科学测定方法跨越大西洋传到了美国。一八九六年问世的《法医学与毒理学》一书，由纽约一位化学家和一位法学教授合写，记录了科学家与谋杀者之间依然激烈的竞赛。在纽约一个值得注意的案例中，一位内科医生用吗啡杀死了自己的妻子，然后将颠茄滴入她的眼睛，以消除会暴露实情的瞳孔收缩。直到哥伦比亚大学化学家鲁道夫·维特豪斯，一八九六年那本书的作者之一，在法庭上用同样可怕的方法向陪审团证明了这个过程，那位内科医生才被定罪。维特豪斯承认，那番演示中的表演技巧与科学成分不相上下，毒理学仍然是一个充斥着“无法回答的问题”的原始研究领域。

在二十世纪早期，工业创新让大量现代毒药涌入美国，为聪明的下毒者创造了新的机会，也为该国早期的法医侦探带来了新的挑战。吗啡进入了治疗婴儿牙痛的药品目录，鸦片成为常规处方镇静剂，砒霜则是从杀虫剂到化妆品几乎任何东西里的成分之一。汞、氰化物、马钱子碱、水合氯醛、氯仿、硫化铁、乙酸铅、石炭酸等，新的化学产品摆满了医生办公室、商店、家里、药房和杂货店的货架。一战期间，毒药成了作战武器，为一战赢得了

"化学家战争"之名。伴随着禁酒令的开始，一场新的化学战争在酿造私酒者与官方化学家之间激烈展开，后者努力使私酒成为一种致命的混合物。在纽约烟雾缭绕的爵士酒吧里，每一轮鸡尾酒的调制都变成了一场俄罗斯轮盘赌。

几乎还未成型的毒理学根本无法与毒药的泛滥同步。虽然几位顽强的研究者一直在出版相关指南并编撰这一学科的教科书，但仍然有太多的新化合物并未得到分析，而大多数医生对这一学科知之甚少，或者毫无相关训练。

但是，在一九一八年，纽约市进行了一次彻底改变毒药游戏的激进改革，将毒理学置于头等重要的地位。在一系列涉及验尸官贪污和凶手逃脱法律制裁的丑闻的助推下，该市聘用了首位训练有素的药物检测者，一位名叫查尔斯·诺里斯的超凡的病理学家。甫一上任，诺里斯就迅速聘用了一位名叫亚历山大·格特勒的异常勤奋又极具天分的化学家，并说动他创建和领导该市的首家毒理学实验室。

诺里斯和格特勒共同将这个国家的法医化学提升为一门令人敬畏的科学。通过开拓性的科学侦察，他们在法庭上赢得了受人尊敬的地位，讨伐了威胁公众健康的化合物，阻止了爵士时代①的许许多多下毒者。随着他们坚决地克服每个新案例中面临的障碍，从人体组织中提取毒素的创新实验方法也得到了发展。他们

① 指一九一八年一战以后、一九二九年经济大萧条以前的这段时间。其间，美国经历了十几年的飞速发展，经济、社会、文化等方面巨大进步，迅速晋升为全球最富裕的国家。发达的经济实力大大改变了美国人的生活方式，传统的清教徒道德被抛弃，取而代之的是金钱至上的享乐主义。亦称作"喧嚣的二十年代"。——译者

的科学贡献成为未来一代的宝贵遗产。

然而，我们的故事开始于查尔斯·诺里斯和亚历山大·格特勒上任之前，亦在法医毒理学被公认为一门完全站得住脚的科学之前。故事从这个城市冰冷灰暗的一月开始，此时，一个看起来特别不像杀人犯的连环杀手，决定在毒药竞赛中采取行动。

一　氯仿（$CHCl_3$）

一九一五

当然，故事要从一九一五年那个该死的冬天说起。当时，暴风雪冻住了整个城市，[①] “伤寒玛丽”[②] 悄悄溜了回来，[③] 曼哈顿的验尸官被发现在犯罪现场烂醉如泥，而那个发疯的小门房承认自己是八个下毒案的凶手。

起初，这一招认似乎更多只是全城一片疯狂的表现。那个冬天的纽约陷入了泥潭，马车歪歪扭扭经过大雪覆盖的百老汇，有轨电车因为铁轨被沉重的冰雪压垮而卡在了从布朗克斯到科尼岛的沿线。街道专员雇用了一万五千名被他称为“冰雪战士”的工人去清扫道路。然而，就在这些战士又铲又切时，新雪仍在不断落下，给积雪又添上了危险的一层。

在天空阴沉街道冰冻的这些日子里，市政府还在极力阻止一场突如其来的伤寒爆发。该市最臭名昭著的病菌携带者“伤寒玛丽”，违反从疗养院保释的条件，在当地一家医院做了厨师。在他们设法追查她的行踪并将她抓回去——当时她大喊大叫，咒骂他们是在迫害她——之前，已有二十五人生病，两人死亡。

该市的验尸官在相关调查中已不再有任何助益，如果说他曾经帮上过忙的话。

相反，帕特里克·赖尔登试图用花言巧语来摆脱关于自己醉醺醺地去工作的指控，[④] 一位愤怒的目击者指出，他跌跌撞撞地来到一个死亡现场，用他“呆滞的眼神和傻笑的脸”嘲笑尸体。提起这次指控的时间是在第九大道高架上的一次车祸之后，这条拥挤的通勤线由私营的区间快线公司运营。

撞车事件发生在几周前，也就是十二月的最后几天。报纸上描述的事故现场就像去地狱里走了一遭——车身撞上等在第八大道和一一六街车站的一辆快车时，火焰迸发，碎片四溅。强大的冲击力将木制汽车推向空中，瞬间变成了一座耀眼的金字塔。飞溅的火花点燃了站台，乘客们目瞪口呆，赶紧鲜血淋漓地逃向大街，踉踉跄跄地从七十五英尺高的轨道上踩着摇摇晃晃的楼梯下来，在火光照亮的黑暗中，围观的人们挤在一起，一有人掉下来就冲上前接住。两名火车工人在这一撞中身亡，还有十几名工人

---

① “Blanket of Ice Covers the City,” *New York Times*, February 3, 1915, p. 5.

② 一九〇六年夏，纽约某银行家偕全家去长岛消夏，雇玛丽做厨师。数月后，全家及佣人相继感染伤寒。专家将目标锁定在玛丽身上。经详细调查玛丽此前七年的工作经历，发现她的每个工作地点都暴发过伤寒，最后，当地卫生官员带着救护车和人找上门，不顾她的挣扎反抗把她送往医院，又在检验结果出来后把她送进了纽约附近某岛上的传染病房。但玛丽不信医院的结论，向卫生部门上诉，再加上媒体报道的煽情，卫生部门一九一〇年二月与玛丽达成和解，解除对她的隔离，条件是她不再做厨师。一九一五年，纽约一家妇产医院暴发伤寒，卫生部门很快在该医院的厨房找到了已改名“布朗夫人”的玛丽。医生对回到小岛隔离的玛丽使用了治疗伤寒的药物，但伤寒病菌仍一直顽强地存在于她的体内。她也被称为人类历史上第一个“无症状感染者”和“超级传播者”。——译者

③ “Caught at Last,” *New York Sun*, March 31, 1915, p. 6; “Typhoid Mary Reappears,” *New York Tribune*, March 29, 1915, p. 8.

④ “Wallstein Attacks Coroner Riordan,” *New York Times*, January 10, 1915, p. 20; “Shonts asks for Coroner's Removal,” *New York Times*, January 28, 1915, p. 8; “Riordan Drunk, Murphy Declares: Assistant District Attorney Tells of His Conduct at Accident Inquest,” *New York Times*, April 7, 1915, p. 6.

及乘客因烧伤、挫伤和受惊去医院寻求治疗。

报纸也对当晚验尸官的形象提供了令人难忘的描写。事故发生八小时后，时针即将滑过凌晨两点时，赖尔登终于缓缓走进了停放着尸体的警局。警官说，一位助手搀扶着他，他块头很大，一个人的重量把两个人都压歪了。赖尔登低头看了看两名死者，当警察告诉他一个人叫约瑟夫·柯林斯、五十二岁，一个人叫戈特利·布明尼克、二十七岁时，他突然打断警察的话，口齿不清但足够让人听明白地说："两个这样的名字就把我们在这样一个夜晚拖出来，真丢人。"上述一切都以报道该事故的记者的笔记为依据，这位记者为引发正式调查赖尔登工作出了力。

接下来，自然就是一九一五年一月，在验尸官烂醉、街上有"冰雪战士"、病房里有霍乱的那几个月里，一个自命为连环杀手的家伙走进了地区检察官办公室，全盘托出了自己下毒及谋杀的离奇故事。

弗雷德里克·莫斯是个小身板儿，不仅矮小而且瘦削，紧张兮兮的。[①] 他有一双细长的蓝眼睛，黑发略显蓬乱，胡子上落满烟灰。他不停地抽烟，抽那种香喷喷的埃及烟，一边讲着自己的故事，一边踱来踱去。他刚从维也纳移民过来，英语说得很慢，磕磕巴巴，警察只好找来一位翻译。"哦，但愿我英语说得再好一些。"和警察初次会面时他这样叫喊道。尽管如此，警察还是可以把这个故事拼凑完整的。

他于一九一四年初由奥地利来美，想从事医学工作。他在扬

---

① 莫斯的故事，维基百科上可以找到，上面称他为连环杀手，详见：http://en.wikipedia.org/wiki/Frederick_Mors。在有关真实罪案的网站 CrimeZZZ.net 上的连环杀手分类中，在 Carl Menarik 后面可以找到他的名字，详见：http://www.crimezzz.net/serialkillers/M/MENARIK_carl.php。

克斯（Yonkers）的德国共济会之家找到了一份护工工作。[1] 这家收容所收留了二百五十个弃儿和一百个领养老金的老人，薪酬只有一点点——每月十八美元外加食宿——但允许莫斯实践他的医学兴趣。而他很快“就把自己锻炼成了一名护士，因为上面那些人发现我对护理有些了解，比大多数护工受的教育都好”。他说，不久以后，主管就请他去承担另一份工作，帮助“送”一些病得极重且花费最多的住客“上路”。

在接待室里，莫斯耸耸肩，又点燃一支烟继续说了下去。莫斯很清楚，那主管是个恶霸，顺他者昌，逆他者亡。可是这份工作，他详细解释说，对他来说并不特别伤脑筋。“那其实是好心做好事。那些人都承受着难以置信的巨大痛苦，他们没有任何活下去的机会。无论在身体上还是精神上，无论对他们自己还是对别人，都没有快乐可言。”[2] 他认为，唯一的挑战在于如何完成这个

---

① 用户名为 Squad Room 的博客将这个德国共济会之家称为“纽约警察局调查的第一起连环杀手实施大规模谋杀的现场”，详见：http://brooklynnorth.blogspot.com/2002_03_01_archive.html。所有的人都说这个德国共济会之家不是什么好地方，甚至说它充其量就是个为连环杀手提供的场地。报纸上说，为孤儿提供职业培训需要国家出钱，然而，与其说是培训他们，不如说是让他们去从事卑微的劳动。纽约市慈善事务专员做的一项调查得出结论，这里的情况在一些育儿院中是具有代表性的，“苦工”和“童工”是这类育儿院的日常运作的一部分。

② 莫斯通常被认为是连环杀手，尽管官方调查员连法庭都没有送他去。我对他的故事的研究大多来自报纸上的报道，包括《纽约时报》，如：“Killed 8 In Home He Tells Perkins,” February 3，1915，p. 9；“Indorse Queer Tale of Killing The Aged,” February 6，1915，p. 1；“May Indict Three For Deaths in Home,” February 7，1915，p. 1；“Chloroform Burns Point to Murders,” February 8，1915，p. 1；“Girl Saw Mors in Death Chamber,” February 9，1915，p. 1；“Deaths Continued After Mors Denial,” February 10，1915，p. 1；“Mors Killed As Act of Kindness，He Says,” February 12，1915，p. 6；“Mors May Go Free Despite 8 Deaths,” February 11，1915，p. 18；“May Not Try Mors on Murder Charge,” February 13，1915，p. 10；“Bangert Confronts His Poison Accuser,” February 15，1915，p. 5；“Mors Escapes From Asylum,” May 12，1916，p. 11。

任务。考虑过各种可能性之后，他认定下毒是再明显不过的答案了。在一个都是老弱病残的地方，让死者看上去只是大限已至将是很容易的事。

共济会之家的护理药房存放着一个女巫的毒药箱，负责保管的是个年轻的孤儿，她靠这个挣自己的生活费。箱子里有装满乙酸铅的瓶子，那些银色的晶体曾被用来治疗皮疹；有可待因、吗啡、鸦片粉之类的止痛药；有阿托品，提取自茄科植物，为减慢的心跳提速；有用于麻醉的香气扑鼻的氯仿；白色的砒霜粉末，是用来治疗从梅毒到牛皮癣的各种疾病的；还有用作能量补充药剂的马钱子碱，以及治传染病用的水银。唯一的问题是，哪一种最适合他的目的。

莫斯首先试了砒霜，但那个被选出来做实验的老人并未如他预期的那样死去。老人极其痛苦，接着发展为一种进行性麻痹，又悲惨地活了几天。莫斯发现，自己还得负责没完没了、精疲力竭的护理工作。那对受害者和他本人都太可怕了，他说。后来，他们埋葬了那个人——管他叫什么呢，他不记得了——大家都大大地松了一口气。

他回到了配药室。也许，是气味，是空气中那种甜甜的化学品味道的刺激，是那种含糖的诱人的保证，让他下了决心。他对着警察笑，告诉他们为何他对自己的第二个选择如此高兴，他说："你给一个老人氯仿的时候，就像哄一个孩子睡觉一样。"

房间里没有一个警察把氯仿当成摇篮曲。①

---

① 氯仿的历史，是 Linda Stratmann, *Chloroform: The Quest for Oblivion* (Phoenix Mill, Gloustershire: Sutton, 2003) 一书中的主题，这本书非常引人入胜。另外，亦可参见：Witthaus and Becker, *Medical Jurisprudence*, pp. 850 – 54; Peterson, Haines, and Webster, *Legal Medicine*, pp. 639 – 49; Gonzales, Vance, and Helpern, *Legal Medicine and Toxicology*, pp. 742 – 45; Gonzales et al., *Pathology and Toxicology*, pp. 795 – 96。

他们的经验正好相反。他们知道这东西纯粹就是毒药，是罪犯尤其是小偷常用的一种，小偷们早就发现，去打家劫舍时对于有人在的人家它很管用。自从二十世纪初以来，这种做法日益流行起来。抢劫者会敲响一间公寓的门，把浸了氯仿的破布捂到开门人的脸上，在受害者尚无知觉时拿走想要的一切。“盗贼使用氯仿：袭击某公寓一女子，抢劫她之余还剪掉了她的头发。”这是《纽约时报》一九〇〇年三月的一个标题。制作假发的漂亮头发与某些珠宝一样昂贵，报纸指出。一九〇七年，还有窃贼在搬空一家之前“把整个一家人都麻翻了”；火车抢劫犯麻醉了满满一车厢的乘客，将所有口袋和钱包洗劫一空；举办派对的人将氯仿放进客人们的酒水，然后扫荡他们的钱包，带着三千块钱消失不见了；一九一〇年，抢劫者在繁忙的曼哈顿街头用氯仿麻醉了一位检察官，扯掉了他沉甸甸的镶钻金戒指，并消失在人群之中。氯仿偶尔也在真正的悲剧中发挥作用：一九一一年，长岛的一位父亲用氯仿杀死了儿子和两个女儿，然后留下一封绝命书，跳进了灰暗的大西洋。

莫斯喜欢氯仿的高效。他不费吹灰之力地用它又杀掉七位住客。它真是个绝妙的毒药啊，他说，也许那过分甜腻的味道有点倒胃口——但其致命性却是完美的、可靠的。

倡导将氯仿用作麻醉剂的医生在被氯仿搞得不省人事之后，也终于意识到了它的潜力。詹姆斯·扬·辛普森，爱丁堡的一位医生，一直在寻找某种用于外科手术和分娩的优于乙醚的镇痛剂。乙醚的生效慢得令人崩溃，而且闻起来很糟糕，刺激肺部，还容易起火，在外科医生常常在烛光下工作的时代，这带来了一定的风险。

辛普森和他的两个实验助手决定在自己身上做试验，直到找出管用的物质为止。他们已经尝试并排除了包括丙酮及苯在内的几种化合物，在一八四七年十一月四日的晚上，他们倒出了几杯氯仿，然后把脸埋进了杯子上升起的蒸汽当中。不到两分钟，三个人就全部不省人事地躺倒在桌子下面，就像辛普森后来所写的那样，“一转眼就到了桃花心木桌下面”。他们或许在半小时后清醒了过来，头晕眼花，但可喜的是毫发无损。“这将改变世界。”他认为。

接下来的五十年里，氯仿越来越受欢迎。每个药店都储备着它，除了个别谨慎的反对者外，绝大多数医生都在处方中大量使用它。它被混合在止咳糖浆及擦剂当中；它被用作镇静剂、助眠药、止痛药，用来治疗酒精依赖症、打嗝、晕船、腹部绞痛、呕吐和腹泻。没有一个人特别清楚它是如何起作用的，它似乎就是会让人体放松下来，会镇静大脑，让病人滑入非常渴望的昏迷状态。

然而，医生们使用氯仿越多就越是认识到，它是种变化无常的麻醉剂。有报告说，病人甚至没等外科医生拿起手术刀，就莫名其妙、出人意料地死在了手术台上。病患会渐渐陷入氯仿导致的无意识，而且就那么一直昏迷下去。呼吸会减弱为单纯的喘气；心跳会以不断变慢的节奏减弱。警觉的医生开始记录死亡病例。平均下来，氯仿麻醉似乎在每三千个病人中至少杀死一个。

没有人知道如何处理这种情况，因为没有人知道它是如何发生的。

氯仿是种相当简单的化合物，是并不复杂的碳、氧和氯的组合。然而不知何故，这简洁的混合物却形成了一种不受控制的化学危险品，没有预兆或明显的原因就会置人于死地。医生们甚至不确定到底多少才是安全的剂量。一个病人吸了三分之一盎司后死亡，另一个人，众所周知的氯仿上瘾者，在吸入此药一夸脱之后才屈服。氯仿对儿童、老年人和酗酒者最危险，这不足为奇，但它也会出人预料地杀死健康的人。

在二十世纪初，英国医学会称氯仿为已知最危险的麻醉剂，美国医学学会强烈要求各医院彻底停止使用。但是，要氯仿从药房货架上完全消失还得再等上几十年。当弗雷德里克·莫斯从配药室的架子上拿起氯仿瓶子的时候，氯仿仍然在广泛使用，仍然广为人知，不过是因着其效果神奇而非会让人丧命。

穿着黑羊毛套装的警探们开始成为共济会之家的一道熟悉的风景，他们嗵嗵嗵地穿过那里的木结构大厅，打开衣柜，查看床下，提出问题，查证莫斯的故事。调查者看到得越多，疑问就越多，也就越是怀疑这个疯狂的小男人可能在说真话。

例如，他们发现一本德文的毒药小册子藏在他的衣柜深处。他们召集了相关人等来确认他故事的真伪，打头的是那个在灵堂工作为共济会之家提供丧葬服务的入殓师。莫斯曾告诉警察，他从前杀一个老人时往抹布上倒了太多的氯仿。这种腐蚀性的液体在那人嘴巴周围留下了红色的印记。当时入殓师问起了这片伤痕，借此警告他。按照莫斯的供认，从那以后，他在用氯仿之前都会在病人嘴巴周围涂抹凡士林。

入殓师当即证实了莫斯的陈述。他记得自己当时被皮肤上那种不规则的红色伤痕吓了一跳。他见过在外科手术期间死去的病人脸上的氯仿灼伤。莫斯告诉他，这是自己在那人死后用一块布为他合上嘴巴时擦伤了他的脸。这说法迷惑了入殓师。共济会之家以前从未那么做过。那块伤痕也并不真像是一块布擦伤的。但毕竟只是又一个老人死掉了，而且下一具尸体上也没有再出现类似的损伤，因此他也就随它去了。

由此引出了另一位证人——在病人被发现死去之前两小时，曾看到莫斯往老人脸上抹凡士林的护理员。莫斯曾向他解释说，抹凡士林可以让殡仪员给尸体刮胡子时更容易一些。那位护理员十分惊讶——毕竟，那个老人还在呼吸呢。莫斯告诉警察，这次尴尬的遭遇之后，他换了另外一种方式，就是把浸了氯仿的药棉塞进被选中的受害者鼻子里。当警察搜查莫斯的房间时，在他的一件大衣口袋里发现了棉花和镊子。

入殓师很不喜欢莫斯。他发现此人虽然能干却很冷漠，“对共济会之家里的那些人的苦难和死亡漠不关心”。老年住客们也不喜欢他。他出了名地喜欢威胁那些牢骚太多、坚持要额外照顾的住客。掌管护理药房的那个十四岁女孩告诉警察，莫斯曾跟她谈及住客们的无用，还说处理掉其中几个“将是一件好事”。“如果你再不停止惹出这么多麻烦，我就把你送到比你想去的热得多的地方去。”他曾如此厉声呵斥一个九十一岁的老人。

这间收容所的老年住客告诉警察，他们相信莫斯一直在有条不紊地处决那些惹恼他的人。他们记得他曾警告过一个不停按铃求助的女人，说她要是再按铃的话一定会很后悔。她还是继续召唤他，结果第二天她就死了。

但是另一个护理员告诉警察，他相信莫斯是在奉命行事。有一次这位护理员被叫去帮忙搬运一个死去的病人。等他到了那人的房间时，发现莫斯和主管亚当·本厄正站在床前，而且在交谈。床上有具尸体，房间里有股刺鼻的化学品甜味挥之不去。“这是什么味儿啊？”他记得自己有点窒息地问道，莫斯一边回答一边走到窗边推开了窗子，主管则点燃了一根雪茄，让烟草燃烧的辛辣味儿弥漫在空气中，抹掉了其他一切痕迹。

地区检察官认为这些询问很有启发。但从他的立场来看，它们并不是证据。现在莫斯进了监狱，主管作为一个散发着恶意且不合作的证人被关了起来，共济会之家的情绪已发展到了意料之中的歇斯底里状态。上述叙述有些毫无疑问是真实的，但其他的可能存在着夸大其词。为了证明这些老年住客被下了毒，他们需要一些过硬的证据。

没有一个人，甚至包括那些不喜欢他的人，宣称说亲眼见到了莫斯用氯仿杀死病人。谣言，怀疑，奇闻，一个可能只是疯了的嫌疑犯所供认的话，都不足以指控一个人谋杀。

“为什么你从砒霜换成了氯仿?”治安官问莫斯。

“我这么做是因为给病人用了砒霜后他们变得比以前更麻烦了，”莫斯在听证会上回答，“没有一个人是被杀死的，除非他本来就快要死了。我这么做是为了结束他们的痛苦。”

调查者起初认为他们可以用砒霜谋杀来立案，砒霜是一种稳定持久的金属元素，其痕迹可在死后多年的尸体里发现。他们的第一个计划是，从布朗克斯的公墓里挖出莫斯用砒霜毒死的受害者，然后运用现有的所有手段进行化验。但令人失望的是，他们发现共济会之家习惯于给病人服用砒霜，这意味着就算他们在人体组织中找到了这种毒药，也不一定能提供谋杀的证据。

至于氯仿，验尸官难过地向他们确认说，没有办法，完全没有办法在尸体里面找到证据。他说，尸体解剖完全是浪费时间，“我们可以找几个人这么做，可是莫斯说过，他在威彻斯特用氯仿杀了人，事实上，人中了氯仿的毒是不可能被尸体解剖所证实的”。

“所以，我们靠掘尸检验什么都证实不了，莫斯也许给每个受害者用了一夸脱的氯仿，但我们没法用尸检证明它。”

关于氯仿致死后尸检失败的最糟糕案例，已被载入纽约市的刑事司法史，是得克萨斯州千万富翁威廉·赖斯的案子，赖斯可能是——也可能不是——在曼哈顿公寓里躺着睡觉时被人用氯仿杀死的。①

赖斯死在一九〇〇年的秋天。疑似谋杀者的动机源于几年前他决定在休斯敦建立一个教育机构。他的财富最终将捐赠给这座赖斯大学。但是，他的家庭成员认为，这一计划意味着剥夺了他们的继承权。实际上，几年前先他去世的妻子秘密地立下了遗嘱，把自己的那份财产留给了自己的亲属。因为得克萨斯州承认夫妻共同财产，所以她的亲属要求得到赖斯本人的财富的一半。

赖斯八十四岁了，是位身体有病脾气古怪的隐士，过着深居

---

① 位于休斯敦的赖斯大学的网站指出：“威廉·赖斯于一九〇〇年九月二十三日被谋杀”，阿尔伯特·帕特里克在次年锒铛入狱。网站没有提到他后来获释。关于赖斯之死的神秘性以及相互矛盾的医学证词，参见真实犯罪网站：“The Malfactor's Register,” http://markgribben.com/?page_id=61；Marguerite Johnston, *Houston: The Unknown City* (College Station: Texas A&M University Press, 1991), pp. 117 - 23；以及法律百科全书的在线版，*Law Library: American Law and Legal Information: Great American Trials*, vol. 1, http://law.jrank.org/pages/2737/Albert-Patrick-Trial-1902.html。我也去查阅了当年《纽约时报》的如下报道：“Cause of Death: Patrick's Counsel Try to Prove It Was Due to Heart Disease,” February 4, 1902, p. 16；“Jones Tells How He Murdered Rice,” February 21, 1902, p. 2；“Patrick Defense Opens: Counsel Will Try to Show That Rice Was Not Murdered,” March 7, 1902, p. 7；“Dr. Lee at Patrick Trial,” March 11, 1902, p. 7；“Tests in Patrick Trial,” March 13, 1902, p. 2；“Grover Cleveland Asks Clemency for Patrick,” December 30, 1905, p. 4；“New Patrick Evidence for Last Appeal,” January 14, 1906, p. 14；“Patrick Tells Why He Expects Pardon,” December 19, 1910, p. 1; and “Dr. Flint Believes Patrick Innocent,” December 20, 1910。

简出而又奢侈的退休生活。但是，他想被人记住，他想把自己的几百万捐出去用于实现他的教育梦想，他无意再资助妻子的那些贪婪的亲戚了。他通过律师声明自己多年来已经不再是得克萨斯的居民——他住在纽约，这里不承认共同财产。他那些贪心的亲戚怎么办呢？好吧，他们对他的钱是痴心妄想。

他妻子的家人，同样下定了决心，雇用了一位纽约律师跟他对着干，此人名叫阿尔伯特·帕特里克，因手段卑劣而闻名。由于他的客户遍布这个国家一半的地方，帕特里克决心自己也要在赖斯的财富中分一杯羹。他和赖斯的贴身男仆查尔斯·琼斯勾结在一起，合谋伪造了一份遗嘱，背着急切的继承人瓜分了老人的财产，当然，琼斯本人就是遗嘱执行人。接着，阴谋家们又联手除掉了赖斯。

至少，当他被控用氯仿杀死老人而进了监狱时，琼斯是这么说的，他宣称自己的所作所为是遵照帕特里克的命令行事。这个男仆说他先尝试了用水银药丸来下毒，可赖斯似乎在服下之后整个人反而更精神抖擞。因此，听说氯仿会迅速挥发且事后不留把柄，他就从自己的兄弟那儿“借来”了一些，他兄弟的医生在处方上说它是助眠药。按照他的供认，后来琼斯把浸了氯仿的海绵放在他睡着的雇主脸上，用一条厚毛巾固定住，然后等着。他说，赖斯一点没挣扎就死了，然后他烧掉了海绵和其他用品。帕特里克安排人让尸体火速进了火葬场。

很显然，打这儿开始，对这两个合谋者来说一切都乱了套。殡仪员对尸体做了防腐处理而不是一烧了之。银行拒绝接受帕特里克提供的伪造遗嘱并且叫了警察。疑心重重的验尸官要求做尸体解剖。纽约的地区检察官决定起诉。警察手上有那些伪造的文件，还有死去多时的百万富翁，后来他们又得到了琼斯的供述，通往最终定罪的似乎是条简单快捷之路。他们指控帕特里克和琼斯谋杀，至于赖斯的遗体，地区检察官将其交给了医学专家去做他们希望进行的简单分析。

但事实证明，赖斯案对所有与之相关的人都是个诅咒。谣言说那个男仆把责任推给帕特里克是为了自救，说他精神不稳定，好好地非要无中生有。遗嘱明摆着是伪造的，可是许多人开始怀疑，是不是琼斯围绕着赖斯的自然死亡编造了一个夺人眼球的幻想故事。一被质疑，这个男仆就变得歇斯底里起来，在他的牢房里进行绝食抗议，这对于所有关于他精神不稳定的传言无异于火上浇油。

与此同时，验尸结果也是自相矛盾的。尸体已经开始腐烂。腐烂会如何影响尸体中的氯仿化学反应，医生们无法达成一致。到追查结束时，专家们已经花掉了超过三万美元，仍未达成任何一致意见。

例如，尸检发现赖斯的肺里有液体。辩护人召来了已故总统麦金莱的一位医生向陪审团保证，氯仿不是一种有毒的刺激性物质，不会导致肺里形成液体。这位医生当时在证人席上从口袋里掏出一小瓶氯仿，举在自己舌头和眼睛下面，宣称一点感觉都没有。他说，那个老人是死于肺炎——因而肺里有积液一点也不令人惊讶。这位医生的话遭到了来自康奈尔大学的一位病理学家的反驳，病理学家坚持认为氯仿的刺激性极强，可以迅速导致肺部肿胀并堵塞。他将赖斯的肺堵塞归咎于这种毒药，而且只归咎于这种毒药。

下一位证人又反驳了康奈尔大学病理学家的话，争论就如此继续下去，直到陪审团干脆不再考虑医学证据，基于男仆的证词和伪造的文件就定罪进行了投票。琼斯被判处终身监禁，帕特里克被判死刑，在一九〇二年被送往辛辛监狱。然而，这些定罪仍然因不确定性而存在污点。纽约的死刑执行通常与瑞士钟表一样准时准点，但帕特里克与电椅的约会却一拖再拖。四年后，法官引用那些混乱到可怕的医学争论将死刑改判为无期。

一九一二年，帕特里克被特赦，主要是基于医学专家的新声明，说尸检证据中关于所讨论的毒药是不确定的。“医生说赖斯并非死于氯仿。”纽约的报纸写道。这么多年以后，没有人能肯定纽约是错判了一个无辜的人，还是放走了一个杀人犯。

这就是警察面对弗雷德里克·莫斯时的处境。他们没有办法证明他是个杀人犯，也没有办法确定他不是。布朗克斯区的检察官认为，他只有采取另外一个办法了。如果这个自首的杀人犯真的疯了，如果他们能找到一个优秀的精神医生替他诊断，他们可能就不需要氯仿的证据了，他们可以放心地把他关起来。地区检察官决定将这个古怪的小嫌疑犯送到贝尔维尤医院，那是本市而且很可能是全国最好的精神科病区。

与纽约所有其他建筑一样，贝尔维尤医院在那个二月披上了一件光滑的冰外套，所有的砖石都闪闪发光，铸铁大门和弧形的楼梯上平添了滑溜溜的抛光，维多利亚风格的大楼泛着冬天的寒光。①

---

① 参见：“Bellevue Hospital's Story,” *New York Times*, April 18, 1926, p. XX18; “How the Bellevue Capitals Were Saved,” *NYU Physician* (Fall 1990), pp. 47 - 48; Page Cooper, *The Bellevue Story* (New York: Thomas Y. Crowell Co., 1948), pp. 113 - 225; Sandra Opdyke, *No One Was Turned Away: The Role of Public Hospitals in New York City Since 1900* (New York: Oxford University Press, 1999); Bellevue Hospital Milestones, unpublished list, courtesy Bellevue Public Relations Office。

贝尔维尤的楼群沿东河绵延了四个街区，建在一片曾滋养了一个叫做美丽风景的农场的土地上。最早的医院大楼建于一八一一年，仅仅八年后，贝尔维尤就成为首家正式要求由有资质的医生来宣告死亡的医院，此事发生在从堆满了停尸房车上的尸体当中发现了一个病得极重但还活着的人之后。医院的急救系统始于一八六九年，其儿科门诊始于一八七四年且为全国首家；它那能进行抗结核治疗的胸科门诊，始于一九〇三年。从成为公立医院的那天——一九一五年冬天——开始，每天都有将近一千人在贝尔维尤接受治疗。“这儿集中了来自河边和大街上的死者及将死之人，都是一天到晚忙于应付生活的不幸的。”《纽约时报》的一篇报道这样写道，试图捕捉弥漫在这里的那种不祥的神秘感。

有人发誓说，透过那些石头建筑的黑色栏杆、拱形窗子和科林斯式圆柱往里看，会发现整个地方都在闹鬼。还有人会讲起十九世纪末“贝尔维尤的黑瓶子”的故事，说里面装着的神秘药水很可能是要用来筛选出最可怜的病人。还有一个停尸房，灾难过后，那里的尸体满得几乎都要溢出来了。一九一一年，华盛顿广场上的三角内衣厂大楼起火，一百多个年轻的裁缝死亡，她们发黑的尸体像柴火一样垒在医院后面的码头上。紧邻医院南边那个犯罪横行、又脏又乱的煤气厂区的妈妈们，用医院的名字吓唬自己捣蛋的孩子：“我要把你送到贝尔维尤去。”这简直跟“我要向格里法[①]社团举报你”同样可怕。格里法社团是纽约市防止儿童虐待协会的俗称，因其无情的警察手段而令人愤恨。

---

① 格里法，是纽约防止儿童虐待协会（也被称为“格里法社团”）会长厄尔布瑞基·T.格里为了管制公开展示中对儿童的雇佣而发起制定的首批法律之一。这项法律的主要目的是反对街头表演和危险的杂技表演。——译者

这家医院著名的精神病区，[1] 一个疯子、精神病人、自杀者和杀人狂之家，只会让谣言有增无减。这里的窗户都钉着木条，墙上爬满了藤蔓——冬天里，它们的触须缠绕在一起，活像一堆枯骨。路过的人发誓说在晚上能听到尖叫声穿透玻璃，能看到阴影像脱缰的野马一样飘过窗前。

病区当时的主任、精神病专家米纳斯·格雷戈里，多年来一直试图摆脱这种闹鬼的名声。他气愤地为自己治疗的人辩护，他们当中许多都是违背自己的意愿被宣称他们疯了的家人送来的。格雷戈里认为，困在他病区里的住客们需要的是帮助而不是嘲讽或无根无据的恐惧。他担心人们接受这一点的速度会非常慢，即便是在他自己的医院里。“目前，没有什么地方能让这些病人得到适当的治疗。”

莫斯的表现倒不像许多深夜来到精神病区的人，他在这儿似乎很高兴，格雷戈里把此事告诉了警察。他们让格雷戈里带了一堆书来——莫斯正在自学英语，他大部分时间都躺在他的小床上读书，喃喃自语地练习发音。十天之后，格雷戈里认定莫斯“精神不大正常”。这个人极端警惕，可能有点偏执狂。他通常显得很克制，安静而又有礼貌。莫斯冷漠、审慎，反应有点不正常、不像人。但是，精神病学家并未发现证据证明这个自首的杀人犯是在妄想，说他编造了那些谋杀也极不可能，医生不会称他为杀人狂、疯子。这是否使得他有能力策划多起谋杀呢？贝尔维尤的专家给出了确切的肯定回答。这是否给了地区检察官想要的证明呢？显然没有。

---

① 一九〇七年五月七日，在华盛顿特区举行的美国医学心理学会会议上，有发言称：“接待医院、精神病区和精神病院”是同情和创新思维的典范。

是，不是，也许，所有答案都没有给他们带来任何结果，任何他们在涉及八宗可疑死亡的犯罪调查中想要的结果。调查莫斯的人并非唯一在下毒谋杀案中跌跌撞撞的人，但认清这一点并不特别令人宽慰。如果有什么滞碍的话，那就是一项新公布的调查让他们的情况看起来更糟了。

就在一月份，市政府公开的一份报告宣称，拜那位孤陋寡闻、贪污腐败且不时烂醉的验尸官所赐，纽约的谋杀犯正以创纪录的数量逃脱法律制裁。例如杀婴，几乎从未受到惩罚。“心思巧妙的投毒几乎可以堂而皇之地进行下去。”①

报告由该市的财务专员，一位名叫列奥纳多·华伦斯坦的改革狂热分子主导。这位专员花了整整一年的时间研究了建立多年的政治意义上的验尸官制度，结论是：这是一个玩笑，一个嘲弄，一个耻辱，一桩公共丑闻，纯粹是在浪费纳税人的钱财。这些对于它那一长串的骂名来说还只是个开头。他还可以补充一些对现任验尸官的具体抱怨，帕特里克·赖尔登近来在刑事审判期间，常常被人看到从裤子口袋里拿出小酒壶偷喝几口。两个曼哈顿公民俱乐部正在要求免去赖尔登的公职。

但是，华伦斯坦在一九一五年一月公开的这份报告关注更多的不是一个城市验尸官的坏习惯，而是整个系统的失败。他认为，

① 至于华伦斯坦这份报告中有关验尸官制度的部分，参见：“Oust Coroners, Says Wallstein,” *New York Times*, January 4, 1915, p. 1；以及“Coroners' System Sheer Waste of Public Money,” *New York Times*, January 10, 1915, p. 44。关于查尔斯·诺里斯到任之前纽约以及其他地方的验尸官工作的惨淡状况，参见：“The Coroner and the Medical Examiner,” *Bulletin of the National Research Council*, July 1928, no. 64；Luke May, *Crime's Nemesis* (New York: Macmillan: 1916), pp. 107 - 108；Julie Johnson, “Coroners, Corruption and the Politics of Death: Forensic Pathology in the United States,” in Michael Clark and Catherine Crawford, eds., *Legal Medicine in History* (New York: Cambridge University Press, 1994), pp. 268 - 89。

所有问题都源于一个事实，即验尸官是个被选中的官员。在纽约市，政党大佬们定期安排选举，以各种肥缺来回报忠诚的支持者。该州最强大的政治机器属于民主党，其总部设在一栋相当低调的三层砖楼里，名叫坦慕尼协会，位于第十四大道东边。政党领袖占领这块地方是如此长久——此楼建于一八三〇年——以至于许多纽约人直接用“坦慕尼协会”来指称这个政党。

第十四大道东边的那些政治谋士并未让清廉的鼓吹政府改革的列奥纳多·华伦斯坦掌权。坦慕尼协会也不希望他在那儿。在一次罕见的唱反调的行动中，该市选民于一九一四年选出了一位承诺要进行政府改革的市长。华伦斯坦对验尸官的调查——部分由帕特里克·赖尔登的行为引起——履行了市长约翰·珀罗伊·米谢尔的行政部门做出的承诺。此前，米谢尔的一个朋友卷入了一个涉及在殡葬业和验尸官之间拿回扣的阴谋。

华伦斯坦说，验尸官制度只是该党的政党机器影响恶劣的一个例子，只不过是特别臭名昭著的一个。完全通过坦慕尼协会的影响而保住位子的赖尔登，只是整个系统的痼疾最显眼的症状罢了。这位专员估计，该市每年要在“不合格的验尸官、平庸的内科医生和绝大部分时间用在个人事务上的人事部门职员身上”或者中饱私囊上花费十七万二千美元。

除了领取薪水外，验尸官还接受佣金。他们可以——且通常一定——让政府为他们检查的每具尸体付费，一位助理验尸官曾对同一具溺水而亡的尸体“检查”了超过十二次，每一次都声称它是在哈得孙河的不同地点浮出水面的。众所周知，只有死者家属同意让某个付过回扣的殡仪馆处理，验尸官才允许他们认领尸体。验尸官还有其他收入来源。他们出售伪造的死亡证书，从而掩盖谋杀犯罪、非法堕胎和自杀。华伦斯坦最喜欢引用的例子就是一名男子被发现死在床上，嘴里有枪伤，右手有把左轮手枪。枪里装着三颗子弹，还有一颗已射出。结果验尸官给出的死亡原因是："胸腔积液破裂"。

该市并不要求验尸官有医学背景或受过医学训练，即便他们是负责确定死亡原因的人。从一八九八年到一九一五年，纽约市的验尸官名单上包括八个殡仪员、七个政客、六个房地产经纪人、两个酒馆老板、两个水管工、一个律师、一个印刷工、一个拍卖师、一个木雕工、一个木匠、一个油漆匠、一个理发师、一个采石工、一个送奶工、一个保险经纪、一个工头和一个乐师。名单中还包括十七个内科医生，但华伦斯坦指出，这些人都像帕特里克·赖尔登一样，早已没有了执业经验，而是以个人的政治立场用事。就任之前，他们当中没有一个被要求通过考试或者展示任何专业知识。

结果，华伦斯坦发现，死亡证书都是未经努力确定死因之前就填好了的。有一个例子是这样的，在"可能是自杀还是他杀"及"被袭击还是糖尿病"这些条目中，一位验尸官将死亡归因于"糖尿病，肺结核，或者神经性消化不良"。有几份死亡证书上干脆写着"不可抗力"。当然，这并非纽约特有的问题。美国国家研究委员会（National Research Council）的一项调查发现，美国任何一个地方验尸官的平均水平就是"一个未经训练和没有技能的人被选派了一个短期的无名岗位，工作人员能力一般，设备不足"。该委员会建议说，所有的验尸官制度都应该废除，"这是一个过时的制度，已彻底证明了它没有能力履行按理要求它履行的职能"。

华伦斯坦在自己的权限内要求卫生部分析八百个案例，从成堆的验尸官报告中随机选择。卫生部的医生发现，几乎有一半的死亡证书结论是如此随意或错得离谱，以致“完全没有证据去证明那些死亡原因”。有些验尸官根本不耐烦填写死亡证书，只是签个字便交上去了事。即便如此，卫生部报告说，有些死亡证书归档也要等待三年之久。

华伦斯坦毫不吃惊地发现，该市的地区检察官往往尽量避免与验尸官共事，因为这些“错误百出”的所谓专家会轻而易举地搞砸起诉。他写道，难怪，下毒和其他犯罪行为在一九一五年会那么容易。有人会以为，在小村庄才会看到可怜的装备与没怎么受过教育的刑事犯罪调查人员，他补充道，可是“纽约市的相关工作却被迫在没有法医科学的参与下进行，这种局面在全世界其他任何大城市都是不存在的”。

回顾一下，莫斯案几乎完美地说明了他的观点。

嫌疑犯宣称他能够在短短几分钟内杀死选中的几个受害者。但是，验尸官告诉检察官这不可能是真的，氯仿杀死一个人至少要十分钟。基于这一信息，检察官不敢相信他的坦白。

然而，科学期刊却支持莫斯的供述。[①] 几年前所做的一项针对五十二起氯仿致死案的研究发现，四个人在不到一分钟内死亡，而二十二个不到五分钟就死了。

验尸官还肯定地对检察官表示，没有办法在尸体当中找到氯仿，特别是埋葬之后。基于这一信息，地区检察官拒绝掘出尸体来检验。非但如此，他还断言在一具尸体里就连一夸脱氯仿都不可能找到，既然无法产生证据，尸体解剖就是浪费时间。

---

① 关于莫斯案发生时人们对氯仿知识的了解，参见：Witthaus and Becker，*Medical Jurisprudence*，pp. 850 - 54；Peterson，Haines，and Webster，*Legal Medicine*；Lucas，*Forensic Chemistry*。

现有的科学几乎再次与之针锋相对。“氯仿不但经得住腐烂，还可以阻止腐烂。”一本在业内领先的毒理学书如是说。在被氯仿杀死的动物中，至少死后四周仍能在它们的肌肉组织中找到这种化合物。大脑是它容易集中的地方，可以在死后数月被找到。此外，埋葬尸体会阻止这种挥发性化合物的蒸发。

与赖斯审讯制造出的困惑相反，毒物学家很清楚，氯仿肯定是有刺激性的。吞咽过氯仿——而且活着讲述自己经历——的人都被自己嘴里的灼伤而震惊过。尸体解剖表明，氯仿在口腔、胃部和肠道黏膜上都留下了红肿和炎症。这种毒物的腐蚀性足够强烈，使得喉咙和咽部的皮肤出现了明显的软化，病理学家用戴着手套的手指轻轻一碰，就会脱皮。

不管氯仿是被吸入还是被吞咽的，它都会留下蛛丝马迹：它会使血液发黑，使其聚集于大脑、肺、肝、肾，导致血管过满，形成球茎状。氯仿受害者的皮肤会微微发黄，会因这种毒物对肝脏的严重破坏而呈现出黄疸的症状。酗酒者，由于他们的肝脏往往已受到损伤，是最容易被氯仿杀死的人；酗酒者也是手术麻醉下最常见的死亡病例。

即使是在赖斯死亡时，对人体组织中氯仿的合理检测就已经存在了，到一九一五年，检测方法已经更加完备。下面的方法在十九世纪九十年代就已实现：化学家应当切碎部分组织，用蒸汽蒸馏后，将所得“糖浆”与碱和苯的混合物煮沸。如果这热腾腾的化学汤水里面含有氯仿，将其暴露在紫外线之下，这液体就会从发着荧光的淡黄色——据手册所说——变成“美丽的”黄绿色。

另外一些化学检测可以将这种毒物分离为其基本成分。一个氯仿分子由五个原子组成，即一个碳、一个氢、三个氯，它们整齐地聚合在一起。如果化学家加热部分切碎的组织，再加入一种破坏性元素，比如强酸，便可以慢慢将这种毒物分解，将氯从溶液中分离出来，整个过程将确认氯的存在。

布朗克斯的验尸官显然不知道这一技术，如果他向纽约市其他地方的同行征求意见，他们也同样毫不知情。但是，在那个冰天雪地的二月，当弗雷德里克·莫斯走进警察局张口就说自己杀人时，化学检测的可能性是确实存在的，只要有人肯耐心寻找。

警方认为验尸官这些科学借口令人恼火。他们相信，莫斯就是他所宣称的杀人犯。

治安官公开地这么说，激怒了地区检察官。在一次记者招待会上，检察官承认莫斯“加速了”八个甚至更多人的死亡这件事是“很有可能的”，因为警察发现共济会之家另有九个人的死也很可疑。然而，可能性并不是证明，由于他们没有目击证人，只有一个诊断有偏执倾向的嫌疑犯，尸体里又完全没有留下任何下毒的证据，检察官认定自己没有正当理由将此案提交法院。

布朗克斯的地区检察官声明：“莫斯的同事和其他人已经提供了详尽的证据，他们讲到了可疑环境下的死亡，甚至还讲到了与莫斯有关的人身上的氯仿气味，但是他们所说的一切里面没有任何一点被法官或陪审团承认，因而无法证明莫斯叙述的那种犯罪事实。”

检察官办公室释放了此前拘留的共济会之家主管，因为缺乏证据来指控他合谋除掉所照管的住客。但官员们并未下定决心放走莫斯。地区检察官打了几个电话，托了一些关系，还无视贝尔维尤医院说莫斯并不疯傻的报告而让这个杀人嫌犯进了收容所，希望用他已被收容这一事实，作为将其遣返回奥地利的理由。

莫斯被送到了设在波基普西的哈得孙河州立精神病医院。当他得知遣返计划时，已经在那儿待了三个月。在预定遣返的一周前，即一九一五年五月，莫斯从收容所一走了之，就那么在一个温暖的春日里销声匿迹了。为了回应公众的愤怒和抱怨，医院领导指出，收容所并不是有罪的精神病人的家，他在接收莫斯的时候并没有接到过相关警告。员工也并不认为他很危险，他的行为就是在贝尔维尤医院的那个样子——彬彬有礼，安安静静，也许还有点“偏执倾向”，正如格雷戈里所说的那样。但是，收容所没有一个人认为他会是需要锁起来的那种人。

莫斯消失得那么彻底，警察甚至怀疑他又一次更名改姓了。他在奥地利出生时的名字是米尔纳瑞克。第一次自首时，当他透过香烟的薄雾注视侦探们的时候，他曾认真解释过这一变更。他挑选这个新名字是为了它的拉丁文含义，那意思就是死亡。

等到弗雷德里克·莫斯随着春风消失的时候，市政府和州政府终于达成了糟糕的一致。“很显然，”列奥纳多·华伦斯坦告诉纽约的新闻界，“这个城市的公共福利事业绝对需要立即废除那种验尸官选拔制度。”

州长因公众对本州主要城市的腐败给予的关注而尴尬不已，他要求赖尔登去职。州立法机构通过了一项在早前会议中一直被驳回的法案，为纽约市建立了一个新的法医制度。法案要求验尸官一职必须由资深医生担任，有病理学经验，得到这一工作前需要通过严格的职业测试，而且会任命训练有素的员工，那种至少有能力对一个自首的凶手立案的人。

然而，这项法案里有个陷阱。坦慕尼协会那些聪明的政客拖了三年才完成它——法医制度直到一九一八年才正式建成。法律条款的制定者们期望等到那个时候，改革者已经离职而去，而新的市长——呃，他一定会按照他们说的去做。

二　甲醇（CH_3OH）

一九一八至一九一九

他喜欢吹嘘，而且也的确一逮住机会就吹嘘说他自己——约翰・F.“红迈克”・海兰是自力更生、白手起家。①

作为政治家，他设法促成了纽约州州《宪法》的一项修正案，在布鲁克林新设了两个法官职位。然后，海兰为自己拿到了其中一个。毕竟，如他所言，他是个完全合格的律师嘛。当年他作为机车司机在布鲁克林的高架轨道公司工作的同时，也在攻读他的法律学位——直到被解雇，据报道，是因为他一边看上课的书一边开快线列车。他对自己的老东家没什么好感。他大声疾呼的一个信念就是，这个城市需要一个公共交通体系，需要摆脱那些贪婪的轨道交通公司老板。当然了，要代之以政党机器的控制。

坦慕尼协会认为海兰是个有潜力的人。人们也渐渐注意到了他——一个大块头，粉红色的面庞，黄铜色的头发，有一把引人注目的胡子和低沉洪亮的大嗓门。令人欣慰的是，他看起来与管理这个城市的那些迂腐的改革者不一样，尤其不像那个唠唠叨叨、惹人讨厌的市长米谢尔。一九一七年，该党派海兰与米谢尔竞逐市长宝座。这位新候选人信心十足地向选民保证，改革派都是些知识精英，一天到晚空谈，没有行动，本市办公室里充斥的皆是些“游手好闲的懒汉，嘴里叼着雪茄，坐在车里满城地转悠，本该待在办公室的时候却惹眼地出现在棒球赛上”。

大部分纽约选民都表示同意。海兰的当选被认为是让人大跌眼镜的爆冷，而且被许多人视为好政府遭遇的令人沮丧的失败。总统伍德罗·威尔逊甚至震惊到出言不逊：“世界上最伟大的城市怎么可能让这么一个人身居高位呢?”但是，“红迈克”胸有成竹地接手了这份工作，他站在市政厅的白色大理石台阶上，光着脑袋，头发在秋日阳光下闪闪发光，像个手电筒。“我们这个城市在今后很长一段时间里都不需要改革了。”他宣布。

这可不是说说而已。海兰立即开始恢复本党忠诚的党员们的职务。第一个就是前验尸官帕特里克·赖尔登。尽管他恢复落马者的职位之举大多都很成功，这位市长日后仍将承认，赖尔登的任命并没有如他所预期的那样。

那位不知疲倦的列奥纳多·华伦斯坦，现在代表新成立的公民协会，立即威胁要采取法律行动。《纽约时报》以令人尴尬的细节尖锐地揭露了赖尔登的过往，包括那次针对其不当行为的听证会上，“一个又一个证人来作证赖尔登能力不足，多次在上班时间喝得烂醉”。[2]

---

① 纽约市市长约翰·F.“红迈克”·海兰的官方传记，可在纽约市官方网站上找到：www.nyc.gov/html/nyc100/html/classroom/hist_info/mayors.html#hylan。在线版的百科全书也介绍了他这个人，参见：NationMaster.com：www.nationmaster.com/encyclopedia/John-F.-Hylan 以及“Sketches of American Mayors,” *National Municipal Review*，15，no.3，(pp.158-65)。

② 《纽约时报》实时地跟踪报道了围绕验尸官办公室的政治斗争，参见：“Civil Service Board Backs Hylan Move,” January 14，1918，p.12；“Try to Stop Riordan's Pay,” January 27，1918，p.14；“Move for Riordan by Civil Service,” January 28，1918，p.5；“Civil Service Board Again Aids Riordan,” January 29，1918，p.11；“Norris Succeeds Riordan,” February 1，1918，p.10。

愤怒的公民组织提醒海兰以及广大民众，赖尔登甚至缺乏法律要求的最基本的资格，即“能熟练地使用显微镜，并且有病理学专业背景”。根据新法令的要求，赖尔登应参加该职位的公务员考试，但赖尔登就连假装遵守这条新法令都不肯。不仅如此，此时有三名训练有素的有病理学背景的医生，申请参加并且通过了这一考试，他们是：奥托·舒尔茨博士，哥伦比亚大学法医学教授；道格拉斯·西默斯博士，纽约大学病理学教授；查尔斯·诺里斯教授，贝尔维尤医院及联合医院的实验室负责人。

海兰没有预见到会有如此激烈的阻力。他已经订购了放在纽约五个行政区的验尸官办公室门上的崭新的金箔证书，每个上面都写着“帕特里克·J. 赖尔登博士，首席法医验尸官”。新市长不喜欢被一群局外人摆布，他决定给那几个资历过高的申请者一点颜色看看，让那些批评者明白这个城市谁说了算。接着，市长办公室宣布，在参加必需的考试过程中，那三个申请者全部都有犯罪行为。

推理是这样的：作为考试的一部分，几位医生被要求进行尸体解剖。但是州法律规定，无人认领的尸体在医学院只能用于教学目的。市长说，由于几位申请者触犯了这一法律，他已经指示公务员委员会对他们提起了重罪指控。他还警告说，三位博士可能得坐牢，这将使得他们无法担任市政府官员。

一月底，三个受到指控的申请人清一色地穿着黑色西装，带着一脸的冷漠表情，站在了该市的法庭上。在这里，他们一览无余地看到海兰任命的公务员委员会与帕特里克·赖尔登商量，看到他在交头接耳中不时地点点那白发苍苍的脑袋。根据此次听证会的公开记录，公务员委员会的领导身体前倾向每一位医生都做出了如下表述：“博士，你被控在非法的尸体解剖中犯下重罪，现要求你在此说出，有什么理由可以让你的名字不被公务员名单划掉吗？你有什么要说的吗？”三位申请人拒绝合作。三个人都回答说，他们首先希望指控以书面形式提出。对于为什么因为参加政府要求的考试而面临犯罪指控，他们没有得到解释。按照站在他们这边的检察官的说法，公务员委员会说他们因“臭名昭著的可耻行为”而犯罪的那番陈述不能构成法律意义上的控诉。

很好，委员会推迟了听证会，宣称一旦正式指控起草完毕会把所有人都叫回来。但是在听证会重新排定日程之前，甚至在那一周还没结束的时候，华伦斯坦领导的新一轮抗议浪潮便促使州政府介入了此事。曼哈顿前地区检察官、共和党州长查尔斯·S. 惠特曼告诉海兰，他的行为是在违反法律，这个职位确实需要一位合格的毒理学家，而他的做法让州政府很尴尬，而且是“在对公众体面的冒犯”。惠特曼告诉市长，他想在纽约市看到一个专业的法医验尸官——立刻，马上。

一九一八年一月三十一日，海兰任命贝尔维尤医院的查尔斯·诺里斯为新验尸官。他强调说，他对该机构的这位新负责人很有好感。他想要的就是“能适合这个职位的一流人选”。实际上，海兰选择诺里斯是在对着干，一个故意为之的小动作，却又让人头大。诺里斯的考试结果排名第二，在那位哥伦比亚大学教授之后。海兰没有理由退而选择第三名，但他拒绝从头到尾被人摆布。为了强调这一点，他宣布，诺里斯应该把接下来的三个月视作自己的试用期。

但不管怎样，诺里斯还是从贝尔维尤医院实验室请了六个月的假。他知道自己被选上了。

说查尔斯·诺里斯博士热爱这份首席验尸官的工作并不准确。

他简直是以此为生，好像不干这行他就活不下去。他把自己的钱都花在了这份工作上，他赋予了它权威和声望，他为此累得精疲力竭，身染重病。在他的领导之下，纽约市验尸官办公室成为一个为全国其他地方制定法医标准的部门。诺里斯本人也成了名人，被《时代》周刊描述为“名声在外，爱讥讽人，留着山羊胡子，一心为公”的验尸官，说他“为纯粹的食品法斗争，与江湖庸医、禁酒令、不卫生的餐馆斗争，厘清了许多困扰警察的自杀案和谋杀案，让自己的名字和侦查工作在全世界法医学圈子里广为人知”①。

这段热情洋溢的冗长的描述中，诺里斯接受了该市历史上最心不甘情不愿的工作机会之一的原因，可以在“一心为公”这个词里找到。记者们倾向于强调诺里斯个性中有公心的一面——前大学橄榄球运动员的特大号体格，爽朗的笑声和机智敏捷的思维，表情丰富的脸上一对深邃的黑眼睛和低垂的眉毛——而这遮蔽了真正定义这个人的那种强烈的目的感。

每个人都知道，诺里斯不必为了钱而工作。他的父亲约瑟夫·帕克·诺里斯是曾经打造了宾夕法尼亚州诺里斯顿的商业银行家家族传人，他的母亲弗朗西丝·斯蒂文斯·诺里斯是纽约市商业银行首任董事长的女儿。诺里斯一八六七年十二月四日出生于新泽西州的霍博肯，从纽约的卡特勒私立学校——一所由西奥多·罗斯福那位出身哈佛的家庭教师创立的小型曼哈顿豪华学校——开始上学，然后进入耶鲁大学，在那儿成为科学哲学学士，之后又进入哥伦比亚大学的内外科医学院，在一八九二年得到了医学博士学位。后来他又出国学习，先是在德国的一系列医学院，

① *Time*, September 23, 1935, p. 27.

然后是维也纳，他在那里决定专攻病理学和细菌学。他于一八九六年回到纽约，在哥伦比亚大学找到了一份做病理学讲师的工作。一九〇四年离开学校后，成为贝尔维尤及联合医院的主要实验室的主管。①

因为诺里斯披上了战袍，成为“公共犯罪斗士”，人们总会忘记他是多么喜欢基础的医学研究。早在哥伦比亚大学和贝尔维尤医院时，他就发表了一篇又一篇关于传染性疾病的论文：“从狗的胸导管中提取的淋巴液的杀菌作用”、“白鼠的螺旋体感染”、“禁食对血液杀菌作用的影响”、“关于脊髓灰质炎”、“对伤寒带菌者的检测”，还有“关于青蛙的红腿病”，他在其中分析了一种非常严重的细菌感染，它会导致血管破裂，将曾是绿色的四肢染成红色。

尽管这项研究很吸引人，却几乎没有打开诺里斯能量宝库的闸门，未能开发他在公共服务上的能力。他的成长浸润在这样一种传统当中：童年时代，他成天听的都是家族祖先为国奉献的故事，十八世纪，诺里斯家族成员为美国独立战争而战，甚至拆掉了宾夕法尼亚家中的铅质排水槽让大陆军去制造子弹；他的银行家外祖父约翰·奥斯丁·斯蒂文斯曾带头协商贷款一百万美元给联邦政府，以资助内战。

---

① 关于查尔斯·诺里斯的生平，参见：“Resolutions Passed by the Faculty of Medicine of Columbia University on the Death of Dr. Charles Norris,” filed October 25, 1935, Columbia University archive; unpublished historical summary of Charles Norris's family history and life, including a list of scientific publications from the files of the medical examiner's office for 1918, New York City Municipal Archive; Frank J. Jirka, “A Great Scientific Detective,” *American Doctors of Destiny* (Chicago: Normandie House, 1940), pp. 216 – 29; William G. Eckert, “Charles Norris (1868 – 1935) and Thomas A. Gonzales (1878 – 1956): New York's Forensic Pioneers,” *American Journal of Forensic Medicine and Pathology* 8, no. 4 (1987), pp. 350 – 53。

在讨论法医学的一篇文章中，诺里斯深入思考了医生和科学家是否需要将他们的才能奉献给犯罪调查，即便这意味着收入会减少，他说："这是医学事业中一个被严重忽视的领域，让我们一起去探索这一重要分支。"如果研究者们不对这一领域有所贡献将会怎样呢？他自问自答道："对死者家属的严重不公……（将使）正义（遭到）蔑视，令无辜者不得不忍受体制带来的巨大冲击，这样的体制会滋养傲慢、偏见与腐败。"①

不管查尔斯的话听起来有多高尚，他同时也拥有一种鲜活的幽默感，这一点对他很有帮助。"我们把这儿称为乡村俱乐部。"②他会一边严肃地告诉采访者，一边举手示意他们进入他的办公室，里面摆满了帕特里克·赖尔登留给他的各种家具，简直像个大杂烩。

诺里斯饶有兴致地保留了前任验尸官原有物品的清单，列得极其详细③：三个（按照赖尔登的记录，有凹痕）黄铜痰盂，一个古玩柜（前玻璃完好无损），一个保险箱（大号），两个电话台子，四条毯子，三十一把椅子（两把破损，一把报废），十一张拉盖书桌（一张变形），三个木制文件柜，两只钟，一个电扇，一个柱式衣架，还有四个木制衣柜（一个已四分五裂）。那些毯子（肮脏不堪），已经扔掉了。其中一条因凶杀调查略溅了些血的地毯最终被

---

① Draft editorial written for the *Journal of Forensic Medicine*, 1918, city examiner's file, New York City Municipal Archive.

② Milton Helpern and Bernard Knight, *Autopsy: The Memoirs of Milton Helpern, the World's Greatest Medical Detective* (New York: St. Martin's Press, 1977), p. 47.

③ Riordan's inventory of possessions, January 8, 1918, medical examiner's files, New York City Municipal Archive.

抢救了下来，盖在了这个乡村俱乐部休息厅的地板上。

至少，诺里斯的部门办公室和实验室有了新家：在贝尔维尤医院新近完工的病理学大楼里。宏伟的六层建筑，坚固的花岗岩，装饰着长长的拱形窗，这栋楼的设计意图就是配合该市的法医服务。该市停尸房就在这里，病理学家研究死者所用的实验室和尸体解剖室也在此处。这儿有充足的房间供验尸官办公，令诺里斯高兴的是，三楼还有些剩余空间，可以用作他决心建立的法医化学实验室。①

就像他给海兰市长的信中所说的那样，这栋楼的位置对他们双方都好。赖尔登可能已经移交了他全部的破烂家具，却没留下一丁点实验设备。“在法医办公室，实验室这个地方应该是其最活跃的场所”②，这一点很重要。此外，就像诺里斯提醒市长的那样，贝尔维尤医院给那些为他工作的医生免费提供了病理科的玻璃仪器、设备和化学药品。

这位愤恨不平的市长从他此前一向付给赖尔登的验尸官预算数目中削减了约六万五千美元。对此，诺里斯的反应是不断地向市长索要更多的钱——他还为必不可少的装备自掏腰包。他继承了一笔可观的收入，在整个任期内，他一直用这笔钱来保证自己的部门得到充足的装备。他第一次用个人资金购买的东西，就是检测病菌感染所需要的实验设备。

---

① 关于诺里斯组建这个部门的事，参见：S. K. Niyogi, “Historic Development of Forensic Toxicology in America up to 1978,” *American Journal of Forensic Medicine and Pathology* 1, no. 3 (September 1980), pp. 249 - 64; W. G. Eckert, “Medicolegal Investigation in New York City: History and Activities, 1918 - 1978,” *American Journal of Forensic Medicine and Pathology* 4, no. 1 (March 1983), pp. 33 - 54。

② Charles Norris to John F. Hylan, December 18, 1918, medical examiner's file, New York Municipal Archive.

在他的曼哈顿办公室里，会集了一批能干的工作人员。这里将为全市各区处理主要的实验工作。他保留了几名医生，又引进了几名新的病理学家，尤其是托马斯·冈萨雷斯，哈莱姆区的一位聪明绝顶的医生。不过，他很担心在布鲁克林区、皇后区和布朗克斯区那三区接手的工作人员。那儿的医生似乎对他的安排拖延怠惰，一副不愿工作的样子。诺里斯提醒市长，他可能要换掉一批“废柴”[①]。但是，他先要看看这些人对新标准作何反应。令人吃惊的是，没有一个人知道查尔斯·诺里斯有计划，而且是许许多多计划。他要为尸体处理制定新的规则，他要聘用某人来管理化学实验室，雇人接听电话，找速记员为实验室的全部尸体制作记录并打印出来。他要为每个案例建立档案，坚决要求验尸官在法庭作证时参考记录下来的信息，而不是像过去那样仅凭“记忆”。

显然，“这项我称之为‘组织’的工作”[②]，之前没有人尝试过，诺里斯写信给海兰，列举了他对之前验尸官制度的反感。他向市长保证，老法医办公室那种懒散的氛围现在已成为过去式。

到了四月，诺里斯开始愉快地骚扰其他市政部门了。他向地区检察官办公室抱怨，说他的人得一直在法庭大堂上站上好几个钟头，等待被传唤作证。他向警察局抱怨，说各分局没有给验尸官准备肥皂和毛巾，供他们在处理尸体前后使用。

“希望能引起你的注意，各警察分局向首席验尸官办公室通报

---

① Charles Norris to John F. Hylan, December 18, 1918, medical examiner's file, New York Municipal Archive.

② 同上。

凶杀案总是延迟。”他在写给警察局长的信中说。[1] 比如上西区的一起枪杀案，他在警察抵达作案现场后大约两小时才得到通知。自从诺里斯就任以来，这样的事情已经是第二次发生了。在这个案件中并未造成真正的损害，但是“可以想象在许多案件中，首席验尸官或其助手若不介入，将不利于案件的刑事调查”。他请求局长命令各警察分局的文书主任，只要凶杀或可疑的死亡发生，就立即自动给他的办公室打电话。

他给布朗克斯的地区检察官写信，报告某些警官似乎收受贿赂从而隐瞒谋杀案。[2] 在某个案件中，他们要求他宣布死者是自杀，当他拒绝时，他们企图找一个独立行医的医生出具死亡证明。“在我看来，因为弹伤的数量和位置，根本用不着考虑自杀的可能性。有四处弹伤分散在尸体各处。”诺里斯问道，这个人怎么可能自己向自己的心脏、肩膀、大腿和胳膊射击呢？警察要的也许是出具死亡证书的老方式，但那种时代已经过去了，他想要每个人都明白这一点。

他给各家医院写信，请求将尸体收入停尸房检查的速度加快一些——一具女尸在死后八小时才运到。[3] 诺里斯认为这完全不能接受。他坚持要各医院填写由他的办公室为每一例可疑死者出具的表格，按照他的详细指导填写每个细节。“你这命令太霸道了。”[4] 一位气恼的医院主管回应道。

---

① Charles Norris to Richard Enright, police commissioner, April 4, 1918, police department, New York City Municipal Archive.

② Charles Norris to Seymour Mork, assistant district attorney, Borough of the Bronx, April 17, 1918, New York City Municipal Archives.

③ Charles Norris to George D. O'Hanlon, general medical superintendent, Bellevue and Allied Hospitals, April 16, 1918, New York City Municipal Archives.

④ Superintendent of Methodist Episcopal Hospital to Charles Norris, June 7, 1918, New York City Municipal Archive.

然而，他对没能遵照他的命令办的助理验尸官甚至会更加强硬。[①] 他要求在尸检中切除关键的器官供化学分析——比如，可疑的下毒案死者的胃——必须放入无菌玻璃罐，贴上标签，标明日期，再放入洁净的纤维袋里。所有类似的证据都要直接送到贝尔维尤医院病理学大楼的化学实验室。

诺里斯写信给布鲁克林区的验尸官办公室，要求他们对待工作中的每个细节都要一丝不苟、深入彻底。那里的一位助理验尸官曾断言一个人死于因使用含汞药膏导致的肾损伤，他下这样的定论是基于和此人医生的讨论，但他并未切除肾脏做分析，也未收集任何其他证据。“为了确定里面有汞，你付出过任何努力去弄到那种药膏吗?”[②] 诺里斯愤怒地写道。当这位被质疑的助理验尸官的改进速度未能跟上要求时，诺里斯解雇了他。

他秉持同样的精神严惩了布朗克斯区办公室的全体职员。[③] 诺里斯尤其因为一份轻率地指出某人死于甲醇的报告而恼火。这份文件声称，受害者在倒下之前的几小时里一直在大量饮酒。他在陷入昏迷的几小时前还曾罹患突发性失明（甲醇中毒的典型症状）。死亡证书将甲醇中毒列为“极有可能”的原因。

但是“极有可能”很难算是专业的意见，诺里斯说。医生应该切除肝脏和大脑并保存好以供化验，从而确定这一诊断。其他证据——比如装着据说是有毒威士忌的瓶子——也应该保留并加以分析。还应该询问目击证人并记录其陈述。他强调说，没有这

① Norris to Deputy Police Commissioner Lahey, April 19, 1918, New York City Municipal Archive.

② Norris to Dr. George Teng, medical examiner's office, Brooklyn, June 10, 1918, New York City Municipal Archive.

③ Norris to Dr. John Reigelman, medical examiner's office, Bronx, April 5, 1918, New York City Municipal Archive.

些工作，地区检察官就无法起诉含甲醇的酒类的供应商。

这一点事关重大，因为验尸官办公室必须将一切正确无误当作每天的标准。它事关重大还因为，由于不断上升的死于甲醇的人数，诺里斯产生了一个忧心忡忡的想法。他认为，该市正面临着一个严重的健康问题。他新聘用的法医化学家亚历山大·格特勒的最新研究加重了他的担忧。格特勒来自布鲁克林，他抽雪茄，而且爱好赌博，丝毫不具备诺里斯的那种贵族背景，却跟他一样怀抱着完美主义的理想，而且在甲醇这件事上跟他抱有同样的警惕。

格特勒生于一八八三年，是为了寻找更好的机遇而背井离乡的匈牙利移民的儿子，他很早就迷上了化学的魔力。[①] 等到从高中毕业时，他沉迷于分子间相互配合的谜题以及试管里闪耀的千变万化的色彩而不能自拔。家里没钱送他上大学，所以他自己负担起了学费。他在三十九街的布鲁克林至巴特里渡口做票务员的同时，得到了纽约城市学院的理科学位。为了得到哥伦比亚大学的硕士学位，他把工作安排在了午夜到早晨八点的班次。这样一

---

① 亚历山大·格特勒的生平资料来自：Joseph Gettler，unpublished，handwritten tribute，and personal interviews，courtesy of the Gettler family；A. W. Freireich，"In Memoriam：Alexander O. Gettler，1883－1968，" *Journal of Forensic Sciences* 14，no. 3（July 1969），pp. vii－xi；Henry C. Freimuth，"Alexander O. Gettler（1883－1968）：A Reflection，" *American Journal of Forensic Medicine and Pathology* 4，no. 4（December 1983）；The Toxicologist：A Modern Detective，November 25，1933，p. 22；Sunshine，*Was It a Poisoning?*；Edward D. Radin，"The Professor Looks at Murder，" in *12 Against Crime*（New York：G. P. Putnam's Sons，1950）；"The Chemistry of Crime，" *Science Illustrated* 2，no. 5（May 1947），pp. 44－47；Eugene Pawley，"Cause of Death：Ask Gettler，" *American Mercury*，September 1954，pp. 62－66；"Test-tube Sleuth，" *Time*，May 15，1933；"The Man Who Reads Corpses，" *Harper's Magazine*，February 1955，pp. 62－67。

来，他就可以在晚上渡口安静的几小时里做作业，在白天上课。

一九一〇年得到硕士学位后，格特勒找了份在贝尔维尤医学院做化学讲师的工作，然后开始攻读他的博士学位。两年后，格特勒获得了哥伦比亚大学的博士学位，被提拔为医学院的副教授。他娶了年轻的中学老师爱丽丝·戈尔曼，尽管她的爱尔兰天主教家庭极力反对。格特勒这个犹太移民，干脆利落地打消了他们的反对意见，他同意搬去和这些亲戚同住，还住进了他们在布鲁克林的家中的顶楼。他甚至会和妻子一起参加周日礼拜。"尽管他始终拒绝去做忏悔。"他的儿媳在多年后回忆道。

格特勒不是查尔斯·诺里斯那种仪表堂堂的人物。他身材瘦小，有一张表情紧张的脸，严肃的黑眼睛，精心梳理的黑头发。他在陌生人面前很害羞，不关心政治，对记者没完没了关心他的工作很不耐烦。面对爱打听的记者，他通常会用一副惹人生气的学究面孔来逃避——"他的性格就像他常用的氯化钠（食盐）一样苍白无趣"，在提问得到了一连串干巴巴的回答后，一位沮丧的记者写道。

这种形象让了解格特勒的人不禁捧腹。他喜欢打竞争激烈的保龄球，喜欢棒球赛时离赛场最近的座位，喜欢随便什么赛马比赛，只要他能下注就行。他每周都从办公室打电话给自己的赌马经纪人。他说服爱丽丝在萨拉托加赛马场度假。他从来不会拒绝打扑克牌这么有趣的游戏，每周都和办公室的赌徒同道来上一局。他的妻子打趣说，他搬到她家的真正原因，就是他和小伙子们出去玩的时候她能有人陪。

格特勒将这种竞争倾向直接引入了实验室。他痛恨在化学分析中轻易放弃，他也非常憎恶大街上某些下毒者会骗过他这种想法。他是位如此优秀的化学家，以致贝尔维尤医院拒绝放他脱离病理学研究工作。此外，他也真心享受他为纽约大学所做的教学工作。因此，如果诺里斯想要格特勒为他工作——他确实如此——就不得不接受联合聘用。

这将是一个挑战，诺里斯提醒他的新雇员。[①] 美国其他城市还没有专用的毒理学实验室。格特勒将不得不从零开始设计实验室，并为纽约的办公室创立了一种方法论。法医毒理学没有培养计划，这一学科的专业书少得惊人，其中大多数都以欧洲的研究为基础。

在类似帕特里克·赖尔登的验尸官主管的时代，纽约备受瞩目的下毒案都被送到该市著名大学的备受尊敬的化学教授那里。他们的工作往往完成得很好。但正如格特勒所说，这些化学家“在人体组织毒理学分析上的经验少得可怜”，也很少有时间花在这项工作上，常常为满足其他要求而压榨这项工作的时间。在一个案例中，有位教授曾用了二十个月去分析某些组织（在这期间他去欧洲度了三个月的假）。

换句话说，这份充满未知而又难以应付的工作对格特勒来说简直再完美不过了，他喜欢将自己的时间尽可能多地塞满工作，他热衷于应付各种各样的挑战，而且狂热地相信化学的力量。他采取了直截了当的方法。如果检测方法还不存在，他就发明它。如果研究方法还不存在，他就亲自开发出来。如果一种新的毒物或药品上了市，他就出门去肉店，就在布鲁克林他家的街角附近，买上三磅的动物肝脏。他会来到贝尔维尤，胳膊下面还夹着那包缠着麻绳、血迹斑斑的东西。在他的实验室里，他会将肝脏切成

---

① Alexander O. Gettler, *The Historical Development of Toxicology*, 是一九五三年二月二十六日至二十八日在芝加哥举行的美国法医科学院年会上的演讲。

整齐的一段一段，给每一段注射不同的药品，再将组织切片碾碎。然后，他会试验各种方法，从组织中提取所注射的化学物质，寻找能检测到剂量小之又小的每种毒物的方法。

这是一个筚路蓝缕的开始，也是一个不忍卒睹的、混乱的开始，但是，他必须得从某处开始。

格特勒主要在新发明的、他估计有一天会出问题的毒药上使用肝脏检测法。对那些众所周知的平常毒物，他常常可以得到一具尸体用于研究。比如甲醇，很不幸，格特勒现在可以依靠来自停尸房的稳定的尸体供应了。

甲醇，工业上被称为木精，也称为木酒精、木醇、殖民地酒精、哥伦比亚酒精；其本身并不算是新发现。[①] 古埃及人在尸体防腐过程中就曾使用过它。几个世纪以来，它一直是手工威士忌的必备原料。它的化学分子式在一六六一年被一位化学家确定了下来，他称它为"黄杨酒"，因为他通过蒸馏黄杨木提取到了这种物质。"methyl"这个词来自希腊语的"methy"（意为酒）和"hyle"（意为木头，或者更准确一点说，是树的一小部分）。

甲醇的化学结构很简单：三个氢原子与一个碳原子结合（以所谓甲基群的方式排列），一个氧原子和另一个氢原子跟在后面。制造它也很简单，就像工业家和酿私酒者发现的那样，需要的仅仅是木头和热量。这个过程叫做分解蒸馏。木板和木片放入封闭

---

① 木醇的化学成分，详见 Medline Plus 网站，www. nlm. nih. gov/medlineplus/ency/article/002827. htm。关于酒精的历史，参见：http://science. jrank. org/pages/186/Alcohol-History. html。有一篇报道所做的历史回顾，对我要讲述的故事来说更具有现代意义，参见："Wood Alcohol's Trail: Many Deaths Before Prohibition Throw Light on Methods Needed to Combat Evil," *New York Times*, January 15, 1922, p. 86。

容器并加热到至少四百华氏度（二〇四摄氏度），随着木材变为木炭，其中所含的自然液体蒸发。这蒸气可被冷却、浓缩、蒸馏为相当混浊的汤汁，含有甲醇、丙酮和乙酸。第二次蒸馏将从其他原料中分离出纯粹的甲醇，一种像玻璃般透明、冰雪般无味的液体。

到了十九世纪末期，被称为木材厂的制造厂沿东海岸聚集，仅宾夕法尼亚州就超过了四十家。[①] 这些工厂一年要烧掉成千上万棵树，主要是桦树、山毛榉、枫树、橡树和赤杨，以满足人们对木炭及木材副产品几乎无止境的渴求。甲醇可被用作溶剂，制造清漆，还可作为染色的一种原料，或用作燃料。有些国家，例如英国和德国，禁止在日用产品中使用它，认为这过于冒险。但是，美国允许它进入大量日用品的原料，包括薄荷香精、柠檬香精、古龙水、像柑橘香味的佛罗里达须后水或月桂油，像金缕梅这类搽剂。

它也被用于“改变乙醇的性质”，实质上意味着将可饮用的酒精变成了致命的工业产品。甲醇的毒性如此之大——据估计两汤匙就能杀死一个孩子，因此只需要一点点就可将饮用酒变成有毒物质。由此产生的“工业”酒精被政府免除了酒类税，但是也需要依照法律给它贴上毒物的标签。

在格特勒赴任该市毒理学家很久以前，甲醇就已赢得了凶险的名声。它是山酒，便宜的街头酒，每个人都知道它可以且也确曾导致某些不幸的饮用者丧命。但是在格特勒产生怀疑——不，

① 关于二十世纪初的生产和变性配方的信息，可见于：Rufus Herrick，*Denatured or Industrial Alcohol*（New York：J. Wiley and Sons，1907）；H. W. Wiley，*Industrial Alcohol: Sources and Manufacture*（Washington，D. C.：U. S. Department of Agriculture，1911）。

他很确信——的这一时刻，甲醇的名声注定要变得更糟。

“我们的政府禁止蒸馏酒的制造，毫无疑问，这会导致有许多掺假和稀释的‘私酒’供应给公众。”[①] 一九一八年他在《美国医学会杂志》上的一篇文章中预言。

格特勒在完成这份报告时，禁酒令离立法只有一步之遥了。禁止制造、销售、运输、进口和出口“醉人的酒”——美国《宪法》第十八修正案在一九一七年十二月已经获得国会两院的通过。需要全部三十六个州批准，这份修正案即可生效。不出一年，十五个州通过了，以俄亥俄州为大本营的反酒吧联盟（The Anti-Saloon League）和基督教妇女禁酒联盟要求全国其他地方也保持一致。

游说团体中最有势力的反酒吧联盟，向喜欢被称为“美国酒类中心”的纽约派出了其最优秀的政治组织者。该联盟例行公事地引用了联邦政府的记录，它表明一周里城市居民消耗了约七万五千夸脱杜松子酒、七万六千夸脱白兰地、五百夸脱苦艾酒和超过五十万夸脱的啤酒、葡萄酒及各种各样的酒。这种不受限制的狂饮滥喝即将停止，组织者威廉·安德森如此承诺。“我愿意日以继夜地工作，”他说，“我们不会接受失败。”

由于这样的承诺——或者说威胁——天天能听到，格特勒怀

① A. O. Gettler and A. V. St. George, “Wood Alcohol Poisoning,” *Journal of the American Medical Association*, January 19, 1918, pp. 145 – 49. 有关木醇的毒性代谢的讨论，除了上文，还可参见：John M. Robinson, “Blindness for Industrial Use of a .4 Per Cent Admixture of Wood Alcohol,” *Journal of the American Medical Association*, January 19, 1918, pp. 148 – 49，以及 Charles Baskerville, “Wood Alcohol: Cooperative Caution,” *Journal of Industrial and Engineering Chemistry*, January 1920, pp. 81 – 83。

疑该市那些同样爱酒如命之人已经在准备应对合法酒吧的消失了。他们在建造秘密的蒸馏室和储备物资。“甚至在早些时候情况就已经相当明显了，最近这个城市每三十多个死于中毒的人当中，就有六个是死于假酒的。”他写道。杀死他们的威士忌中含有“数量可观的甲醇”。

甲醇得来非常便宜——几分钱一杯。它可以从废弃的木片、锯末、木头边角料和死去植物的碎片中蒸馏出来，而且它的味道很好。“提纯的甲醇尝起来很像乙醇（谷物酒），而且要便宜得多，”格特勒写道，“因此造假者买来甲醇，不知道它有剧毒，常常潜伏着失明和死亡。”

为什么一种酒精毒性这么大而另一种——来自谷物的酒精——却安全许多呢？这和甲醇与人类代谢过程之间的相互化学作用有关。随着人体内的酶分解为形成酒精的碳、氢和氧，这些原子形成了新的也更危险的分解产物。这致命的化学残余物主要由甲醛和甲酸组成。正如格特勒所说，甲醇自身也是有毒的，但甲酸的致命性至少是它的六倍。此外，甲醇代谢相对较慢，会滞留在人体内。转化成“更加危险的毒药”会用五天时间，这意味着饮用甲醇的人会泡在一种越来越致命的鸡尾酒里长达大半个星期。

格特勒想要医生们明白并且密切注意甲醇致死的方式：突如其来的虚弱感，剧烈的腹痛与呕吐，失明，陷入昏迷，心力衰竭。他想要他们为禁酒令的开始执行做好准备，这项法令确保了新的更加危险的酒精问题的出现。他和诺里斯都预见到甲醇致死案会急剧增加。

两个人都不相信支持新的宪法修正案的人所描绘的理想，都不相信禁止合法酒精会创造一个突然之间拒绝啤酒、葡萄酒和鸡尾酒的社会。更确切地说，“我们觉得应该及时提醒医生、验尸官和卫生官员，以便他们引起警惕”，他们还预料到了甲醇中毒的盛行。

格特勒给医生的信息很简单：这是毒药。去警示每个人。现在就去。

一九一八年的那个春天，毒药已经弥漫在空气中，这么说既是比喻，也是实情。[①] 它出没在报纸头版头条的那些陈词滥调的恐怖故事里——奄奄一息的孩子，失明的村民，破相死去的战士们。

美国在一九一七年四月向德国宣战，加入了第一次世界大战。首批美国士兵在那年六月到达法国，大约两个月后，德国使用了战争中最具毁灭性的毒气，用装满芥子气的亮黄色炮弹轰炸了战场。十一月，英国缴获了敌人大量的芥子毒气炸弹（德国在战争期间生产的这种气体超过了一万吨）并予以回击，让德皇的部队被他们自己的毒气弹轰炸了。

芥子气出自一种油质的黏稠液体，这种液体因含有硫磺而呈亮黄色。与另外一种爆炸性化学物质混合在一起，这种液体——名叫硫芥——碎解为棕黄色的气溶胶雾化状态。不过，芥子气本身就是关键，其中所含的浓缩硫与其他成分混合成为一种烈性的硫酸。作为众所周知的糜烂性发疱剂，或者说起疱剂，它一经接触便开始燃烧，穿透制服，穿透皮革，穿透皮肤，导致厚厚一层渗黄水的水疱，将眼睛烧灼出一层硬皮，因而失明。如果被人吸

① International Film Service, “Mustard Gas Warfare,” *New York Times*, July 7, 1918, p. 52; “Vast U. S. Poison Plant Was Working at Full Blast for 1919 Campaign,” *New York Times*, December 8, 1918, p. 45.

人，芥子气会让肺的内层布满血泡，使人呼吸刺耳，极为痛苦。德国军事战略家认为，它是一种失能剂而非杀手锏。它很少让人当场致命（虽然科学家日后会发现它是种强力的致癌物），但一直令人极其痛苦。

医务人员和战士们都在给家人的信中描述了这种毒气的效果。“真希望那些说要不惜任何代价继续这场战争的人，能看到被芥子毒气折磨的士兵们。”一位护士写道。那些被捆在床上的十几岁的小伙子，竭尽全力呼吸着，声音逐渐减弱成嘶哑的低语，祈求速死。

虽然传统武器在第一次世界大战中杀死了更多的人，毒气却将战争带到了新的噩梦边缘。德国用其他气体做实验，释放出致命的绿色氯云；法国采用的是混合了氯和一氧化碳的碳酰氯；美国人开发出了刘易斯毒气——一种氯和砷的丑陋混合物。于是有人戏称一战为“化学家战争”。

到了一九一八年夏天，美国也在制造芥子毒气——纽约的报纸称之为“人类所发明的最致命的战争手段”，军队的首席化学家解释说，它是毒气中最有效的，因为它不像碳酰氯，不会在阳光下分解，也不像刘易斯毒气，在潮湿时依然很稳定。德国人原来最先选定的是氰化氢气，但觉得它在空气中太容易消散。这种衰变使它的效果比那些质量更重的芥子气油滴要温和，芥子气油滴会落到战壕里士兵们盖的毯子上。

军方说，美国起初犹豫是否要使用芥子气，因为它似乎比其他武器更像是酷刑。当男人和小伙子们在战场上被炸成碎片是如此稀松平常的时候，这么说可能显得很古怪。但毒药似乎是一种完全不同的邪恶，阴险而又怯懦，没有英勇的战斗行为可以补救。

在国内战线上，纽约市——像那时候世界上许多城市一样——正忍受着战争的另一个致命副产品的折磨。[①] 这种折磨可以在大街小巷的新景观上看出来，就是一场白色口罩风暴。邮递员，运输工人，火车乘客，公务员和工厂工人，都戴着甚至是被要求戴上防护面罩，不是防毒气，而是防所谓的西班牙流感——这似乎从战场上吹来的瘟疫。

流感一直都是令人畏惧的，但这次大传染就像黑死病一样，传播速度快得不合情理，致死率高得令人难以置信。最早确诊的病例在纽约，根据该市公共卫生专员的说法，是来自商船的三个水手，他们九月中旬在曼哈顿休了个假。到一九一八年十一月，公共卫生部门记录仅纽约市就有超过两万人死亡。

该市推出了一个又一个规定，试图阻止传染的蔓延。火车站把那些貌似生病的旅客拦在站台上检查：如果他们有任何流感症状，就会被禁止乘坐公共交通工具。商家和工厂被要求错峰开关门，以减少高峰期人流量。学校还在上课，但孩子们都戴着粗棉布口罩、脖子上绑着大蒜到校，妈妈们指望这样能避免感染。政府鼓励人们避免在剧院、沙龙和舞厅大型集会。剧院被要求打开所有的窗子；如果警察发现窗子关着，剧院就得关门。牧师暂停了教堂的礼拜。州卫生部将“无防护”的咳嗽和打喷嚏定为轻罪，违者会被警方拘留。

---

① 参见：“The Influenza Pandemic of 1918,” http://virus. stanford. edu/uda/；“The Great Pandemic: State by State,” www. pandemicflu. gov/general/greatpandemic2. html；“The Deadly Virus,” www. archives. gov/exhibits/influenza-epidemic/records-list. html。关于贝尔维尤医院在抗击大流感的战役中所起的作用，参见：Sandra Opdycke, *No One Was Turned Away: The Role of Public Hospitals in New York City Since* 1900 (New York: Oxford University Press, 1999)；Page Cooper, *The Bellevue Story* (New York: T. Y. Crowell, 1948)。后一篇通讯稿为查尔斯·诺里斯所写。

然而，流感仍继续蔓延。床位全满的私人医院天天将人们拒之门外。像贝尔维尤这样的公立医院没有这种选择权，但是那么多医生和护士病倒，以致董事们认真考虑了关掉医院的问题。病房里挤满了人，简易床塞满了大厅，医院的病房用完了，工作人员就把门从铰链上取下来，用作病床之间的隔挡。在儿科病房，三个孩子挤一张病床。贝尔维尤平均一天死亡十例，有些天总数超过五十例。“这里已经到了我只能见到病人两次的地步，”一位实习医师回忆说，“一次是他们来的时候，另一次是我签署死亡证明的时候。”

除了审核流感病例数，拼命地努力记录死亡数字，保证数字准确，保存血液样本，标出其他原因造成的死亡，诺里斯手下的工作人员能做的很少。就像诺里斯写给市长的信里所说，医院的正式员工都忙着尽力多抢救几个病人，“无法向不幸的亲人或朋友提供死亡证明”。每个人，从医生到化学家，都被迫承受着大量炮制死亡证明的可恶工作。与此同时，诺里斯还要尽力保护手下被围攻的工作人员，不被送去参战。义务兵役制在九月中已经生效，陆军部将应征年龄定在十八到四十五岁，这意味着诺里斯的十一位医生中有八位符合条件。

“假如我们当中任何一个被拉去应征，接下来就不可能找到受过病理学训练和有病理学工作经验的医生接替他们的位置，我们不能靠数量日益减少的医生维持工作。”[①] 诺里斯赶紧写信给军队，指出前一年他的办公室处理了一万两千多个案例，那还是在大流行之前。要是再这么少下去，靠这几个人，“我们是没法完成办公室必须执行的任务的”。

---

① Norris to Major General Crowder, provost marshal general, Washington, D. C., September 6, 1918, medical examiner's files, New York City Municipal Archive.

诺里斯特别想要留住他那位三十四岁的毒理学家，不想让此人被征召入伍。他又写了另一封信，口气轻松但暗含威胁。格特勒在过去的一年里已经做了几次“从战士的衣物中提取毒物和药品的”实验。实际上，这位毒理学家“接触了死于该市的战士和水手，有很多这样的病例我们曾不得不小心地处理过，我要很高兴地说，那都是在最友好的工作基础上与各个不同的政府部门合作完成的”。

诺里斯希望以这种方式留住格特勒，没有人会喜欢公开关于酗酒的士兵（例如最近那个在列车到站时掉下站台的）或者那几个被甲醇毒死的水手的报告。他的文件里这两种记录都有。事实证明，这封信很有说服力，或者有人会说它是封有效的恐吓信。两种说法都可以——诺里斯可不在乎。重点在于，诺里斯留住了自己最需要的化学家，让他可以继续做他非常必要的工作。

在格特勒的实验室里，木地板已经因化学药品滴液的腐蚀而脱了色。白色的石膏墙被烟雾熏成了灰色，石制柜台上挤满了玻璃瓶、长颈瓶和一盘盘变色的肝脏样本。

在这个房间里，背景音乐是煤气喷灯的嗞嗞声，是蒸馏器蛇一般的嘶嘶声，还有长颈瓶在火上咕嘟冒泡的声音。毒物将这里与外面的世界区别了开来。对别人来说，窗口映出的煤气灯温暖的光亮也许意味着一个家庭聚会。但在这里，化学家们却要检测血液和组织里所含的点燃了那些灯火的一氧化碳。他们担心保健药中使用的马钱子碱，担心冲洗照片过程中使用的氰化物，还有塞进老鼠药里的砒霜。他们都知道，在三楼这个实验室里，最平常不过的家庭日用品都可以用来杀人。在一九一九年的头一个月，格特勒曾断定一个十三岁的女孩只用洗奶瓶的来苏尔就毒死了一个婴儿。

因此，随着禁酒令一步步成为现实——怀俄明州已在一九一九年一月十六日成为批准新的《宪法》修正案的第三十六个州——格特勒和他的小团队重新面对原来的想法：甲醇将会越来越流行。第十八修正案现在已经得到充分的许可，计划于一九二〇年生效。尽管随着纽约客们急忙寻找替代供应，法医办公室已经追踪到酒精中毒者在上升。

到一九一九年深秋，该市有超过六十人死于饮用甲醇，另有一百人因此失明。同样的情况也发生在全国各地：康涅狄格河谷有七十例甲醇中毒死亡，芝加哥九例，克利夫兰十五例，孟菲斯三例；丹佛十二例失明，诸如此类。但是诺里斯警告说，官方报告低估了总数。许多医生还不知道如何检测甲醇导致的死亡——这一化学程序尚不完备。

他的部门希望改变这种状况。

“在一九一八年和一九一九年期间，我有机会检查了七百多份人体组织中的酒精”，格特勒在一篇解释人体组织中的甲醇检测的论文中写道。[1] 在为预料之中的中毒案例的爆发做准备时，已然表现出他作为完美主义者的天性的格特勒，已经评估完了五十八种不同的在人体组织和所谓的威士忌当中鉴别甲醇的方法。

他把这些检测方法用在了“八种典型的优质谷物威士忌”和烈性苹果酒以及五种没收的甲醇样本上，以对比它们的检测效力。他又在另外五种混合了甲醇和水的鸡尾酒中做了检测：每一次他

① Alexander O. Gettler, “Critical Study of Methods for the Detection of Methyl Alcohol,” *Journal of Biological Chemistry* 42, no. 2 (1920), pp. 311 - 28.

都增加水量，稀释酒精使其更难检测。

接着，他评估了在人体组织中检测甲醇的方法。他最喜欢的方法需要磨碎一大块组织——五百克，大约一卷硬币的大小和重量——再把这粉红的肉泥放入长颈瓶，加上一滴矿物油（以防渗出）。然后将长颈瓶放入正在沸腾的水盆中，使软泥冒气，变成一团黑乎乎的烂泥。他在烂泥中加入酸，让其冷却。如果接下来将一种不稳定的活性氧化物——比如说一种像重铬酸钾的碳酸盐——搅拌到这团肉泥当中，再加热长颈瓶，那一直处于活动中的氧就会引起其中的酒精进一步分解，甲醛就会冒着泡出来。大部分酒精只会产生一丝丝甲醛，但甲醇释放出的甲醛量极大，而且刺鼻，有毒，不会弄错。

检测一瓶烈酒要用到一个同样复杂的蒸馏和氧化过程。但是格特勒认识到，对这个领域的检测者来说，他需要的是在一个酒吧里进行快速检测，拖着个蒸馏器到处走十分尴尬，更不必说，也没有可能。最方便的替代方法就是把一枚铜币加热到红透，再把这燃烧的金属投入酒精。加热的金属会让甲醇与空气中的氧发生反应——另一种氧化——并释放出刺鼻的甲醛气味。

检测者不得不冒着让自己的嗅觉麻木的风险来进行便携式测试，铜丝法的结果只有在瓶子里装着高度数甲醇，比如四十度（也就是百分之二十）或者更高度数的时候才是可信的。如果甲醇被稀释了，也许只是用来给其他材料调味的，“对许多人来说，检测到甲醇就是极其困难甚至不可能的，”格特勒写道，“我让许多人尝试过这种方法，使用相同的液体，结果有些人说存在甲醇，而其他人认为没有，还有一些人不太确定。”

格特勒没有因这一答案不同的局面而慌乱。检测毒物什么时候又容易过呢？

血腥的、用上了毒气的恐怖战争终于结束了，停战协定在一九一八年签署，正式的投降条约一九一九年在凡尔赛达成。随着军队从舰船上大批涌出，阅兵、庆典和聚会在纽约盛行一时。

但是，海兰市长没有庆祝的心情。他给诺里斯和其他部门的领导写信说，兢兢业业的市政府职员不应该欢乐过度："我的注意力被这样一个事实吸引了——当载着归国部队的运输船沿河而上时，大量的碎纸片被扔了下来……市政府的职员们应该充分了解这样的行为是在违反法令，给我市带来了额外的工作和支出，不仅因为要清扫这些非法垃圾，还因为这是对纸张的极大浪费。请你们下令禁止这一行为好吗？"[①]

顺便说一句，部门领导应该停止再要钱改善他们的部门。他已经发现，诺里斯是个害群之马。就像海兰对他的验尸官所说的那样："如果用这种方式没完没了地惹恼一位官员，是不可能让他去做任何建设性工作的。"

诺里斯没理会他的诸多抱怨。十二月，海兰再次写信给诺里斯，请求他不要再为扩大员工队伍进行游说。如果诺里斯能放弃"玩弄政治手腕，也就是拼命填补职位空缺"，这位验尸官就会发现自己有额外的时间用于从内部改善其部门的工作。但市长也在同一封信里承认，两年来他一直在对诺里斯说这些话，根本没有真正指望这些建议被其采纳。

诺里斯自然还是继续要求扩充人员。与此同时，他和格特勒决定发起一项运动，向"全国酒都"的居民警示甲醇的危险。"通过对内脏的化学检测，我们已经发现了甲醇中毒案例在明显上升，"诺里斯致信卫生部门道，"这表明全市出售的酒精中所含的

---

① Hylan to Norris, December 19, 1918, medical examiner's files, New York City Municipal Archive.

甲醇数量已达到危险水平。”[①]

十二月里，曼哈顿有四十二例甲醇致死案，另有九例在周边各区。还报告了超过一百个与酒精有关的新的失明案例。[②] 总部设在曼哈顿上西区的全国预防失明委员会指出，这种模式正在全国各地重演。全国最近有接近一千人由于甲醇中毒而失去了视力。医生将失明归因于甲醇对视神经的破坏作用。

随着这个月的结束，随着禁酒令正式生效日期的日益临近，诺里斯、格特勒、纽约市卫生委员会、纽约医学会和预防失明委员会的领导举行了一场新闻发布会，敦促该市阻止出售和分销木醇以及所有其他形式的甲醇。“一茶匙的甲醇就足以导致失明。”诺里斯警告说。喝上一杯这东西，几小时内就能要了一个人的命。[③]

格特勒、诺里斯和他们的同事一致预见到，禁酒令非但不会让酒精消失，反而会制造出“无数有害的威士忌代替品”。他们在一九一九年十二月做出了这一预测，因为为时太早，还不能说是否会被证明是正确的，抑或他们只是在表达负面的看法，他们的这个看法来自其在贝尔维尤医院的病理学大楼里无数个小时的连续工作。

---

① Norris to S. F. Wynne, Department of Health, medical examiner's files, New York City Municipal Archive.

② “Poison Drink Killed 51 Here; Blinded 100,” *New York Times*, December 27, 1919, p. 3.

③ 同上。

三　氰化物（HCN，KCN，NaCN）

一九二〇至一九二二

鸡尾酒会顽强地活跃到那一天最后的钟声响起，直到一九二〇年一月二十日那可怕的第一分钟。[①]因为禁酒令正式开始的那个早晨即将来临，狂欢者们在垂着黑布的房间里彻夜跳舞，房间里摆着用来收集空酒瓶的敞口棺材。在时代广场上，人们聚在一起为午夜的钟声哀悼。跳舞的人和哀悼的人穿着闪闪发亮的晚礼服或者庄严肃穆的仿制丧服，戴着黑色大礼帽和精致的面纱，尽其所能喝得烂醉如泥。有些人一直待到早晨，挤在百老汇大街上仗着威士忌的酒劲抗议。其他人则悄悄溜走继续他们的秘密宴饮。

让派对继续十分容易。只要合法饮酒一结束，非法酒精供应商就会挺身而出。[②]正如格特勒所预言的那样，他们会提供极其致命的酿造品。那年一月，酒精中毒死亡在全国掀起了涟漪：纽约市有八例，哈特福德仅一天就死了四人，托莱多死了两人，华盛顿死了七人。很快，警察就发现，谋杀者已经学会了从中得利。在一个典型案例中，禁酒令生效还不到一个月，两个被发现死在纽瓦克的人于几小时前在包厘街（Bowery）的一个低档酒吧买了酒。人们以为他们是死于酒精中毒，直到标准的化学分析发现，尸体里面充满了氰化钾。而杀人凶手，不管他是谁，早已逃之天天。

不出一年，曾经喧闹的光明正大的酒吧让位于秘密的地下酒吧和造私酒者，他们会以两美元一瓶的送货价偷偷地送杜松子酒上门。“地下酒吧是美国人新生活中一大引人注目的特色。”一位为此着迷的英国游客写道。

> 每次出去喝一杯都是冒险。我猜，变身为海盗或是黑道人物走进一个走私犯的山洞，增加了人们的快感。你走进那些上了链条的紧锁的门，一双眼睛通过木墙上的窥视孔观察着你……你把自己的名字签到一本簿子里，得到一张看起来很神秘的卡片，上面只有一个数字。然后，你获准来到后面店堂的吧台，吧台前有一长串喋喋不休的酒徒。那儿也许有个红色的信号灯，可以从大门处操控，以防税务官或者警察要求入内。[3]

当这个信号灯在前门上方闪烁时，主顾们就会从后门逃走。

到夏天快结束时，新的《宪法》修正案才出台短短半年，纽约的官员们就已经在担忧它的执行了。八月里，布鲁克林的一位地方法官主持了对一名窃贼的庭审，此人闯入一家他以为已经关门歇业的酒吧，一晚上都在里面狂饮那儿供应的杜松子酒。法官

---

① 关于纽约市禁酒令文化的最好的概述，参见：Michael A. Lerner, *Dry Manhattan* (Cambridge, Mass.: Harvard University Press, 2007)。

② “Will Try to Indict for Poison Alcohol,” *New York Times*, January 6, 1920, p. 4; “Four More Deaths from Wood Alcohol,” *New York Times*, January 12, 1920, p. 10.

③ Stephen Graham, *New York Nights* (New York: George H. Doran Co., 1927), pp. 60 - 68.

以接下来的话宣泄着自己心中的失望："禁酒令就是一个笑话。它夺走了贫穷工人的啤酒，让整个国家泛滥着老鼠药。"[①] 警察署的化学家分析了那家布鲁克林酒吧及全城酒吧的所谓杜松子酒，报告说其中大部分都是工业酒精，被重新蒸馏过以去除其中的甲醇含量。重新蒸馏并不是太成功。有毒的甲醇仍然残留着，而且不止这些：化学家还在这些饮品中检测到了少量的煤油、汞和消毒剂，包括来苏尔和石炭酸[②]。警察署长警告说："喝酒的人从健康角度讲，就算不是冒着生命危险的话，也是有长期的健康之虞。"

但是，对于喜欢这类新型地下酒吧的人来说，风险正是乐趣的一部分。[③] 有时，它甚至就是全部的乐趣所在。就像那位英国作家记录的，在昏暗的灯光下和藏在角落里热辣的爵士乐声中消磨时光，体验一下出现在桌上的古怪液体，既有趣又奇异。另一个昏昏沉沉的老主顾这样描述泡夜店的时光："酒保给我拿来些本笃会甜酒，瓶子没错。但是，利口酒却很奇怪——玻璃杯最上面是透明的，中间是黄色，底部是棕色……噢，喝了它，好像做了什么梦似的……这就是地下酒吧生活的祸根。你得在第二天早上打电话给朋友，看看他是不是还活着。"

在这些地下酒吧里，别出心裁的酒保因善于掩饰当天酒精的味道而备受尊敬。他们创造了新一代的鸡尾酒，把大量果汁与利口酒和私酿的杜松子酒混合在一起，用色彩鲜艳又气味芳香的添

---

① "Prohibition a Joke, Dale Says on Bench," *New York Times*, August 12, 1920, p. 10.

② 石炭酸的主要用途是消毒和防腐。——译者

③ Graham, *New York Nights*.

加物掩盖酒精刺鼻的味道。[1] 比如：班尼特鸡尾酒（杜松子酒、酸橙汁、苦精混合而成），“绝妙好物”（杜松子酒、蜂蜜、柠檬汁混合而成），杜松子气泡（杜松子酒、柠檬汁、糖和苏打水混合而成），还有“南面”（柠檬汁、糖浆、薄荷叶、杜松子酒和苏打水混合而成）。

至少，这些都是这座城市里更高级一些的场所提供的那种酒——比如五十二街上的“杰克和查理 21 酒吧”，或者西四十五街上的“贝拉·吉南的埃尔菲俱乐部”，那儿的女老板浑身亮闪闪的，像个枝形大烛台，当人群中的禁酒探员被发现时，室内乐队便会奏起《囚徒之歌》。在整个包厘街，就像警察会告诉你的那样，可选的饮品就是一种叫做“烟酒”的浑浊鸡尾酒，由水和燃料酒精混合而成。[2] 这种烟酒被藏在油漆店、药店和市场的后面，跟干货和成堆的瓶瓶罐罐放在一起。幸而，这种酒便宜——十五美分一杯——几乎是纯甲醇。

在糟糕的季节里，烟酒致死案在包厘街平均一天一例。试图追捕向那些可怜人提供鸡尾酒者的警察发誓说，这酒就是直接从印有“毒药”字样的罐子里倒出来的——可那些人不在乎。他们就赌它不会要命，不管三七二十一就喝了下去。

随着对化学分析的需求愈演愈烈，诺里斯被海兰依旧对他的

---

① 关于一九二〇年代这些鸡尾酒的调配方法有很多记载，比如 *The Savoy Cocktail Book*（London：Constable and Co.，1930，reprinted London：Pavilion Books，1999）。

② “Norris Explains Why the Death Rate Mounts,” *New York World*，November 21，1920，p. 3.

部门采取如此吝啬的管理方式激怒了。[1] 市长每年都限制他的预算，好像还记恨着最初的怨气。

一九二二年，诺里斯在写给市长的又一封信中指出，他的办公室只有四十一位职员（相比之下赖尔登时代手下有六十二个）。每年付给他手下医生的酬劳平均不到四千美元。化学家甚至还拿不到这个数——通过不断地纠缠市长，他最终设法让格特勒的年薪增加了三千美元。

他本人的年薪只有六千美元，就像诺里斯所指出的，整个团队中没有一个人能挣到过去的验尸官制度下享受的那种收入。但让他更愤怒的是整个部门的基本保障的缺乏。一九二一年订购的所有新设备都由诺里斯本人或者其员工买单：每一根试管，每一把解剖刀，称量组织样本的新天平，研究组织损伤的黄铜小显微镜，诸如此类。格特勒还要动用他并不丰厚的薪水去买实验用的额外的化学药品和每周配给他的实验用的生肝。

诺里斯说，若市政府不能认识到"有罪或无辜完全要依赖对犯罪现场证据的化学和生物分析这个众所周知的事实"，那么法医办公室就不可能将工作做到最好。如果有谁怀疑这个前提，它就会在布鲁克林一个漂亮的小旅馆得到痛苦的证明。

在布鲁克林高档的哥伦比亚高地社区橙子街东北角上，玛格丽特旅馆就像个硕大的节日装饰品一样闪闪发光。[2] 这座旅馆建于一八八九年，按照本地建筑师弗兰克·弗里曼的色彩斑斓的计

---

① Norris to John F. Hylan, June 12, 1922, medical examiner's files, New York City Municipal Archive.

② Federal Writers Project, *The WPA Guide to New York City* (1939).

划施工，石灰石、砖和赤陶的十二层楼，有黄铜栏杆的阳台，拱顶的长方形窗子直通上华丽的屋顶。

在二十世纪二十年代，这家旅馆既提供过夜住宿——每晚的房价高达二十美元——也提供常住公寓。后者是那么受欢迎，结果旅馆主人又给长期住户另建了一栋配楼，以同样色调的铜、红色和金色精心打造，提供与主楼相同的白袍侍者送餐服务，以及同样由穿制服的服务员操作的烤铜电梯和同样的几乎从不照面的客户清洁服务。就这样，优雅的玛格丽特旅馆天衣无缝地融入了高地社区那些优雅的高楼大厦之中。

直到有一天，一位退休的毛毯商人和他的妻子被发现死在他们位于配楼的公寓浴室的地板上。

“老夫妇离奇被杀”，一九二二年四月二十七日的《纽约时报》登出了这样的大标题，反映出了警方的困惑。他们发现，七十五岁的弗雷蒙特·杰克逊和他六十岁的妻子安妮蜷缩在浴室黑白相间的瓷砖上。两个人都穿着日常的衣服。女人躺在水斗附近，男人就躺在浴室门口。

杰克逊夫妇死得很惨。他们牙关紧咬，嘴唇上沾满了干涸的血沫。两人的脸呈一种怪异的蓝色，皮肤上布满了青红色的斑点。负责此案的医生怀疑是双双自杀，可能吞服了某种快速起效的毒药。

可是，警察在杰克逊的房间里并未发现毒药的蛛丝马迹——没有容器、药瓶或者瓶子——一只酒杯的底部也没有可疑的残余物。其家庭成员说这对夫妇幸福而又健康，坚持说他们绝无可能自杀。杰克逊夫妇结婚还不到一年。在独自生活多年后，他们二人都很享受第二次婚姻的陪伴。安妮·杰克逊的儿子从曼哈顿自己的家中发来电报指出，他母亲死于食物中毒，她的丈夫肯定是发现尸体后因震惊而死。

遵照诺里斯的命令，布鲁克林区办公室的一位助理验尸官进行了尸体解剖。解剖表明可能存在氰化物，众所周知，它会引起一种化学性窒息，这也能解释缺氧导致的体表青紫色。可是氰化物是从哪儿来的呢？它致死很快，对他们来说快得不可能在别处喝下它后再漫步回家。警察再次搜查了公寓，还是没能找到毒药的一丁点痕迹。

“杰克逊先生和杰克逊太太死于中毒，但这毒药是自己服下的还是有人送给他们的，目前还不可能判断。”验尸官办公室宣布，“毒药可能被放进了食物或饮品当中。”动手解剖的医生切除了两人的胃，放入标本缸，又将其从布鲁克林送往曼哈顿的格特勒实验室进行分析。[1] 直到这些结果出来之前，警察“没法判断是什么造成了这对夫妇的死亡”。

不过说实话，他们宁愿是别的毒药，别的什么不像氰化物这么邪恶的毒药。

氰化物拥有独一无二的漫长而黑暗的历史，很可能是因为它们就在我们周围大量生长。[2]

它们的味道藏在紫杉树叶里、樱桃月桂的花朵中、桃核和杏核里，还有又白又嫩的苦杏仁的酥脆口感里。它们从马陆虫一样

① “Autopsy Deepens Jackson Mystery,” *New York Times*, April 28, 1932, p. 36.

② 关于氰化物的历史、化学成分和用途，参见：Witthaus and Becker, *Medical Jurisprudence*, pp. 4: 602 - 40; Thompson, *Poison Mysteries*, pp. 143 - 76; Alexander O. Gettler and A. V. St. George, “Cyanide Poisoning,” *American Journal of Clinical Pathology* 4, no. 9 (September 1934) pp. 429 - 37。

的节肢动物的分泌物里渗出来，通过蓝藻细菌——聚集在沿阴暗池塘和湖泊边缘浮游的蓝绿藻之中——编织出有毒的线状物，还生活在遍布森林和田野的线状植物中。

人类很早就认识到了富氰化物植物的杀人潜力。学者们发现埃及的象形文字曾提及“死于桃子”，这使他们相信，那些很久以前的王朝曾施行氰化物死刑，也许是用有毒的水果核制成药水。几个世纪以后，大量而且致命的氰化物变得更容易得到了。这种情况部分是由于一个德国画家在一七〇四年做的一些实验，当时他只是想改善自己调色板上的色彩。

这位艺术家叫海因里希·狄斯巴赫，生来就喜欢进行各种各样的实验。他在柏林一位化学家的实验室里泡了几个小时，尝试制造出一种新的红色颜料。他把各种混合物越来越狂野地搅拌在一起，最终把干血、草木灰（碳酸钾）和绿矾（硫酸亚铁）混合好，然后放在明火上炖烧。他期待烧瓶里能产生一种血红色，但事与愿违，出现的是完全不同的光彩——一如暮色渐弱时那种深紫蓝色的光。狄斯巴赫称这种鲜艳的颜料为柏林蓝，英国化学家后来改称其为普鲁士蓝。

大概八十年后，一位瑞典化学家将普鲁士蓝与酸溶液混合，加热这种古怪的起泡溶液，产生出了一种无色气体，看不见但有淡淡的苦杏仁味道。这种气体很容易浓缩成透明的液体，甚至可用水稀释，是种异常强大的酸。这种腐蚀性液体被广泛称为普鲁士酸，虽然科学家宁愿称其为氢氰酸（hydro 是希腊语中的单词水，kyanos 则是蓝）。

而那种气体是氰化氢（HCN），氢、碳和氮原子引人注目的致命组合。它可以经化学处理产生粉状的白色有毒盐，通常是氰化钾（KCN）或者氰化钠（NaCN）。作为一个整体，这三种氰化物迅速在工业产品中显现出了它们的巨大价值。氰化氢被用于杀虫剂、炸药、雕版、回火钢材当中，作为一种消毒剂，用于制造彩色染料，甚至制造尼龙。氰化钠成为采矿业中备受青睐的工具，用于腐蚀没用的岩石并提取其中所含的黄金。氰化钾也用于采矿，同时还用于照相、电镀和金属抛光。

在纽约追踪氰化物问题的亚历山大·格特勒，保留着一份意外中毒的清单，比如某人因为用有裸露伤口的手擦拭家里的银器而中毒。这种暴露剂量很低，大多数人在经历了痛苦的煎熬之后都会幸存。但是格特勒的记录中也有致命的一例，某人吃饭的锅从里到外打磨得闪闪发亮后，没有彻底清洗干净。格特勒担心——不，他知道——使用氰化物的人不理解它们有多危险："氢氰酸对动物王国的所有成员都是毒药，这一点有相当大的现实意义。"

换言之，氰化物有用，充足，且容易得到——也异常地致命。

尽管如此，大多数谋杀者还是倾向于避开氰化物，因为这种毒药留下的证据痕迹太过明显。由此产生的尸体将是研究横死的教科书，其特点是擦伤般的变色，最后一次痉挛导致的全身扭曲，以及经常奇怪地散发出氰化物特有的警示气味——一种淡淡的杏仁味。（研究者后来会发现，相当一部分人携带的基因突变使他们闻不到氰化物的味道。）

由于氰化物迅速起效的名声，它更多是作为自杀的选择而流行起来。就像格特勒描述的那样："急性中毒的症状几乎以闪电般的速度发生。摄入这种毒药两到五分钟之内，人就会倒下，往往伴随着高声尖叫（死亡尖叫）。"[①] 剂量少一点的话致死的速度也

① Gettler and St. George, "Cyanide Poisoning," p. 430.

会慢一点，但仍比大多数其他有毒物质快一些。吞服氰化物的平均存活时间在十五分钟到四十五分钟之间。快也好，慢也好，其结局都绝不是好的。氰化物致死的最后一分钟非常残酷，表现为抽搐、绝望地喘气、口吐血沫，最终陷入无意识，得以解脱。

无论吞服还是吸入，氰化物家族的所有成员都以相同的方式杀人——它们阻断了身体运输或吸收氧气的能力。十九世纪九十年代末，曾有一位大胆的医生吞下了少量氰化钾以试验其效果。[1]直到格特勒时代的医学论文中，仍然会提到他当时气喘吁吁地叫喊他快要窒息了。尽管那位医生幸存了下来，后来却再也没有一个人敢去重复那个实验了。

氰化物的行动准得要命。它以惊人的速度与血液中的蛋白质结合，这种蛋白质叫做血红蛋白，负责将氧气运送至全身。因此，这种毒药通过血液循环迅速传播，被输送到全身各个细胞。它摧毁了那里的细胞能量机制，使细胞丧失呼吸功能，导致细胞因缺氧而迅速死亡。细胞呼吸会立即陷入“瘫痪”，如格特勒曾指出的那样，身体便开始死亡。酶的生产受阻，电信号衰退，随着肌肉细胞和神经细胞的爆发式衰亡，其结果常常是身体咔嗒作响地抽搐。

死亡之后，缺氧会让皮肤泛出蓝色斑点。在尸体解剖中，血液的颜色显得那样暗沉，以至有时看起来像是紫色。从肺部通往心脏的血管全部充血，这证明了心脏曾不顾一切地努力输送越来

---

① Witthaus and Becker, *Medical Jurisprudence*, pp. 4: 610 - 12. 除此之外，有关其内部损伤的描述和尸检结果，还可参见：Gettler and St. George, “Cyanide Poisoning”; Peterson, Haines, and Webster, *Legal Medicine*, pp. 674 - 82, and Gonzales et al., *Pathology and Toxicology*, pp. 802 - 804。

越多的血液，同时身体在不顾一切地寻找任何有逃离迹象的氧气。在格特勒的时代，容易得到的氰化物盐提供了更有力的佐证，因为它们的腐蚀性是那么强。如果吞服，它们会把所到之处烧光。对一个氰化物致死者进行尸检，会发现嘴唇、口腔和食道的黏膜都变成了深浅不一的血红色，尤其是在毒药摄入时没有食物来缓冲其作用的情况下。胃部变得肿大，而且变了色，塞满因氰化物盐分解产生的沼泽般的道道黏液。

自从格特勒成为市里的毒物学家四年以来，他调查了分散于各区的七十九个氰化物致死案例。[①] 其中四十九例是自杀，通常用的是氰化钠。氰化钠是这种毒物中最廉价的形式，而且研究还表明，它比氰化钾更高效。（钠原子比钾原子更小，在化合物中给氰留出了更大的空间。）格特勒认为，其他死亡案例大部分都是意外。氰化氢一般用来熏蒸建筑物或消毒船只。偶尔会有工人被这种气体毒死，特别是当他们在气体清除前返回相关场所的时候。

研究者在调查玛格丽特旅馆里弗雷蒙特和安妮·杰克逊的死亡原因时，怀疑是熏蒸消毒。但是经理向他们保证，在这个关键时段里没有任何产生烟雾的行为出现。因此，如果确实是氰化物杀死了杰克逊夫妇，他们只能是吞服了它，所以两人的胃被相当小心地切除掉，去做了化学检测。

格特勒以为会发现这种毒物留下的常见残余，即氰化物经过消化系统留下的那种血淋淋的腐蚀性痕迹。可是那里没有。从死去夫妇身上切除的组织有轻微腐烂，但基本健康。不过，每个毒物学家都知道，人对毒药的反应各不相同，任何已知的取证法则

① Gettler and St. George, “Cyanide Poisoning,” p. 433.

都有偶尔的例外。

于是，他着手进行更精细的化学检测。[1] 他的计划是分别检查胃内容物和胃部肌肉组织。胃里的氰化物只能表明一个人吞服了这种毒药。胃壁里的氰化物则是它已被吸收的证据，甚至可以揭示出有多少氰化物进入了人体。

格特勒的详细笔记一步步解释了相关的检测程序。他把还很饱满的胃存放在冰盒里，直到准备好进行检测的时候。然后，他除去了胃内容物，将它们与肌肉组织分离开来。他从每个胃里取出了大约二百克（七盎司）的健康肌肉组织，将其搅碎成粉灰色的糊状。接着将胃内容物灌入容量为两升的烧瓶中，将肌肉糊放入另外两只烧瓶。他将酸滴入烧瓶，只滴一点儿，却已足够进一步分解胃内容物。他用蒸汽浴的方式蒸馏这种液体，然后将它浓缩到另一个旁边堆满冰的瓶子里。

任何氰化物最后都会被浓缩在一个冷却良好的烧瓶所盛的透明液体中。

随后一种可信的检测氰化物的方式被称为普鲁士蓝测试。一开始，格特勒取了一点蒸馏出的液体，加上一些富铁盐，然后加热这种混合物。随着它冷却下来，一层浑浊的褐色物质沉淀在烧瓶的底部。他一滴一滴地加入盐酸，直到那干结的沉淀物开始溶解。如果沉淀物中含有大剂量的氰化物，那么烧瓶中几乎立即就会形成一层亮丽的蓝色。如果只有一点点，就不会有蓝色闪光。沉淀物会闪现绿光，然后慢慢变蓝。

格特勒在胃组织和胃内容物上都进行了普鲁士蓝检测，他还

① Gettler and St. George, "Cyanide Poisoning," pp. 435 - 37; Witthaus and Becker, *Medical Jurisprudence*, pp. 4: 610 - 12; Peterson, Haines, and Webster, *Legal Medicine*, pp. 680 - 82; Gonzales et al., *Legal Medicine*, pp. 1050 - 52.

做了另外六种检测。没有变蓝，什么都没有。它们都不含氰化物。这意味着调查又回到了开始的地方，只有两具尸体，没有好的解决办法。

杰克逊案具备犯罪小说作家热爱而职业侦探鄙夷的那种密室推理小说的所有表象。实际上，杰克逊夫妇公寓的门被上了锁，一位要清扫房间的女佣用旅馆的钥匙开门时才发现了尸体。

但是，他们也许错过了一起巧妙的谋杀案的线索。其他案例中，关于杀人者试图将毒药偷偷地放进受害者食物和饮料中的创造性做法，单是纽约州法院系统就能提供大量的例子。

仅在几年前，韦斯切斯特县的一个男人，有天晚上因为妻子不给他拿香烟而生了气，就在起居室里放了一盒有毒的糖，等着她去品尝。梅维尔县一个退休的书记员，送了一盒用氰化物做花边的自制糖果给那个接替她位子的女人。白原市的一名女子，被邻居狂吠不止的狗激怒了，用一瓶含氰化物的牛奶替换了送奶工送来的那一瓶。欧林（Olean）的一位新婚女子不想要继子，所以就在这个六岁男孩去密苏里州度假时送给他一盒有毒的巧克力，结果差一点杀死孩子的姑姑，因为侄儿要跟她一起吃，她就吃了一块。

美国最著名的氰化物邮件谋杀案之一，发生在二十世纪初的纽约城。[①] 此案涉及氰化物，将一位内战英雄的儿子列为了杀人

---

① 有关莫利诺谋杀案的来龙去脉的精彩讲述，参见：Harold Schecter，*The Devil's Gentleman: Privilege, Poison and the Trial That Ushered in the Twentieth Century* (New York: Ballantine Books，2007)。许多法律网站和真实罪案网站上也有详细叙述，我特别喜欢的有："Packaged Death，" *Legal Studies Forum* 12，no. 2. See also http://tarlton. law. utexas. edu/lpop/etext/lsf/29-2/ （转下页）

嫌疑犯，以该市特有的尼克博克运动俱乐部[①]为犯罪背景。

一八九八年圣诞节前不久，该俱乐部的运动指导哈里·科尼什在家收到了一个意想不到的包裹。里面装着个漂亮的小礼物：一只蓝色的蒂凡尼盒子里面装着一瓶止痛的苏打水，下面还有个雕花的银制瓶托。科尼什和另外几个家人一起与他的姨妈同住。假期之后几天，他的姨妈开始剧烈头痛。想起收到的那瓶药，他就调了一杯给她减轻痛苦。让他无比惊骇的是，姨妈吞下了这剂保健药之后倒在了地上，上气不接下气，死的时候脸变成了蓝色。

惊慌失措的家人叫来了医生，医生立即在药瓶里发现了特有的苦杏仁味道。之后的解剖表明，尸体有典型的氰化物中毒体征。通过匿名邮件下毒的案子通常很难解决，但是调查者抓住了一个破绽：科尼什保留了那个包裹的包装纸。尼克博克运动俱乐部的一个秘书认出了标签上面的笔迹。这条线索直接将警方引向了一个名叫罗兰德·莫利诺的心怀不满的俱乐部前成员，他在与科尼什争吵之后退出了该俱乐部。

三十一岁的莫利诺怎么看都不太像是犯罪嫌疑人。他是一位著名的内战英雄的儿子，举止优雅，很有教养。他的父亲、前联

（接上页）packaged. html，以及“The Molineux Case” on Jim Fisher's forensics Web site，http://jimfisher. edinboro. edu/forensics/mol1. html. Stories from the *New York Times* coverage of the case include：“Molineux Jury Complete,” November 30，1900，p. 3；“Molineux Murder Trial,” January 6，1900，p. 4；“Molineux's Next Ordeal,” February 15，1900，p. 12；“Molineux's Trial Progresses Rapidly,” October 21，1902，p. 1；“The Influences Acquitting Molineux,” November 16，1902，p. 11；“Tales From Jail,” February 14，1903，p. BR12；and the transcript of *New York v. Molineux*，appellant，Court of Appeals of New York，argued June 17，1901，decided October 15，1901，Opinion of the Court。

① 纽约顶级私人俱乐部之一，始创于一八七一年，位于纽约东六十二街二号。只限男性会员。尼克博克（knickerbocker）是纽约精英家族代名词。其会员包括好莱坞早期影星道格拉斯·范朋克、银行家J. P. 摩根以及美国前总统罗斯福。——译者

邦军少将雷斯利·莫利诺曾在内战中参加过一些战役里面最关键的任务，在里士满支援过格兰特，在谢尔曼行军穿过佐治亚期间曾予以协助。这位将军是如此受人尊敬和喜爱，以至他的声名给儿子蒙上了一层温暖的类似保护伞的光环。起初警察觉得，认为罗兰德·莫利诺是凶手的想法简直荒唐可笑。但越来越多的间接证据改变了他们的看法。

莫利诺在蒂凡尼公司有个账户，他曾于十二月在第五大道的商店买过东西，那里会给他提供那个大家熟悉的蓝色盒子。他为一家家族染料公司工作，研究过化学，还有一个私人实验室，那里配备了一系列用于染色的毒药——汞、砷、富含氰化物的普鲁士蓝。他的办公室就在寄出包裹的那个邮局的几个街区之内。而且，这个儿子一点不像他的父亲：他是个有着极强优越感的人。他和科尼什争吵是因为对方拒绝把“社会地位低”的家庭排除在比赛之外，他曾写信给俱乐部要求科尼什离职，说其是一个“卑鄙的坏人”。

警方调查发现了一些更令人不安的事情。一个月之前，也就是一八九八年十一月，尼克博克运动俱乐部的另一名成员意外死亡。死者名叫亨利·巴内特，一直在追求莫利诺想娶的一个相当漂亮的年轻女子。巴内特的死被认为是自然死亡，死亡证明将死因归咎于突发的心力衰竭。但是现在警察们发现，巴内特也收到过一个匿名的药包，并在用药之后不久死亡。他们掘出了巴内特的尸体，发现其胃部和其他组织里含有高浓度的氰化物。

巴内特死后不到三个星期，莫利诺就和他看上的那位女子结了婚。警察确信莫利诺杀死了两个人，但检察官决定只以科尼什姑妈的死来审判他，因为后者的证据——包括那份笔迹样本——

更有力。此案于一八九九年末进入审判环节，结果，罗兰德·莫利诺被送往辛辛监狱等待执行死刑。

然而，检察官在做结案陈词时做了一个不幸的决定：他一再跟陪审团谈起巴内特的死，尽管莫利诺并未因那个案件被起诉。他夸张地告诉陪审员，他在夜里能够听到不是一个而是两个声音在呼唤他，求他为其伸张正义：不仅有科尼什悲惨死去的姑妈，还有亨利·巴内特，“他正当年轻，意气风发，就被人以同样的方式撂倒了……而一个由我亲爱的同胞组成的陪审团会在必须做出诚实而公正的裁决时畏缩不前吗？我认为不会”。

莫利诺在狱中待了近两年，并开始写一本名叫《有小门的房间》的关于自己经历的书，在这期间，他的父亲想尽办法为他洗脱罪名。一九〇一年十月十五日，他还在写那本书时，纽约州上诉法院一致认为，提及巴内特的死不够恰当，并撤销了判决。一年后，确信罗兰德·莫利诺有罪的地区检察官坚持要再次对他进行审判。但是这一次，将军雇用了一批笔迹专家来反驳邮件标签上那对他儿子极其不利的证据。

罗兰德·莫利诺在一九〇二年的第二次审判中被无罪释放，他的妻子立即和他离了婚。纽约坊间的判断是这个做儿子的在两起氰化物下毒案中都是有罪的，但是第二个陪审团因为他的父亲而免了他的罪。在无罪释放后，罗兰德·莫利诺仍然沉浸在遭受不公正判决者的生活和困境中。他又写了几本书，还与人合作了一出关于罪犯权利的戏剧，之后陷入精神崩溃，在一九一三年因精神病而进了纽约州立医院。四年后他死于精神病院，终年五十一岁。

追查下毒案的人在莫利诺案中看到了与威廉·赖斯案甚至弗雷德里克·莫斯案相同的教训。尽管受害者死于氰化物中毒的动机明确、证据有力，罗兰德·莫利诺还是逃脱了定罪和刑罚。这些教训很难被遗忘：下毒者很难抓到，定罪甚至更难。

与此同时，在尸体被发现超过一周之后，杰克逊案仍然是个谜。

根据发现时两具尸体僵硬和冰冷的状况，法医办公室已经排除了食物中毒。食物中毒的案例中，细菌感染容易使尸体的温度升高，足以让尸体保持热量的时间比其他致死方式的更长。杰克逊夫妇的尸体冷得太快了，不可能是食物中毒所致。

格特勒对夫妇俩的脑组织进行了细致的酒精分析，在两人大脑中都发现了痕迹。[①] 警察提出，杰克逊夫妇也许晚饭时抿了一点烈性的甲醇鸡尾酒。但是，每个认识受害者的人都对这一想法不以为然：他们说，杰克逊夫妇是热衷于去教堂的人，而且是禁酒令的支持者。

调查者对这些否认的说法持怀疑态度。许多可敬的人——包括市长本人——都是地下酒吧的常客。很多受雇来执行这一法律的联邦探员也是如此，最近一次是在旧金山和波士顿，禁酒探员常常在喝下太多的甲醇之后被送进医院。这些自称滴酒不沾的人，很可能一直偷偷摸摸地在一旁喝几杯杜松子气泡酒，就像其他每个人那样。

警察们认为，这对一个没有结果的案子来说是个合情合理的结论。外面当然有足够多的致命酒精可以杀死玛格丽特旅馆的每一位住客，甚至杀死更多的人。

---

① "Wood Alcohol Clue in Jackson Deaths," *New York Times*, April 29, 1922, p. 7.

在某次接受纽约一家报纸的采访时，联邦禁酒官员伊兹·爱因斯坦——如他自称的那样是该市“查禁私酒的冠军”——警告说，地下酒吧正在提供“我所见过的最劣质的假冒酒精混合物。我相信一大杯这种东西就能撂倒一个普通人，甚至一位禁酒探员”①。

前邮局职员爱因斯坦和他的搭档，一个名叫莫·史密斯的退休的雪茄店老板，在新法令生效的第一年就签字成为禁酒探员，并且从那时起一直在提升他们的工作技巧。他们依靠一种简单的方法收集起诉证据。他们会点一杯酒，把一部分样本倒进藏在口袋里的漏斗，流进一个小瓶子。小心翼翼地塞紧瓶塞以后，爱因斯坦和史密斯就会掏出徽章，逮捕每一个参与提供那酒的人。

这二人组在取得非法产品方面可谓是创意无限。有一次，史密斯跳入结冰的河水中，好让爱因斯坦能带他冲进酒吧，为他这个快要冻僵的人讨一杯酒喝，然后他们就突袭了那家酒吧。他们曾装作橄榄球手（逮捕一个用手推车卖杜松子酒的冰淇淋小贩）、得州骑警、犹太夫妇（史密斯扮演妻子）、有轨电车司机、掘墓人、渔夫、送冰人。爱因斯坦是个嗓音浑厚的男中音，有一次他自我介绍说是歌剧演员，还在关掉一家地下酒吧之前来了一场振奋人心的表演。

正如爱因斯坦向记者保证的那样，他和他的搭档实在太老练了，根本不会喝当下流行的那些像酒一样的有毒物质。他声称，这份工作使他们锻炼出了“一种识别一切醉人芳香的高度发达的嗅觉……当然了，这些造私酒的一天比一天更聪明，偶尔我们也会碰上几乎没味儿的调和物。这时候我们差不多就得湿湿舌头，来判断它是不是有酒劲儿。这种测试对训练有素的烈酒捕手来说很容易”。

---

① “Izzy, the Rum Hound, Tells How It's Done,” *New York Times*, January 1, 1922, p. 3.

他补充说，虽然市政专员偶尔“也小酌几杯”，但他们只会沉醉于他们没收的那些真正的好酒，那些“精品”。不过即便如此，爱因斯坦仍不敢确信其真假。为了自己，他把证据留在了塞住的酒瓶里，说：“我宁愿保住我的胃。”

但在杰克逊案中，该市已知的有毒酒类供应已证明与此并无干系。玛格丽特旅馆的死亡仍然逼得法医和警察抓狂。

格特勒对公寓里的每一个瓶子、盒子和其他容器都进行了检测。其中一个装着助眠保健药，它包含合法剂量的乙醇。这足以解释脑组织中的酒精痕迹，但肯定不足以杀死一个人。而且乙醇与甲醇相比，无论如何都没有毒性，格特勒如此指出。他没有发现任何表明有致命酒类中毒的东西。

布鲁克林一位不屈不挠的警官，火冒三丈地重返玛格丽特旅馆，对每一个他可以威逼的工作人员重新进行了询问。这一次，一个吓坏了的女佣告诉了他一些新东西。在杰克逊夫妇死亡的那天，他们公寓下面的地下室的门窗上都贴上了密封的纸条。这是进行熏蒸消毒的标准程序。得到这一信息后，他很快发现，旅馆管理层一直在隐瞒一个事实：那对夫妇死的时候地下室已经用熏蒸方式消过毒了。

难道熏蒸器使用了氰化氢（这一相当常见的程序）进行消毒吗？[1] 水管和蒸汽管道将地下室和杰克逊夫妇的房间连在了一起，

---

① 《纽约时报》在杰克逊案结束前一直密切关注该案，参见：“Thinks Fumigant Killed Jacksons,” May 3, 1922, p. 10; “Rats in Poison Test May Solve Tragedy,” May 4, 1922, p. 12; “2 Held for Deaths of Jackson Couple,” May 9, 1922, p. 10; “Jury Frees Bradicich,” August 3, 1922, p. 20; “Hotel Manager Cleared,” December 13, 1922, p. 11。

这种气体会沿管道向上吗？氰化氢气致命是众所周知的，即便剂量小得可笑。如果它被蒸馏成液体，只要一滴，一个雨点大小的剂量（大约五十微克），就可能致命。在前一年夏天，美国公共卫生部门的工人曾在熏杀可能携带鼠疫的老鼠时意外杀死了两艘外国船上的四名水手。在第二个案例中，停靠在布鲁克林的意大利-美国码头上的轮船“明乔号”（Mincio），在船员们回来之前彻底通风了一天。然而出人意料的是，残留的一丁点氰化氢还是导致三名水手丧命。

现在，警察终于有一个似乎真正管用的推测了：杰克逊夫妇是被地下室渗透进来的氰化物气体熏死的。杰克逊太太首先着了道儿，在跌跌撞撞走进浴室时倒地不起，她的丈夫过来帮她，死在了浴室门口。这是个很合理的推测——只是尸体里缺少了氰化物的证据。

因此，警察们又回来请教格特勒，而他告诉他们，如果氰化物气体是被吸入的，那么胃部分析就毫无用处。他需要看看肺，查明他们需要知道的情况。这也是格特勒在培养年轻化学家时要强调的一点。要解决氰化物致死问题，他们就必须非常清楚这种毒药是如何使用的，他说：“在吸入性中毒案例中，通常从胃内容物中找不到任何氰化物，或者只有最微弱的痕迹。从法医学角度来说，这是极其重要的。”

得到了这一信息，地区检察官说服了死者家人允许他的人从新泽西的春田墓地里挖出了弗雷蒙特·杰克逊。他们将双肺切除后重新埋葬了尸体。装着灰扑扑又有点黏糊糊的肺组织的罐子——杰克逊死去已经超过两星期——被紧急送往格特勒在贝尔维尤的实验室。

肺被切开的时候，显示为氰化物中毒的迹象在他们面前一览无余。内层黏膜肿胀，而且因垂死的血细胞破裂溅出了大量的血。当整齐的组织切片经过了格特勒在胃上试过的同样的检测之后，闪耀出了普鲁士蓝那怪异的夜空般的光芒。

“近年来，自杀、意外与工业所致的氰化物中毒事件发生得越来越频繁。”[①] 格特勒在《美国临床病理学杂志》上的一篇文章中写道。氰化物自杀和熏蒸消毒所导致的意外死亡是其中最糟糕的。截至杰克逊案那一年，他已经在纽约市调查过近八十起氰化物致死案。

一九二二年，包括杰克逊夫妇在内，氰化物致死者总计是四例意外死亡和十例自杀。（从一九二九年开始，由于大萧条导致的金融灾难，自杀者数量会更高：一九二九年，二十二人用氰化物自我了断；一九三〇年，有三十四个。一九三三年，根据格特勒的报告，有四十九人用氰化物自杀。）但到这十年的末期，熏蒸致死几乎消失了。这主要是因为杰克逊案，它推动了诺里斯和格特勒无情地讨伐了在家居日常和商业性熏蒸消毒中使用这种超级毒药的做法。不出几年，他们两个人就通过不断地劝说、游说，让该市的监管者不得不叫停了氰化物熏蒸消毒。

他们除了有明显的阻止其他类似死亡事件的愿望之外，还有许多理由避免玛格丽特旅馆的惨剧重现。

一旦格特勒在弗雷蒙特·杰克逊的肺里找到了氰化物中毒的证据，法医办公室就决定进一步检验关于这一死亡事件的新推测。他们想要弄清楚，氰化物可以来自地下室飘上来的烟雾。六只小

---

① Gettler and St. George, “Cyanide Poisoning.”

白鼠被放进了杰克逊夫妇的房间，氰化氢气体被释放进入下面的地下室。不到三小时之后，所有的白鼠都死了。“这对夫妇很可能还没意识到发生了什么就死掉了。”诺里斯的办公室报告称。

诺里斯和布鲁克林的地区检察官约翰·拉斯顿对这种欺瞒行为十分恼火。他们召集了一个会议表达他们的愤怒。面对再次询问，旅馆经理撒了个谎——否认进行过任何熏蒸消毒——而且只是耸耸肩，说他忘记了熏蒸消毒这回事。至于那位消毒工，早已躲得无影无踪，始终没回电话。

这些罪犯掩盖了死亡的真正原因，使执法人员近两个星期都处于尴尬当中，为搞清楚是什么杀死了一对讨人喜爱的夫妇而付出了高昂的代价。拉斯顿说，如果经理和消毒工肯说实话，他会将致人死亡视为严重的错误，他肯定不会提起诉讼。但现在他想要这两个人受到惩罚。于是，拉斯顿决定以过失杀人罪起诉消毒工阿尔伯特·布雷迪奇和经理埃里·迪普伊。

如果此案证明提起更严厉的指控也是合理的，那他就会向他们提起这样的指控。

然而，最终的审判给出了毒药诉讼的现实中的另外一个痛苦的教训。布雷迪奇和迪普伊聘请的律师懒得否认那栋楼在杰克逊夫妇死亡的当天曾进行熏蒸消毒，他们也不否认他们的委托人如警方所说，没能与警察充分合作。辩护的论点聚焦于其他地方：科学研究并不完善，杰克逊夫妇的死因仍然是谜团，法医办公室没能证明氰化物要对此负责。而得到报酬的专家向他们保证，格特勒博士把整件事都弄错了。

辩方的立场是，氰化物不可能在腐烂的尸体中被检测到，这种毒物分解得太快了。因此，从杰克逊的肺组织得出的结果出了错。格特勒反驳说对方是在错误地陈述医学事实。是的，氰化物分解了，但并非像他们所说的那么转瞬即逝。辩方律师只是笑了笑——市里的化学家就是企图掩盖自己的错误。布雷迪奇的律师为他辩护的依据是指责亚历山大·格特勒是个完全不称职的科学家，称其在第一次实验分析时没有找到答案，又在第二次时伪造了结果。

令诺里斯失望的是，起诉该案的助理地区检察官竟让他手下优秀的化学家当众任人欺凌。诺里斯对着检察官办公室大发雷霆，说自己很难相信辩方律师“竟会对格特勒博士的品格做出如此不可原谅的陈述。这样一件事会在公开的庭审中发生且无人反对，实在令人难以置信”①。

诺里斯补充道，进一步地说，布雷迪奇的所谓专家在法庭上是在彻头彻尾地扯谎。一位辩方证人宣称自己曾在从市停尸房里得到的部分尸体上进行了氰化物分析。但他根本没有这么做，诺里斯可以证明：“我们一直在曼哈顿的停尸房查找，是否有那些专家所说做实验用的一个或两个肺消失不见了……没有一个人知道此事，而对于将人体组织给我们不认识的人，我们是极度谨慎的。为此，我将愿意看到这些医学专家当中有一部分为他们恶毒的证词受到惩罚。”

辩方律师还嘲讽检方手伸得太长，企图“靠推理推进一个案子并且从中损人利己”。他敦促陪审团基于对犯罪的合理怀疑和对证据的完全怀疑宣告嫌疑人无罪。这一招奏效了。两个被告在所有指控上都被宣告无罪。

---

① Norris to Joseph Gallagher, assistant district attorney, Brooklyn, August 16, 1922; Norris to Gallagher, August 24, 1922, both in medical examiner's files, New York City Municipal Archive.

助理地区检察官乔·加拉格尔对格特勒和诺里斯解释说，毒理学这门科学实在太新了，很难同时教育并说服全体陪审团。他认为格特勒在这种环境下完成了杰出的工作，在信中，他还对格特勒的合作与帮助表示了感谢。但是，他希望他们能理解此案为什么会败诉。

“我完全理解你所描述的形势，”诺里斯回信说，“格特勒博士从来都不认为此案能够解释清楚，主要是出于你在信中所说的那些原因。但是，我在审判结束之前一直抱有更为乐观的看法。然而我错了。”

听上去他似乎放弃了，但实际上并没有。格特勒也没有，根本没有放弃。

诺里斯和格特勒都以各自不同的方式吸取了布雷迪奇案的教训。几个月后，诺里斯发起了“改善法医学环境”的改革运动，不仅是在纽约，还横跨全国。他决意使这一职业得到它应得的信任和尊重，无论是在法庭内还是外。

那年九月，诺里斯乘火车赴华盛顿，会见了来自其他城市的代表——身为芝加哥验尸官的医生，来自约翰·霍普金斯大学的病理学家，来自康奈尔大学医学院的化学专家，还有波士顿备受尊敬的法医乔治·麦克格雷斯，他曾创立全国首批专业项目之一。大家同意成立一个委员会，集合资源，雇用一些人在全国上下调研法医学状况，即“在各大城市从事这一重要工作者的训练和资格”，这样，他们就可以着手设立一些全国性的标准了。

布雷迪奇案并不是第一个被告凭借对毒理学家的个人攻击胜诉的案例，这部分是因为验尸官那些声名狼藉的做法玷污了这个职业。过时的和粗制滥造的做法必须改变，公众必须受到教育，科学家们也需要达成一致。诺里斯说服洛克菲勒基金会为他们的项目提供了一小笔资助，正如他在写给基金会的信中所言：“将这件事告诉公众的最有效的方式，就是把欧洲的相关制度和这个国家的进行对比：在欧洲，作为一个整体的这项工作只能由训练有素的研究者来操作，然而在这个国家，却大多由没有技术或实践经验的人来完成。”

他很自豪，自己的办公室正试图矫正这种情况。但是，普通公众对法医学专家的看法破坏了他想要实现的目标。而这种情况，诺里斯怒气冲冲地写道，已经持续得太久了。如果其他人不想花时间改变局面，他愿意自己来。

格特勒对布雷迪奇案审判的反应也像是一个肩负使命的人。[①] 如果说他以前曾在实验室待到很晚，那么现在，他待得更晚了。如果靠加班加点和纯粹的愤怒驱动可以让他的科学更可信，他就时刻准备那么做。

在接下来的十多年里，他将在实验室里继续氰化物研究，并贡献一系列分析氰化物致死案例的细致报告。一九三八年的一篇论文《氰化物的毒理学》完美地概括了他的研究成果，并将在他去世后很长时间里被人引用，被毒理学家和政府机关参考，直到二十一世纪。

这篇关于氰化物的论文提供了一份他对他痴迷之事的记录：用蒸汽和冰检测，产生灿烂的黄色、落日红、紫灰色剧烈云雾的化学反应，电气石那半透明的绿色，高贵的蓝色和阴暗的棕色；

① Alexander O. Gettler and J. Ogden Baine, "The Toxicology of Cyanide," *American Journal of the Medical Sciences* 195, no. 2, (February 1938), pp. 182 - 98.

将人体器官放入绞肉机进行的血腥实验；还有用狗做的骇人实验。每个细节都为将来的应用做出了详细的说明。

格特勒认识到，如果他在绞碎组织之前将绞肉机放到碎冰里冷却，由于热效应，他会损失较少的氰化物。他还发现，检测组织中氰化物的八种化验方法，有五种并不准确。他认识到，向绞碎的组织里均匀地加入铁化合物和盐酸是可靠的，每一次结果都呈现出氰化物的蓝色。他尝试过不同的检测方法，寻找最小剂量的可检测的氰化物。他又尝试了八种额外的测试方法，最终成功地提炼出了百万分之一。他用这些测试方法去探索人体中是否天然含有一定量的氰化物。为此，他分析了几百个死于其他原因者的肝与脑、肺与肾。在从未接触过这种毒药的人当中，他没有发现任何天然氰化物的痕迹，这使他得出结论："要么在正常组织蒸馏物中没有任何氰化物存在，要么那可能存在的微量氰化物低于检测的灵敏度。"

他花时间弄清楚了氰化物进入人体的确切路线，曾经用四只狗来对比同一时刻吸入和吞服的结果。没有人会用赏心悦目来形容这些实验，但他为之辩护，称这么做有纯粹的必要性。两只狗通过胃管接受了计算过剂量的氰化钾，另外两只被强制吸入了氰化氢。后面两只狗被绑在手术台上，下颌被封了胶带。一只锥形口罩套住一只狗的鼻子和嘴，在恰当的位置封上胶带，再涂上凡士林使其密封。一旦口罩固定好，氰化氢气体就会被输入锥体内，直到狗死去。

实验结果为氰化物致死的速度之快提供了首次经测量的证据，驱散了受害者干净利落地当场倒毙的神话。当格特勒给一只狗注入五十微克的氰化物（略少于两滴）时，它在二十一分钟后死去。当他将剂量减至二十微克时，另一只狗存活了两小时三十五分钟。

吸入时所需的致死剂量更少，而且起效更快，但仍然不是瞬间实现的。例如，一只吸入十微克氰化物的狗，会在十五分钟后死亡。

这些动物研究后来在对氰化物的人类受害者的分析中得到了证实，这些研究表明，这种毒药的吸收程度会因摄取它的方式而各异。被吸入后，它会迅速传遍身体，集中于肺部，并通过血管流进大脑、心脏和肝脏。被吞服后，这种毒药被吸收的速度要慢得多。对服用氰化物的两条狗的尸检（或其他动物的尸体解剖）发现，毒药的很大一部分——在百分之三十八到百分之八十三之间——在它们死后仍留在胃里，这有助于解释它们为何比吸入该毒药的狗死得更慢。

因为一直惦记着杰克逊案，格特勒特别注意研究了氰化物在腐烂中的尸体上会发生什么变化。他从氰化物受害者的尸体上取下了肝脏、大脑和肺的切片，并记录下了每一片的有毒成分含量。然后，他把这些组织切片放入容器，让它们在实验室的架子上腐烂。他在一周、两周、三周和四周时分别检查其结果，找出远远超出了弗雷蒙特·杰克逊被埋葬的那个时间段，以便能对结论有绝对的把握。

“在此期间，腐败发展到了很高的程度。”他以严肃而审慎的语调写到了那些已经历时一个月的组织切片。他分析了腐烂组织中的氰化物，将之与新鲜时测量到的数量做了对比。他发现腐烂对毒物含量的改变少得可怜。即便在四周之后，原有的毒物仍有百分之九十可被检测到，这再次证实了他在一九二二年的案件中的证言。

格特勒探究了布雷迪奇案中提出的另一个论点——即使这位老人的身体中存在氰化物，也没有意义。辩方专家坚称，尸体在腐烂过程中自然会产生氰化物。他决心把这事也弄清楚。于是，他从八个不同的组织中提取了样本，所有组织全部来自自然死亡者的尸体。他将这些样本密封在玻璃烧瓶中。接下来的两个月里，他每周都拿出一个进行分析。

在第一周里，腐烂组织中产生了微量的氰化物——大约每一百克有零点零三毫克——但之后这种毒物似乎就分解掉了。到两个月结束时，氰化物就完全检测不到了。然而，即使在最强烈的时候，它也只是试管里的一声低语、一缕稍纵即逝的气息，与他在弗雷蒙特·杰克逊尸体内发现的完全不可同日而语。“因此，尸体腐败绝不会干扰氰化物中毒案的判断。”他下结论道。

他在实验室里花了好几年时间，度过了许多寂寥冷清的夜晚，找到了杰克逊案的答案。如果格特勒能够带着他的发现及时回到法庭上，他一定会这么做，也许还会改变结果。但事实却是，他从不愉快的经历中建立起了一门更好的科学，从而找到了满足感。他向自己保证，下一次，此类合法的蓄意破坏绝不会得逞。

不过，几十年后的事情可能不会让格特勒特别烦恼。二十世纪八十年代，废弃已久的玛格丽特旅馆在进行装修时意外被大火夷为平地。[1] 查尔斯·诺里斯的办公室里没有一个人保留着对那幢大楼的闪亮装饰的美好回忆。那些紫铜色的屋顶和曲线优美的阳台，那些口是心非的雇员和四下泄漏的有毒气体，只会让他们想起他们不愿再犯的那些错误。

---

① Richard D. Lyons, “Work Starting on Embattled Site,” *New York Times*, May 4, 1986.

四　砷（As）

一九二二至一九二三

一九二二年夏天的天气一直像报纸上说的那样“晴朗”，天空蔚蓝，气温徘徊在八十华氏度左右。七月的最后一天，正如莉莲·戈茨的母亲永远不会忘记的那样，又是一个温暖的早晨。她要给十七岁的女儿莉莲做午餐便当，可是姑娘拒绝了。天太热，吃不了多少，她说，她在小吃店弄个快餐三明治就行了。

莉莲在一家服装公司做速记员，公司在第二十五大道和百老汇街繁华的角落上那座汤森大厦（Townsend Building）里占据着几间办公室。附近有许多快餐店，夹在办公室、商店和小酒馆之间。莉莲像她的许多同事一样，经常走路去谢尔本快餐店，就在百老汇街上往南半个街区。

谢尔本快餐店为办公楼提供餐饮服务，早晨开门，下午很早就打烊。头戴明艳的夏帽、身穿时尚短裙的速记员和秘书，穿着黑色定制西装的商人与业务经理，每天都聚集在它的木制柜台和小方桌边，匆忙地吃完新烤的面包卷加热汤、三明治、咖啡和一块这家面包店著名的桃子蛋糕或浆果派，就算是一顿饭了。

根据警方的报告，七月三十一日，莉莲要了一份牛舌三明治、咖啡和一个越橘派。就是这个越橘派要了她的命。

下午早些时候，在谢尔本快餐店吃过午餐的六十个人被紧急送往了医院，到那天结束时，其中六人死亡，包括莉莲·戈茨。[①]救护车的尖叫声在下百老汇街响得那么频繁，以致许多人担心是不是整座城市都着了火，惊恐万状地给警察打电话。

莉莲工作的汤森大厦，是一座建于一八九六年的新古典主义建筑，平常散发着石灰石自带的一种平静庄严之感，现在却成了歇斯底里场面的布景。十二层楼上每一层都有上班族倒下，悲惨地抽搐、呕吐、喘息。携带着洗胃器的医生们急匆匆从这层楼跑到那层楼，在病危者之间穿梭，整个大厦至少有十个洗胃器在使用。用当地报纸上那激动的字眼说："随着雇员一个接一个地脸色发白又变青，开始抱怨剧痛，恐慌笼罩了汤森大厦的某些楼层。"

渐渐地，医生们开始对比病人的症状、记录和经历。这让他们意识到两件事：每个受害者都曾在谢尔本快餐店吃过午餐，几乎所有人都吃了作为甜点的黑莓派或越橘派。医生给卫生局和法医办公室打了电话，报告了他们的怀疑。

翌日，查尔斯·诺里斯和卫生专员弗兰克·摩纳根发表了联合声明。在谢尔本的馅饼皮和面包卷里发现了砒霜。补充检测表明，餐馆里储存的所有配料——面粉、黄油、盐——都不包含任何毒物。因此，调查者怀疑砷是面团和好之后加入的，也许放进了储存在厨房冰箱里的那个盖面碗里。

换句话说，诺里斯和摩纳根一致认为，这不是厨房里的一次意外，比如面包师使用了被含砷杀虫剂污染过的谷物面粉。是有人策划了这一切："食物被恶意地下了毒。"

知道了毒物绝不等于知道了凶手。警方倒希望如此，他们不

---

① "50 Ill of Poison Pie Eaten on Broadway," *New York Times*, August 1, 1922, p. 1; "Six Deaths Result From Arsenic Pie," *New York Times*, August 2, 1922, p. 1.

知道是谁干的。不知道为什么有人会想要伤害一个为贴补家用而出来打工的十七岁速记员，她的母亲一次又一次告诉警察，她只希望，只希望自己做了那个午餐便当。

前一年的十月，在同样令人揪心的一次意外中，在金融区一家餐馆吃午餐的两位主顾也死于砒霜中毒。[①] 在靠近自由街老邮局的那家小吃店里，卫生检查员起初怀疑是食物中毒，但随后亚历山大·格特勒在两个人的体内都分离出了致命剂量的毒药。

警方没能确定在老邮局的那家午餐店里杀人的嫌疑犯，甚至连怀疑的目标都没有。也许正因为如此，人们已不再去那个餐馆，它现在已经关门停业。警察局最初表达的担忧之一就是，同一个下毒者现在转移到了百老汇，这个杀手就是享受致人死亡的感觉，就像——警察推测是——依然臭名昭著的让·克罗内那种人。

几年以前，克罗内在芝加哥闹市区的一家高级大学俱乐部担任总厨助理。[②] 业余时间，他参加了该市一个活跃的无政府主义团体，直言不讳地反对政府的压迫，认为政府毁了这个国家。但他的政治观点绝对无法解释——无论是对他的厨房同事还是政治同盟——他为什么要在一九一六年二月十日为纪念天主教会主教的晚宴做酱汁时，往肉汤里加了点没有用量限制的砒霜佐料。

参加晚宴的三百人中有七十五人很快就病得很厉害。随后，在惊声大叫的急救人员和吓坏的就餐者引起的极度混乱中，克罗

① 参见："Poison Pie Clue in Similar Mystery," *New York Times*, August 8, 1922, p. 13。

② "Six Deaths Result from Poison Pie; Boasts of Poison Plot, Threatens Deaths in Letter," *New York Times*, February 17, 1916, p. 1; "Homicide in Chicago," http://homicide. northwestern. edu/context/timeline/1916/18/.

内款款走出了俱乐部，赶上了去往东海岸的火车。他从未被捉拿归案，尽管他曾在纽约短暂停留，给曼哈顿的报纸寄了几封信，故意混淆警方的视线。他语带讥讽地建议无能的芝加哥警察在侦破中吸取教训，也许应该去报个函授学校什么的上一上，虽然他怀疑他们不会去，因为在他看来“芝加哥市的官员都是傻瓜”。

调查者们开始相信，克罗内拌入毒药只是为了做实验，为了看到结果时的那种纯粹的快乐。他们希望这不是纽约那位下毒者的目的，此人似乎比克罗内更擅长此道。那位芝加哥大厨在汤里放了太多的砒霜，让许多人因那股金属味道而放下了汤匙，避免了中毒。那些继续吃饭的人迅速开始发作，但好在冲到现场的医生能够迅速地实施治疗。结果，没有一个人在克罗内的实验中死去。

在谢尔本快餐店，和在老邮局的那家午餐店一样，下毒者计算出了远为高效的剂量，高得足以致死，又低得足以骗过受害者。百老汇街小吃店的主顾在发作之前还有时间回去工作。他们的病况很快吸引了医生的注意，但又没快到足以救下每一个人。如果那个未确定的谢尔本案嫌犯和那个从未抓到的邮局餐馆杀手是同一个人，那么警察要找的杀人者是这样的：他非常清楚如何挑选一种毒药，如何使用它，然后如何逃之夭夭。

纯砷是一种深灰色的元素，属于重金属类毒物，常常在煤矿石中发现。[①] 它容易与其他天然存在的化学物质结合，例如，它

① 关于砷的历史和背景知识，Witthaus and Becker, *Medical Jurisprudence*, pp. 4: 325－509 有着非常详细的综述，它从古代历史讲到作者本人为收集素材而进行的味觉体验，还有他对砷木乃伊化的惊人的可怕描述。Emsley, *Elements of Murder*, pp. 141－69 提供了一个关于自古以来以砷杀人者的大调查。由于砷在使人中毒身亡中的突出作用，我的参考书中的每一本法医学教材都有它，包括纽约市验尸官办公室出版的这两本。

在加热氧化后会变成一种易碎的白色粉末，两个砷原子和三个氧原子的组合。在这种形式下，它被称为三氧化二砷（As_2O_3）或者砒霜（白砷）。

白色的砒霜，即谢尔本案中使用的毒药，是历史上一些最可怕的下毒者的最爱，这些人令让·克罗内看起来像个外行。排在下毒者名单最前面的是卢克丽霞[①]和凯撒·波吉亚[②]，因他们在十四世纪的意大利无情地将政治与毒药混合起来而尤为可怕。波吉亚家族优先使用了白砷，但实验了各种让它更致命的方式。他们会把它煮成更浓的溶液，把它和其他毒药混合在一起。他们最终制造出了一种名为坎特雷拉[③]的毒药，传说它实在太过危险，所以在他们死后配方就毁掉了。

纯砷也是致命的，最早记录下来的用这种元素杀人的案例是在一七四〇年，一个女孩毒死了她的父亲和三个姐妹，给他们吃了一盘用含有附近矿井里的矿石的水煮过的干梨。但是用于犯罪的话，砒霜还是更好的工具，可以轻松地混入食物或饮料中。它能有效杀人，这种特性解释了为什么在波吉亚家族之后的几个世纪，这种毒药又赢得了另一个绰号：继承药粉。十九世纪美国最著名的毒理学家之一、哥伦比亚大学的化学教授鲁道夫·威特豪斯，是一八九六年出版的那本皇皇巨著《法医学，法医鉴定和毒

① 公元前六世纪罗马的一个节妇，曾为罗马皇帝的儿子塞克斯特所玷污，愤而自杀。因此引起革命，推翻了罗马皇帝的统治。——译者

② 又称切萨雷·波吉亚，出生于声名显赫的波吉亚家族，是中世纪与美第奇家族齐名的名门望族。他为人残酷贪婪，为了权力和财富不择手段，但欧洲追随他的大有人在，认为他勇敢、果断、坚强、才华横溢，是个极为优秀的统治者。马基雅维里以他为原型写下了传世名作《君主论》。——译者

③ la cantarella，意大利文，即传说中的“波吉亚毒药”，常被波吉亚家族和圣殿骑士用来消灭自己的敌人。它是砷的变体和一种最有效的形式，很难被追踪。——译者

理学》的合著者，他曾经试图估算出砒霜作为杀人武器的流行程度。他拣选出了一七五二年到一八八九年间的八百二十个砒霜致死的案例，发现几乎有一半是谋杀。(余下的案例在意外和自杀之间平均分配。)

根据威特豪斯的分析，在欧洲，砒霜占十九世纪刑事下毒案的比例最大。比如在法国，一八三五年到一八八〇年之间，在所有的下毒谋杀案中使用砒霜的接近百分之四十。“在美国，在我们的印象中，砒霜仍然是实施犯罪的首选。”威特豪斯写道。但在他分析的那个时代，美国缺少法国能提供的那类统计信息。为进行粗略的计算，威特豪斯询问了纽约的地区检察官，断定从一八七九年到一八八九年，十二个县里有三十一份下毒谋杀的起诉书。其中一半是砷谋杀案，每一个案例中，砒霜都是罪魁祸首。

砒霜流行的首要原因是当它被混入食物和饮料中时，极难品尝出来。剂量过多时，像慷慨的让·克罗内用过的那样，情况就不一样了。如果以不稀释的形式吞服砒霜，情况也不一样。威特豪斯和其他科学家品尝过少量的纯砒霜，发现它味道相当难闻。品尝者说，它很辣，很苦，又有点甜，有金属味，还很粗糙。可是当这种毒药被加入汤、液体或一杯热咖啡中之后，其他味道就轻松地掩盖了它。威特豪斯指出，砒霜的味道“在最适宜的环境下会很微弱”。采访了八百二十二名砒霜中毒的幸存者以后，他报告说，只有十五个人认为那食物吃起来有怪味儿。六人说是一种苦味儿，八人抱怨嘴里有股金属味儿，一个女人说她感觉到“很恶心”的味儿。威特豪斯怀疑后者的话，于是注明说既然那种讨厌的味道“逃过了其他十四个分享同一个有毒布丁者的注意，那么这种感觉很可能是想象而非实情”。

砒霜尤其可以漂亮地混入酒精饮料之中，这样甚至能盖住那轻微的金属味儿。一群兴奋的酒徒分享了一瓶波特葡萄酒，结果砒霜中毒，且相当严重，但是“聚会上没有一个人察觉出一丁点异味”。有时候，人们抱怨说嘴里感觉有沙子，他们似乎对粉末的粗糙质地异常敏感，即使混入食物中也不例外。在一八六〇年新泽西的一个案例中，一个男子将砒霜擦进苹果里谋杀了自己的妻子。审讯中，他得知，“她说那苹果上面有沙子一样的东西”，但她还是吃了苹果，以为他只是没有洗干净。然而，绝大多数时候，研磨成超细粉末并混入烘焙食品中，就像谢尔本案那样，砷的味道几乎是难以觉察的。

实际上，经过精于计算的杀手娴熟的处理，这种毒药似乎造就了杀人者的过分自信。臭名昭著的英国杀人犯玛丽·安·科顿在一八七二年被逮捕、审讯并绞死之前，杀了十五个人，包括她五任丈夫的所有孩子和几个惹毛她的邻居。“几乎在每个案例中，”威特豪斯写道，“砒霜这种药剂都是被这样一些人使用的：他们初次偷偷下毒就成功了，似乎发展出了一种杀人的渴望，他们不断害人，直到受害者的数量引起怀疑，招来警察的调查。”

在谢尔本杀人案的时代，科学家们尚不清楚砒霜是如何致命的，对氰化物作用机制的理解要好得多。几十年后分子生物学家才弄清楚，砒霜将关键酶作为攻击目标，破坏全身细胞内的新陈代谢，通过毒细胞来破坏整个系统。对于早期毒理学研究者来说，就像其中一位抱怨的那样，难题之一在于，砒霜是个了不起的模仿者。

医生们常常把砒霜中毒的症状错判为自然疾病，尤其是在受害者慢慢服药的时候。全科医生和急诊室大夫将砒霜致死误诊为同样会导致严重肠胃不适的流感、霍乱；误诊为同样会导致呼吸短促的心脏病。只有在确信受害者很健康的亲属起了疑心，怀疑死者的丈夫或妻子并要求进行尸体解剖时，这种错误才会被发现。

从下毒者的角度来看，当医生能直接看到尸体时，砒霜就成了冒险的选择。与有机毒物相比，砒霜具有任何金属元素的坚硬的固体结构，分解得极其缓慢，在受害者死后几十年仍能从其头发和指甲中检测到。对于那些希望逃避侦查的人来说，更糟糕的是，砒霜会延缓人体组织的自然分解速度，常常使得尸体奇怪地被完好保存。毒理学家称这种作用为砒霜的“木乃伊作用”。威特豪斯提到了一具尸体，埋葬了四十五周后被掘出，外表“与活人并无二致”，除了脸上长出的霉斑。“霉菌的生长不受砒霜的干扰。”他简单地加上了一句。

对潜在的投毒者来说，其他的麻烦在于，为呼应用砒霜来犯罪的漫长历史，科学家们发现了许多能在人体组织中检测并在尸体解剖中辨认它的手段。差不多一百年前，从尸体中提取砒霜的检验方法就已经实现了，而且在这期间得到了稳步提升。检测砒霜所用到的化学手段和尸体解剖信息，比检测其他任何毒物用到的都更多、更发达、更详细。对研究死者的人来说，砒霜实在太容易发现了，你几乎可以想象它正在黑暗中发光，闪现着杀人者的讯息。

查尔斯·诺里斯喜欢定期地在停尸间把两手搞得鲜血淋漓。①

① 关于验尸官办公室尸检程序的描述，引自：Marten and Clarke，*Doctor Looks at Murder*，pp. 85－120；Milton Helpern，“The Postmortem Examination in Cases of Suspected Homicide，” *Journal of Criminal Law and Criminology* 36，no. 6（March － April 1946），pp. 485－522；Charles Norris，“The Medicolegal Necropsy，” in *The Medicolegal Necropsy: A Symposium*（Baltimore：Williams & Wilkins Co.，1934），pp. 24－33。

他相信，一个优秀的验尸官应该让自己的解剖尸体工具保持锋利，并磨炼自己的病理学分析技艺。再加上他实在觉得另一个工作无聊，除了写文书、和其他政府官员开会、骚扰市长，没多少内容。谢尔本案里的大杀手需要一个权威人物来对付，诺里斯决定了。

他要亲自做尸体解剖。

贝尔维尤的尸体解剖室安静凉爽，有高高的天花板和白色的石膏墙面。明亮的灯高悬在每一个长长的大理石解剖台上，每张解剖台脚下都有一个深深的长方形铜盆，里面的循环热水可保持双手和设备干净。正如标准操作手册提醒病理学家的那样，手指上干涸的血和液体会“令人讨厌”，并且降低操作所需要的灵敏度。

器械一排排地竖放着。有刀锋短厚、手柄沉重的剖面刀，用来作长切口，还有细细的手术刀，用来作更精细的切割。在贝尔维尤，他们总是摆出三种器械来探查大脑：一把深切刀，六英寸的手柄和六英寸的刀锋“是那么坚固，不太容易弯曲”，用来切开保护大脑的那层硬脑膜；一把双刃圆头的薄刀，用来切割；一根凿子，用于将大脑剥离脊髓以便从身体上切除。

此外，还有精致的软组织切割剪和强力的骨头剪，用来剪断软骨和较细的骨头；解剖镊；至少一把锋利的刀片锯，以对付更大的骨头；小一点的锯子，负责切除脊髓这样的组织；铜质和木质的英制尺（十二英寸的那种）；卷尺，量具和卡钳；称量整具尸体的大称和称量部件的小天平；带玻璃塞的罐子，存放用于毒物分析的组织；以及通常在所有验尸房都能找到的各种海绵、桶、容器、碟子和瓶子。

在切下第一刀之前，像诺里斯这样的病理学家需要就尸体的外观做详细的记录。急性砒霜中毒的受害者会剧烈发作，所以他们的尸体会有轻微的收缩，一副严重脱水的憔悴样子。由于缺少氧循环，他们的双手双脚往往显得微微泛蓝。另一方面，如果毒药是逐渐服用的，受害者的皮肤会变黄，甚至偶尔变成一种羊皮纸的棕色，手上和脚上出现鳞状的斑块。

到了尸体解剖的时候，尸体被平放着，头刚好悬在解剖台边缘，以便脖子往前推。躯干上的第一刀是用深切刀作 Y 形切口，从双肩下几英寸向内深切两刀，至胸骨下一点，然后直接向下切开腹部肌肉。（殡仪员强烈要求用这种刀法，而不是从喉咙下直接向当中猛砍，这样一来在公开的入殓仪式中，衣服就能轻松地盖住切口。）

一旦皮肤被剥离，胸骨和三角形肋片就可以切除，旁边的保护性肌肉也可以切开，就方便进入下面的器官了。和其他病理学家一样，诺里斯遵循着一套规程。他检查了每一个器官，详细描述其状况。由于怀疑是中毒，他切除了器官，将它们放入密封的玻璃罐，送到楼上格特勒的实验室。

至于砒霜中毒的解剖，的确是个血淋淋的活儿。整个尸体必须切成很多部分。从十九世纪初起，科学家们就知道，这种毒药会在人体每一处聚集，他们曾在肝脏、脾脏、肾脏、心脏、肺部、大脑、胃部、肠道，甚至肌肉壁中发现它。

砒霜（从谢尔本餐馆的糕点中分离出的化合物）会破坏胃，留下血淋淋的伤口；胃黏膜会肿大，发黄，出现一片片鲜红。在显微镜下，黏膜会闪现出极小的砷结晶——与食物上产生的那种沙粒感一样。这种毒药经过肠道时会产生同样的损害。心脏里常常含有松散形成的血块。在快速致死的情况下，肝和肾里很少能发现证据，但是在慢性砷中毒的情况下——有些希望模仿自然疾病的衰退的杀人者钟爱这一种——肝和肾这两个器官都呈病态，显示出脂肪变性的特征。

诺里斯只用了一天就对比了自己的尸检笔记和格特勒对各器官的化学分析。结果并不出人意料。他们俩都发现了同一件事，即毒药遍布全身，就像被一场大风吹落的闪亮灰尘。

警方仍然由衷地希望他们要追捕的不是个陌生的杀手。他们更希望作案动机是出于个人原因，也许是蓄意破坏，谋杀是某个对管理层怀恨在心的人干的。

他们已询问过谢尔本餐馆的老板萨缪尔·德雷克斯勒，他仍处在纯粹的狂怒之中。[①] 他的三十二个雇员中的大多数仍然不舒服。那顿午餐匆忙结束后，他们吃了剩下的糕点，随着顾客一起倒下了。按照业主所说，毒药绝对不可能是偶然掺进去的。

德雷克斯勒雇用的灭鼠工没有使用砷基的杀虫剂；餐馆的墙纸也不是用著名的砷染色剂着色的。他不接受警察的初步推论，说他的一个竞争者可能偷偷溜进厨房往生面团里下毒，破坏他的生意；他也不认可一个疯狂的砒霜杀人犯在这个城市里游荡这种说法。

“那完全不可能，”他厉声对记者说，“没有一个人能偷偷溜进来。”但他承认有人对他心怀不满：“这绝对是不怀好意，有意为之。”就像他对警探所说的，他自己怀疑厨房里的两个面包师，他们可以轻松地把额外的配料混入生面团里。特别是，他们俩在那

① “Sure Poisoned Piece Was Meant to Kill,” *New York Times*, August 3, 1922, p. 1.

个致命的星期一里都没有倒下。

面包师和他的助手——一个十几岁的男孩，面包师的朋友——都不承认是自己和了那个可疑的面团。两个人都坚称是对方和的。“是这样吗?”德雷克斯勒回复在他餐馆周围推推搡搡的记者们道，“他们的话互相矛盾，对吧? 唉，我无法解释这一点。”他补充说，他向当局提供了大量信息以便帮助他们破案，但他自己的印象是“他们完全迷糊了”。

他在自己关张的餐馆门上立了块牌子，宣布愿意出一千美元征集捉拿凶手的线索。

找到凶手的主要困难在于，纽约市——或者其他任何地方——几乎任何人都不必太费力就能得到砒霜。每天都有人走进药店、杂货店、花园用品店，为最现实的理由买一些这种毒药。①

砒霜被掺入像福勒氏溶液②这样的保健药当中，用于治疗皮肤病，由医生开处方，在药店零买。它可以作为除草剂、杀虫剂、灭鼠剂。五金店、杂货店、农场和花园用品店提供种类繁多的白砷。比如，有“雷夫灭鼠药”，一种由百分之十的煤烟和百分之九十的三氧化二砷组成的灰色粉末；有“老鼠炸药”，含百分之九的糠麸和百分之九十一的砷；有“里昂的毒奶酪”，是柔软苍白的块

---

① W. A. Jackson, “To Die or Not to Dye: Poisoning from Arsenical Pigments in the Nineteenth Century,” *Pharmaceutical History*, September 3, 1996, pp. 27 - 31; “Arsenics and Old Places,” *Lancet*, July 8, 2000, p. 170; “Arsenic and Old Myths,” *Rhode Island Medicine*, July 1994, p. 234; Witthaus and Becker, *Medical Jurisprudence*, pp. 350 - 93.

② 十八世纪末，马斯·福勒医生发明的一种含砷药液。它含有百分之一的砷酸钾，一直被吹捧为治疗梅毒、疟疾以及寄生虫引起的昏睡症的良药。后来被发现会导致局部皮肤溃烂，并被用来杀死皮肤表面上的肿瘤。说到底，是生产商为牟暴利把它吹捧为强身健体的方式来推广。——译者

状，含有百分之九十三点五的白砷。还有“威廉的灭蝇纸”、“达彻的灭蝇纸”和“黛西的杀蝇剂”，它们都加了砒霜，只需将其浸入水中就能轻松地释出。

砷是大量染料的首选配料，这些染料在十九世纪特别流行，售卖时用的是这样的名字：舍勒绿，巴黎绿，祖母绿，鹦鹉绿和维也纳绿。砷与铜和氢混合产生颜色的渐变，从新发树叶的灿烂绿色，直到阴影处苔藓更柔和的色调。多年以来，砷基染料被用于为布料、帽子和花园上的人造叶子、纸箱、贺卡、标签、蜡烛、印度橡皮球、油彩、锡制的人造植物、活动百叶窗、地毯、肥皂和珠宝用人造孔雀石上色。就像谢尔本餐馆的业主所说的那样，砒霜绿的墙纸在全市仍然是司空见惯（尽管在他这个特别的餐馆里并非如此）。但是，即便墙纸未被污染，也可能被裱糊工人弄得有毒，他们喜欢在糨糊里掺点砒霜，认为它有助于让老鼠远离墙壁。

当然，在谢尔本餐馆，意外遭到砷污染的可能性被迅速否决了。毒药被如此小心地掺入生面团，就不可能是意外——这正是许多人怀疑面包师要对此负责的原因。助理面包师甚至有些动机。他向警方承认他听到了一个谣言，说他要被解雇了。后来证明这不是真的，但他是在中毒之后才知道自己的工作是很稳当的。警察局派出了便衣警探跟踪这两个面包师。其他警探在附近餐馆询问了厨房员工，寻找谢尔本餐馆里酝酿着的不满的八卦或证据。巡警也被派去彻查出售砒霜的店铺。

随着调查的展开，全市的餐馆纷纷报告称，他们的顾客坚决拒绝把黑莓派和越橘派作为甜点。

有毒的派并不是那年夏天警方要努力攻克的唯一一个致命难

题。禁酒令拉高了该市的暴力水平，街头的剧烈枪战正在变得相对常规化。非法酒生意迅速成为送给该市黑帮的一个利润丰厚的大礼，他们建立了高效的新组织来管理价值数百万美元的私酒业。

全美国的非法牟利者购买了加拿大百分之八十的蒸馏酒。①他们投资了小型船队从加勒比海地区（还有中国移民那里）走私酒精。他们偷偷订货，往汽车挡风玻璃上放传单，或者公寓门下边塞订单，就此展开了“进口生意”。他们在这个城市的所有角落点起了蒸馏炉。七月里，联邦探员伊兹·爱因斯坦和莫·史密斯突袭了一家位于布朗克斯的制药实验室，发现了三台几百加仑容量的蒸馏炉、十七桶工业酒精和二十二桶再蒸馏的酒精，他们称之为“老鼠药”。

不管是不是老鼠药，黑帮正为控制其分销而打得不可开交。

谢尔本中毒案发生后不到一周，贩私酒者的枪战就在该市周围再次爆发了。一名枪手朝第二大道上走过女帽店的一个黑帮头子开了火；射出的子弹打死了两个保镖，在那个大佬躲进女帽店并冲过帽子陈列柜逃出后门之前，洞穿了他的草帽。几天后的八月十一日，对失手的刺客的报复在第十二大道一家餐馆打响。枪手，一个名叫“幸运小子”鲁西亚诺的正在崛起的年轻歹徒，杀死了他的目标，打伤了不幸正在附近的一个八岁女孩，还有一个正停车等待付费的出租车司机。

歹徒枪战和谢尔本中毒案之间一个令人沮丧的相同点，就是缺少目击证人。在歹徒枪战案中提供证据的人往往以死亡告终，因为害怕，很少有人自告奋勇地提供信息。在毒馅饼案里，凶手

---

① “Gunmen Shoot Six in East Side Swarm,” *New York Times*, August 9, 1922, p. 1; “Nearly Pinch Izzy Chasing Rum Truck,” *New York Times*, August 9, 1922, p. 13; “Gunman Kills Two,” *New York Times*, August 12, 1922, p. 20.

作案非常隐秘，没有一个人注意到他往生面团里掺砒霜，也没有一个人查到两个嫌疑人买过毒药。警察局的跟踪调查和监视没能发现任何可用于起诉的可靠信息。

“没有什么错误比证据不充分就逮捕一个人更大了。”曼哈顿的地区检察官宣称，承认他们没有真正的嫌疑人，也没有希望马上就找到一个。“我们现在无法说明谁持有砒霜，也无法指出任何有充分动机的人。我们能做的只有追踪每一条可能的线索。这需要时间。我们相信，此案的行凶者终将被抓获并受到严惩。”

可实际上，检察官怀疑这一点。谢尔本餐馆的凶手将永远不会作为尽人皆知的下毒者伏法；他永远不会像玛丽·安·科顿那样被人记住。但是从下毒者的视角来看，他很可能比科顿干得更漂亮。无论如何，科顿是被绞死了。

他却一走了之。

伟大的禁酒实验实行了仅仅两年后，纽约州就准备放弃了。第十八修正案的支持者承诺的那些高标准道德、文化提升和战前纯真的回归，在哪儿呢？目前为止，考虑到那些街头枪战、越来越无所顾忌的私酒贸易，以及毒酒精造成的死亡率攀升，效果似乎正相反。

根据联邦政府部门的估计，目前在饮品企业中出售的所谓“威士忌”（如财政部所说的那样）甚至有三分之二都是变性酒精，为去除其中最有毒性的部分而进行了再蒸馏，用食品色素染成金棕色，是极其危险的。[1] 一个月内有十二个人死于在布鲁克林的

---

① “Say Red Hook Carried 32 Percent Poison,” *New York Times*, September 10, 1922, p. 20.

红钩社区购买的“朗姆酒”。这种来自街角杂货店，卖十五美分一品脱的混合物，其实就是未经蒸馏的甲醇。即便有这么多的死亡报告，人们仍继续饮酒，带着挑衅、嘲弄、坚决一直喝到一九二二年，这一年纽约市因公开醉酒被捕者已超过一万一千人，与禁酒令生效前一年的七千零二十八人形成鲜明对比。

和许多州一样，纽约州通过了一项法令，为宣布酒精非法提供了法律支持。但是，到“幸运小子”鲁西亚诺用子弹扫射第十二大道时，人们对本州禁酒令监管的支持已经转变为对法规及其效果的愤怒。支持禁酒执法的共和党州长南森·米勒，在一九二二年争取连任时被前州长艾尔·史密斯——一个异常直言不讳地反禁酒的民主党人——击败。争吵了六个月之后，州立法机构通过了废除纽约州禁酒支持法的法案。该法案于一九二三年五月送到了史密斯的手中。

回到了他在一九二〇年让出的州长办公室后，史密斯发现自己对于是否签署这项法令很矛盾。另一个强势的州民主党议员富兰克林·德拉诺·罗斯福提醒他，把自己的雄心壮志放在心中，史密斯内心是想保住自己的州长位子的，而且还希望最终竞选总统。罗斯福也反对禁酒令，却怀疑签署这项法令会损害史密斯在全国得到选票的机会。著名的禁酒支持者、出版商弗兰克·加内特告诉史密斯，如果他签了那法令，自己的报纸就绝不会再支持他。反酒吧联盟的领导人预计，如果纽约州破坏了全国的政策，剧烈的冲突会引发内战。相反，由坦慕尼协会控制的民主党机器则通知史密斯，如果他没能击退那可恨的禁酒令，他绝不会再次执掌州长办公室。

六月一日，史密斯正式终结了纽约州的禁酒法令，试图将他的行为描绘成对不合理压力的合理反应。他坚称他此举并不是要使饮酒合法化或者废止第十八修正案，他说他只是要将法律实施不得人心的责任归于联邦政府，毕竟，后者要为整个失败负责。

即便是亚历山大·格特勒那位于布鲁克林的整洁的家中，也不可能躲过禁酒令造成的混乱。[①] 格特勒，他的妻子，还有他们十七岁的儿子约瑟夫，住在家里遵纪守法的顶楼。

但是，仅仅一段楼梯之下，就是一派无法无天了。住在家里其他房间的姻亲们在二楼建起了一个浴室啤酒厂。他劝他们不要买街角商店的酒，他们愿意听，但他们不愿意放弃喝酒。

格特勒可能是该市首席毒理学家。他对非法酒类的分析可以为拥有秘密蒸馏炉和私售瓶装威士忌的数不清的案件提供证据。但是，他不能和妻子以及住在家里的其他七个爱尔兰裔美国人过不去，这一点他再清楚不过了。

反正他也不怎么喜欢禁酒令，他分析过的死于甲醇的尸体中，有太多生前相信禁酒令是要拯救人们的。因此，他不介意和家人喝点自酿的啤酒。而且，他一向努力工作，偶尔也想喝上一杯。

格特勒一直是个工作狂，一九二三年夏天，他正尽力兼顾着三项工作：纽约大学的化学副教授，该市的毒理学家，贝尔维尤医院和联合医院的化学病理学家。而且，他正在纽约之外赢得声誉。

一九二三年春，他发表了关于如何在尸体中检测工业溶剂苯的论文。这是八年来在这个问题上的第一篇重要研究报告（上一篇是德语论文，它表明这种化合物可以从动物组织里分离出来）。

① 对格特勒家人的采访。

如他所写，他决心对付苯是因为“从那以后没有任何重要的发现”[1]，也是因为它在汽车修理厂里用得越来越多，它能轻松地溶解发动机脏兮兮的零件上的油脂，现在对公众健康构成了真正的威胁。格特勒的论文发表在《药理学与实验医疗学报》上，所谈的案例是布朗克斯的一个十六岁男孩，被发现死在小汽车修理厂的地板上。这个少年在倒下之前不久，一直在往罐中装这种溶剂。但尸检除了发现所有器官充血之外，并没有确定结论。

苯的难题在于，从尸体中提取它异常困难，只能提炼出极微小的剂量——有时候不超过零点零五克（约合零点零零一七六三盎司）。这点剂量的毒物对现有检测手段来说还不够，检测方法对这个剂量没那么敏感。因此，格特勒发明了一种不同的方法：将原料在一系列酸性溶液中进行处理，得到一种黄褐色的浓缩物，可以用来制造更浓的溶液，从中提取少量的苯。他用新方法在死去男孩的肝脏、大脑、血液、脂肪、脾脏和心脏中发现了苯。因此，法医办公室向汽车修理厂厂主发布了公开警示，要他们在处理这种溶剂时应当给房屋通风。根据格特勒的报告，这种溶剂的烟雾不到两小时就杀死了那个男孩。

格特勒的苯检测工作也进入了他为新课本《法医学与毒理学》（*Legal Medicine and Toxicology*）中撰写的毒药一章。这本书由三位毒理学家编撰，包括芝加哥毒理学家瓦尔特·海恩斯，一位狂热得尽人皆知的科学家，他曾经付钱给一个马戏团的吃玻璃者，请他吞下磨砂玻璃，以便自己能看清那些极小的碎片是否会导致严重的内部损伤。（但他们不干。）格特勒撰写的这一章，提供了

---

① A. O. Gettler, “On the Detection of Benzene in Cadavers,” *Journal of Pharmacological Experimental Therapy* 21 (1923), pp. 161 - 64.

关于甲醇、甲醛、水合氯醛（有时候叫做迷魂药）、氯仿和乙醚、氰化物、樟脑、松节油、石炭酸、煤焦油（甲酚）、水杨酸（阿司匹林的主要成分）、苯胺染料、洋地黄，甚至有毒常春藤和漆树的详细信息，还有像苯这样的溶剂的信息。

自从谢尔本餐馆案惨败以来，格特勒也致力于改进在人体组织中检测砒霜的速度和灵敏度。这一工作——与他作为化学侦探的声誉渐长一样——将带他进入他职业生涯中最棘手的案件之一。在空闲时间（部分是为了支付他儿子乔在布鲁克林的圣约翰预备学校的学费），格特勒在其他司法机构承担了一些顾问工作。纽约州刚刚废止禁酒令法规几周之后，他就受聘于一个年轻的新泽西女性的辩护律师，这名女子被控用砒霜杀死了家人。

他的证词帮助她获得了自由，后来成为一个异常变态的砒霜杀手的故事的部分背景，八卦小报称之为“美国的卢克丽霞·波吉亚”。

玛丽·弗朗西丝·克莱顿，朋友们叫她范妮，是个相当可爱的二十四岁女孩（那是一九二三年夏天）。她有卷曲的黑色头发，白皙的皮肤，“明亮、深邃的眼睛”（据《纽约晚间邮报》报道），还有丰满“任性的嘴唇”（据《纽约美国人》所说）。[1]

《纽约时报》则更为淡定地将她描述为一个“清秀的黑发女

① “Creighton's Life Fight Today,” *New York Daily News*, June 18, 1923, p. 1; “Death For Creightons Asked,” *New York Daily News*, June 19, 1923, p. 1; “Dead Boy's Love Affair Denied,” *New York Daily News*, June 19, 1923, p. 1; “Mrs. Creighton Faces Jury Calmly,” *New York Evening Post*, June 19, 1923, p. 1; “Women Called in Creighton Poison Case,” June 20, 1923, p. 1; “Try Woman for Killing Brother,” *New York Evening Journal*, June 18, 1923, p. 1; “Boy of 18 Murdered with Slow Poison,” *New York Times*, May 13, 1923, p. 1; “To Exhume Bodies of the Creightons,” *New York Times*, May 14, （转下页）

子”和“一个年轻的母亲”。她有个三岁的女儿叫露丝，还有个男婴叫小约翰。这个婴儿是在她和她丈夫都因谋杀指控被关进监狱时出生的。

报纸上登了她那个矮矮胖胖、沙色头发的丈夫几张照片。但是，范妮·克莱顿不顾夏日炎炎，身着一件端庄的长袖黑色连衣裙，心甘情愿地为仰慕她的摄影师摆姿势，她双眼低垂，脖子上挂着一个雕刻的银十字架，臂弯里抱着婴儿。

那样子仿佛圣母马利亚，她似乎是最不可能为了区区一千美元杀死弟弟的人。

约翰·克莱顿和玛丽·弗朗西丝·艾弗里在一九一九年结婚时已是多年的朋友。约翰是宾夕法尼亚铁路公司一位主管的儿子，而弗朗西丝和她的弟弟以及两个姐姐都是孤儿，由富裕的外祖父母照顾。

新婚夫妇搬来与克莱顿的父母同住，父母在纽瓦克市舒适的罗斯维尔社区有一栋两层的大房子。他们住在同一个屋檐下直到一九二〇年，他的母亲在四十七岁时因突发的尿毒症去世。他的父亲，第二年死于心脏的小毛病，也是四十七岁。

这对年轻夫妇不爱交际，约翰是个职员，弗朗西丝在北七街

(接上页)1923, p. 3; “Dig Open Graves for Poison Clue,” *New York Times*, May 16, 1923, p. 40; “Powdery Matter in Creighton Body,” *New York Times*, May 19, 1923, p. 15; “Hints Young Avery Was a Poison Suicide,” *New York Times*, May 20, 1923, p. 13; “Testifies to Poison in Body of Youth,” *New York Times*, June 19, 1923, p. 11; “Creightons Freed of Murder Charge,” *New York Times*, June 23, 1923, p. 13; “Mrs. Creighton Calm As New Trial Begins,” *New York Times*, July 10, 1923, p. 40; “Creighton Defense to Rely on Experts,” *New York Times*, July 13, 1923, p. 8; “Jury Again Acquits Mrs. Creighton of Murder Charge,” *New York Times*, July 14, 1923, p. 1.

树荫遮蔽的房子里照看她的女儿。邻居们抱怨说，她很不友好，当他们前去拜访时，她在待人接物很差劲。警察们认为，也许，她初次邀请十八岁的弟弟来访时只是太寂寞了。

她的弟弟查尔斯·艾弗里和她的姐姐们仍然与外祖父母一起住在附近。弗朗西丝和姐姐们一向不睦——她们一直在为父母财产的继承问题争吵——但是在一九二三年初，她弟弟来过了一个周末。

她说服他再次登门而且待了一段时间，还帮助他在社区的商场找了份职员的工作。他也打扫地板、堆放盒子。几个月后的四月初，这个男孩开始觉得不舒服。他去看了医生，抱怨说腹部钝痛，持续不断的口渴让他口干舌燥。医生诊断是轻度感染，开了剂保健药。一周后，四月十二日，男孩又来了。他现在变得经常反胃，而且喉咙火辣辣的痛。医生增加了药量，但男孩的健康每况愈下。

四月二十日晚上，查尔斯·艾弗里的病情突然恶化。弗朗西丝打电话给邻居请她过来，说她弟弟的喉咙里发出奇怪的噪音。但是那个女人拒绝了，她是老一代克莱顿的密友，她对这房子的新主人不太感冒，不愿意过来帮忙。医生应召而来，令他震惊的是，男孩奄奄一息，控制不住地呕吐，四肢僵硬颤抖。

他这是怎么了？医生很纳闷。他完全没想到男孩病得这么重。他打电话给县内科医生，请教如何填写死亡证书，在电话上他将整个病史复述了一遍。两位医生最终达成一致，认为肯定是一种罕见的肠胃炎的急性发作——就像杀死克莱顿的母亲的那种一样——医生在死亡证书上就这么写了。

这件事可能就到此为止了——要不是因为那封匿名信。

“难道死亡不值得怀疑吗?”写信人质问警方，坚持说艾弗里的死很蹊跷，与更早前的那个一样。“这个男孩害怕他姐姐就像害怕死亡一样……很抱歉我不能署上自己的名字。我只是个非常喜欢这男孩的局外人。请迅速行动并当心，你们会发现抓住这个骗子十分困难。”

这封信足以让警探出动去询问那个涉事的内科医生了。他们发现医生因自己的诊断而郁闷。实际上，他一直在想这事，克莱顿家人死得如此突然，让他很吃惊。接着，警察又有了另一个发现：在弟弟与她同住的短暂时间里，范妮·克莱顿说服他投资了一份一千美元的人寿保险，将她填写为受益人。

在街角商店，店主提到艾弗里曾抱怨，在家里总是得吃巧克力布丁。无论他告诉姐姐多少次他吃腻了那个，她仍然坚持要他上床前吃一点，他曾告诉老板，她的坚决让他有点困惑。两个听众都很奇怪她为何对这道甜点如此执着。

纽瓦克侦探们顿时警觉起来，他们决定去搜查那所房子。他们没有发现秘密藏匿的毒药，但他们确实发现，范妮·克莱顿苍白透明的皮肤要归功于化学物质。她在浴室里放了半瓶福勒氏溶液。这是种很流行的保健药，随便一家药店都能买到。但正如任何一位毒理学家所知道的，它也是一种砒霜溶液，会给低度中毒的使用者制造出近乎透明的肤色。

警方立即雇用掘墓人挖掘出了男孩的尸体。迟到的尸体解剖和化学检测发现，砒霜侵入了每个器官。纽瓦克警方逮捕了范妮和她的丈夫，怀疑他们合谋杀死了那个男孩，并宣布他们计划将老克莱顿夫妇也挖掘出来。

大多数化学家认为，砒霜检测是毒理学的基础。化学家们早在十九世纪初就学会了如何在尸体中找到它存在的证据，但结果总是令人心焦地不可预测。第一次真正可信赖的检测是在一八四六年，当时，一位名叫詹姆斯·马什的英国化学家义愤填膺地得知，由于他自己有瑕疵的检测结果——基于当时所用的不太稳定的方法——帮助一个下毒者获得了自由。被判无罪后，那人又相当嘲弄地承认了自己的罪行。马什回到实验室后，像疯子一样工作了几年，最终发现了一种抓住砒霜下毒者的办法。

马什检测法要求切碎可疑的组织，加入硫酸和锌，将加热后试管中冒气泡的黏稠物暴露于氢气之中，如果混合物里含有砒霜，接下来的化学反应会让试管壁上出现一层闪光的深棕色膏体。马什将之称为“砒霜之镜”，它暗黑的闪光明确宣告了这种金属毒物的存在。

即便在格特勒时代，马什检测法仍然是检测尸体中砒霜的可靠方式。但从马什时代开始，化学家们就已经创造出了复核那些结果的一系列可供选择的方法。有升华检测法、还原检测法、硫酸铵铜检测法、硝酸银铵检测法、硫化氢和盐酸检测法、贝腾多夫检测法、弗雷特曼检测法、戈索检测法、马什检测法的贝采尼乌斯修正法，还有最近发展的赖因什检测法，科学家们希望这将是迄今为止最灵敏的一种。

在赖因什检测中，用氯酸钾（一种钾、氯和氧组成的高活性化合物）和盐酸分解需要研究的器官，直到组织溶解为黄色的液体。过量的氯经沸腾蒸发，剩下的物质先用氨中和，然后用更多的盐酸再次使之略带酸性。放一片铜箔在这种有毒的混合物当中，离开几个小时甚至整个晚上。

然后，加热铜条。如果组织里含有砷一类的金属元素，铜条上就会闪现出一层暗紫灰色的薄膜。这是检测过程的第一部分，

第一条线索。赖因什试验很棘手，因为其他有毒元素——锑、汞、铋、金和铂——也会让铜箔变得污浊。

为了明确毒物，接下来，化学家需要清洗并烘干污浊的铜箔，将其放入无菌玻璃管中，在火上加热玻璃管。热量会让那层有毒的薄膜蒸发，然后随着玻璃管的冷却，在玻璃管内壁上沉积出一层膜。

最终，这层薄雾提供了真正的答案。例如汞，会在玻璃管上闪烁着银色的光，砷则会形成一层霜，那微微闪光的八面结晶体对研究毒物的化学家来说是再熟悉不过了。

约翰和范妮·克莱顿聘请了新泽西最优秀的辩护律师，一位名叫詹姆斯·麦肯锡的前检察官，他第一时间就宣布他的委托人无罪，说他“绝对肯定他们与此事没有半点关系”。

克莱顿夫妇告诉他，知道男孩体内发现了砒霜时他们又震惊又困惑。是的，的确发现了砒霜，可是没有人知道它从哪儿来。甚至可能是查尔斯·艾弗里自己服用的，麦肯锡宣称。范妮告诉过律师，她担心跟一场不开心的恋爱有关。“我们都是云里雾里，”辩护人补充说，“它是怎么来到那儿的，我的委托人当然一无所知。”

在整个审判当中，他反复强调这一点。家里发现福勒氏溶液并不能说明什么，我们可以在几千人家里发现这东西，用于最无害的目的。不管怎么说，福勒氏溶液是种非常稀薄的毒药——大约是一份砒霜比一百份的液体。要达到纽瓦克化学家在男孩体内发现的浓度——高出致命剂量四倍的砷——得喝上几加仑。没有证据，根本没有任何证据显示，这两个克莱顿突然开始购买更为浓缩的砷原料。

更确切地说，男孩自己就可轻易地弄到砒霜。他在一家杂货店工作，那里像雷夫灭鼠药这类商品在货架上堆得老高。也许他是个瘾君子。专门吃砒霜的人在欧洲众所周知。在匈牙利东南部，据说农民会往烤面包上涂抹砒霜酱，民间传说认为这能改善他们的健康，提高对毒药的免疫力。“年轻的艾弗里随身携带大量含砷毒药，也不是不可能。”辩护律师推测道。

匿名信只是邻居们不怀好意的证据，没有别的。一千美元的保险单不过是个玩笑，葬礼花销之后，就只剩下几百块了。没错，克莱顿夫妇常常入不敷出——约翰·克莱顿做职员一周只挣三十美元——可是好多人都欠着债，他们也没有往自家的布丁里掺毒药。

麦肯锡说，这事儿，从表面上看就很荒谬。

检察官也许会认为麦肯锡只是在提供一个接一个的假设。但即便是他也不得不承认，存在着“年轻的艾弗里死于自己开的砒霜过量这种极小的可能性”。

六月二十三日，两个克莱顿——依然穿着端庄的黑色长裙的弗朗西丝和她的丈夫——双双被撤销了所有指控。挤进纽瓦克法庭的记者们报道说，一抹微笑出现在她脸上，然后她就倒进了律师的臂弯。然而，这并不是故事的结尾，对检察官来说当然不是。约翰父母的遭遇还有疑问。

瓦尔特和安妮·克莱顿长眠在纽瓦克的费尔蒙特公墓，公墓建于一八五五年，一百五十英亩的土地上有庄严平缓的小山、枝叶繁茂的榆树、精心修剪的冷杉，还有精致的大理石陵墓。该市许多最有影响的公民都长眠于此：内战英雄、国会议员、职业棒球运动员、纽瓦克市长、啤酒厂厂主，还有历史悠久的门农公司的创建者。

市里下令在五月挖出这对夫妇的尸体，将挖掘现场变成了争相报道新闻的疯人院。警方几乎在公墓大门口采取了军事行动，阻挡那些扛着相机爬墙的人。一个拍照者巧妙地绕过了他们，差一点就来到了墓穴边，最后被逮住并控以“行为不检”。

绝望的病理学家决定不再尝试将尸体运往停尸房，他们在墓穴边上搭起了一个简易帐篷，在轮床上进行了尸体解剖。在几幅布帘后面，他们用几桶水保持锯和刀的干净，深深切开了正在腐烂的尸体。他们不确定是什么杀死了这对老夫妇，但他们可以弄清楚一个问题：两位克莱顿似乎都并非死于死亡证明上所列的病症。

医生们不动声色地将内脏器官舀进了玻璃罐，再放进织物包，让他们的样本穿过吵吵嚷嚷的报道者。结果在几周后审判艾弗里案时，答案戏剧性地揭晓了：老克莱顿体内似乎没有毒药，但在他妻子体内发现了白砷的结晶。

刚刚在弟弟死亡案中被释放一天之后，玛丽·弗朗西丝·克莱顿再次被捕，被控杀死了她的婆婆。纽瓦克的检察官这一次没有起诉她的丈夫，检察官开始怀疑她才是这所房子里的凶手。她看起来像个迷失的圣母，但他可以向任何听众保证，她完全不是那种人。

这正是检察官维克多·德·阿洛亚对第二个陪审团所说的话，他让自己的声音穿过拥挤的法庭，穿过双层木门，飘进大厅，拥挤的人群在那里探头张望，奋力倾听。他说，这个穿黑裙戴墨玉珠链、静静坐着的女人，是个骗子和凶手。

一位曾照料过老克莱顿夫人的保姆证实，老妇人初次发作是在她儿媳给她倒了一杯可可之后。病人刚刚恢复过来时，弗朗西丝提出照看她，让保姆到楼下厨房做早餐。等保姆在二十分钟后回来时，老克莱顿夫人双眼盯着打开的门，睁得很大，充满恐惧。

“怎么啦?”保姆大叫着奔向床边。她的病人只是看着她，喉咙里咯咯作响，然后吐到了地板上。保姆赶紧叫来了医生，大家马不停蹄地抢救了一个小时，但安妮·克莱顿还是死在了一九二二年十二月的那个早晨。

医生承认他曾怀疑过砒霜。因为他的病人不能说话，他认为她是因某种食物中毒剧烈痛苦而引起了脑出血。只有在早前的审判和墓地大屠杀之后，他才意识到她的症状与砒霜中毒一致。

“我知道范妮没有杀死我母亲，”约翰·克莱顿告诉记者，“如果我母亲死于非自然原因，我由衷地知道，我妻子对她的死没有责任。”

审判期间，克莱顿坐在妻子后面，两人之间是抛光的木栏杆，他静静听着关于在一具正在分解的尸体中能发现什么的激烈讨论，以及关于化学检测工作的争论。

检察官召来了两位杰出的病理学家，一位是哥伦比亚大学的奥托·舒尔茨（他曾在一九一八年与诺里斯竞争法医职位），一位是纽瓦克市立医院的哈里森·马特兰德（他曾在贝尔维尤做研究），后者被认为是东海岸最优秀的毒理学家之一。两人都作证说，他们相信这个女人是被白砷杀死的。

范妮·克莱顿的律师请了三位纽约的专家予以反击，三人全部来自贝尔维尤医院和纽约大学，他们有条不紊地将检方的案子驳得体无完肤。

第一位医生说，他发现原来做出的尸毒诊断最可信赖。他说，尸体上的损害太少了，不支持砒霜中毒的结论。第二位专家，贝尔维尤的病理学家，说了同样的话。他作证说致命剂量会产生典型的内部损害，在谢尔本餐馆的死者身上非常明显，那些血痕是这种毒药最典型的表现。在他研究的其他每一个砒霜中毒案例中，“总会出现部分或更多典型的损害或影响”。在此案中，他没有看到任何可预见的损害。

第三位辩护方证人格特勒，就尸体里为什么会发现少量砒霜给出了化学家的解释。新泽西病理学家曾将器官样本送到格特勒的实验室。格特勒说，样本中含有灰白色粉末，与砒霜相似，但实际上是另一种元素铋的残余。在铋粉中散布着一些白色的砷晶体。格特勒告诉陪审团，被发现的砷数量是那么微小，小到令他吃惊。在毒药容易聚集的肝脏里，砷的含量“极其微小”。

在众多方法中，格特勒使用了赖因什检测法，小心谨慎地通过化学分析计算出了所用样本中精确的砷和铋的比例。正如记者们沮丧地报道的那样，法庭上这几个小时就是科学术语的冗长絮叨。一位记者说，黑板被用来图解结论，变成了无法穿透的蜘蛛网。

像砷一样，铋也是用于药物的一种金属元素。特别是，它是治疗恶心和腹泻的配方里的关键成分。最流行的品牌之一铋斯莫萨，由一位谋求缓解婴儿霍乱的儿科医生在一九〇一年开发出来。这种味道像冬青精油的粉红色溶液，在一九一九年更名为胃肠用铋。安妮·克莱顿的医生不曾建议她服用胃肠用铋，但他开了另一种非常相似的铋配方药。

这些配方药的问题，格特勒解释说，在于铋矿石中常常含有其他重金属，例如砷和铅。并非所有加工程序都能去除杂质，这两种金属经常能在铋基药物中发现。当格特勒进行赖因什检测时，他认识到安妮·克莱顿体内所含比例很典型——大量的铋和微量的砷与铅。他的结论是，检方举出的砷中毒证据，其实只是配方药里含有杂质的证据。

三周之内第二次，纽瓦克陪审团得出结论范妮·克莱顿不是凶手。她在七月十三日以自由之身走出法院，在台阶上暂停了一下，对着附近的手风琴声微笑。她告诉记者，她只想和孩子们重聚："我对任何人都没有恶意，"她说，"我明白检察官在履行职责。我对未来没有计划，我也不知道我要干什么。我此刻跟家人在一起太幸福了，想不到其他任何事情。但我将永远不会忘记十三号这个星期五。"

亚历山大·格特勒也不会。不过那要到十二年后，另一桩砒霜谋杀案审判后，纽约新闻界又开始将玛丽·范妮·克莱顿称为"美国的卢克丽霞·波吉亚"。直到那时，格特勒——还有其他所有人——才会纳闷，她是如何在一九二三年夏天愚弄了那么多人。亚历山大·格特勒当时并不知道，一九二三年七月十三日那天也会在他心中挥之不去。

五　汞（Hg）

一九二三至一九二五

查尔斯·韦伯追求了格特鲁德·戈尔曼八年。他心心念念想与她结婚，他从一开始就有这想法。但他的意中人是一位寡母唯一的孩子，而且这位母亲无法忍受他。格蒂[①]的朋友们对他不屑一顾，她们说他是“一个你能在富婆臂弯里找到的那种娘娘腔”。她的家人嘲笑他，她的一个舅舅宣称，他跟在她后面的样子就像一只狗。

韦伯的确是个说话细声细气的男人，作为纽约市的地产经纪人，过于文静了。他毕业于普林斯顿，饱读诗书，深思熟虑，既坚定不移又彬彬有礼。他不屑理睬那些敌意，继续自己的追求。他母亲在一九二〇年死去时，他快要五十岁了——一个身材瘦小、灰突突的男人，眼睛暗淡，头发银白。格蒂当时快四十岁了，依然是个无私奉献的女儿，被一个富有而占有欲强烈的母亲庇护，当成用珠宝装饰、皮草打扮的孩子。韦伯还是用了两年时间才说服她嫁给自己，不过他们在一九二二年底举行了婚礼，他高高兴兴地搬进了她在麦迪逊大街上的家。

十个月后，他的新婚妻子死了，倒在位于拉伊的韦斯切斯特比尔特摩乡村俱乐部的他们的豪华套房里。[②]一天之后，一九二三年九月二十八日，她的舅舅在他位于宾夕法尼亚州德文（Devon）独家拥有的飞地上的乡村别墅里召开了记者会。当然，他在门外接见了他们，并不想让新闻记者到他的房子里去。站在打理得很漂亮的一个边庭花园里，威廉·T. 亨特沐浴着身边花朵的光辉，那些都是他当作嗜好培养繁育的大丽花，有一种金色花瓣的得过奖，被他命名为“格蒂·戈尔曼”。

全家都“非常惊讶，当听说她打算嫁给韦伯的时候”[3]，他说。他们还以为她准备把一生都奉献给自己的至亲好友呢——她一直都是这么顾家的女孩，一个“通情达理的女孩”，他遗憾地说道。但是，当这场婚姻杀死她时，他们难过却不意外。他们一直怀疑，吸引韦伯的不只是她的温柔甜美。她的家人相信，他真正热爱的，是戈尔曼的钱。她的舅舅提醒聚在一起的记者，韦伯并不是个有钱人，而他的妻子“拥有全部的财富”。谁会不爱一笔两百万美元（约等于今天的两千五百万）的财富呢？

亨特上校没有直接指控韦伯是凶手，反正没有指名道姓。但他的意思一览无余。“有人给格蒂用了二氯化汞，导致了她的死亡。这是个大胆的说法，但我的心里相信这是真的。”

二氯化汞，还有个令人不快的名字叫升汞，是金属元素汞的一种有毒盐化合物。这种盐的化学结构并不复杂：一个汞原子与

① 格特鲁德的昵称。——译者

② “Rich Woman Dies in Biltmore Club; Poison Suspected,” *New York Times*, September 28, 1923, p. 1.

③ “Mrs. Webb Murdered With Slow Poison, Her Uncle Declares,” *New York Times*, September 29, 1923, p. 1.

两个氯原子的紧密结合（$HgCl_2$）。[1]

然而，在化学里，简单并不必然意味着安全。汞是一种著名的危险材料。其排列整齐的盐化合物已被证明毒性超强，有时候甚至超过它们的金属根。

元素汞是一种湿滑的物质，在地壳中，它通过与其他元素结合产生新的物质来固定自己，例如粗糙的朱砂铜矿石，一种汞和硫的晶体化合物。朱砂一旦被开采并压碎，汞就能轻松地与其矿物伙伴分离。更高的地上温度和压力的下降让纯汞形成了非常古怪的液态金属形式。但与一滴水不同，用手指触摸一滴汞并不会弄湿皮肤。相反，它会分解成更小的颗粒，以细小的闪光小球四散跑开，若再碰就会分裂成更小的球体。这种炫目的撒播效果启发了炼金术士，给这种金属起了个绰号"水银"，并正式命名它为汞，即罗马神话中跑得很快的众神使者墨丘利。

这种银球的构造同样可以解释汞为何在最纯净形式时并不太危险。表面的高度张力使这种液态金属聚成球状，阻止了它像常规液体那样向外扩散或者渗透进周围环境。这种自我包含的张力也使纯汞不会轻易地被人体吸收。

有些人，大部分是在十九世纪中期，曾经真的吞下闪闪发光的一满杯汞，相信它可以治疗便秘。但这种元素大多数都穿肠而过了。喝汞者没有表现出任何严重的痛苦，虽然很多人都抱怨说嘴巴极疼。汞元素也不会轻易被皮肤吸收，那些球状的小珠只会

---

① Witthaus and Becker, *Medical Jurisprudence*, pp. 542 – 72，其中回顾了汞中毒的历史，探讨了作为元素的汞和氯化汞。亦可参见：Gonzales et al.，*Pathology and Toxicology*, pp. 749 – 51；Peterson, Haines, and Webster, *Legal Medicine*, pp. 184 – 98；以及 Emsley, *Elements of Murder*, pp. 37 – 50。The Medline Plus 网站上的在线百科全书概述了元素汞和汞盐之间的毒性差异，参见：www. nlm. nih. gov/medlineplus/ency/article/002476. htm。

在手指表面晃动而不会渗入组织当中。然而，没有一个人曾说过汞元素是无害的。十九世纪的喝汞者不一定会立即发作，但是许多人后来生了癌，当时的医学课本称之为“水银的谣言”。

汞盐起效更快，而且会造成更迅速的伤害。主要是因为活体组织容易吸收盐性液体。二氯化汞基本上是另一种氯基盐，是我们用作食盐的常见的氯化钠的坏脾气表亲。正是吸收率让汞盐如此危险。这些水银化合物迅速地融入了水或酒中，并迅速地扩散到了活体组织里。就像二十世纪二十年代医疗记录所载的那样，二氯化汞的腐蚀性和刺激性是那么强，足以将组织破坏到以下这种程度：嘴里的牙齿松动，胃被腐蚀出大量血淋淋的溃疡。内科医生知道这些，是因为汞盐尽管危险，却在以花样繁多到令人吃惊的商品面目出售。

汞化合物作为灭臭虫药出售。它们经混合而成为泻药、防腐剂和利尿剂。在一些极端的例子中，医生会开这种药治疗慢性细菌感染，如梅毒。在格蒂·韦伯的舅舅做出指控的时代，二氯化汞的好处和致命潜力都是众所周知的。这种毒药的危险属性给各地的影迷留下了深刻的印象，这要多亏一九二〇年好莱坞对一则小报丑闻的推波助澜。

那是一个年轻漂亮的女演员令人无法抗拒的悲剧故事，她是一部接一部获得成功的电影里热爱冒险的女主角：《狂妄的马奇》（*Madcap Madge*），《摩登女郎》（*The Flapper*），还有后来证明是她最后一部电影的《大众情人》（*Everybody's Sweetheart*）。

这位女演员，奥莉薇·托马斯，看上去像个可爱的孩子，闪亮的黑色卷发打理成波波头，蓝紫色的大眼睛，一张苍白的瓜子脸。这形象使她一九一四年在“纽约市最美女孩”的评选中胜出，而她的职业生涯也在这一年起飞。她后来成为新阿姆斯特丹剧院著名的齐格飞歌舞团[①]的舞者，化身一个优雅的流浪儿，在飘浮的丝巾中舞动。美女像画家阿尔贝托·瓦格斯笔下的她，只戴一枝红玫瑰，着一缕黑缎子。不出几年，她就开始为塞尔兹尼克工作室[②]拍电影。[③]

像那些生活似乎很有魅力的人那样，托马斯很快嫁给了好莱坞精英中的一员，杰克·碧克馥，电影明星玛丽·碧克馥的弟弟。这对夫妇迅速赢得了作派狂野、热衷聚会、激烈争吵的名声，吵架通常是因为他臭名昭著的绯闻——其中一个结果就是他染上了梅毒。他们分手、复合，再分手，再尝试和好，简直乐坏了八卦杂志。“她和杰克疯狂地爱上了一个又一个人，但我一直认为他们这是小孩在过家家。”玛丽·碧克馥多年以后在她的自传中遗憾地评论道。

一九二〇年九月初，这对夫妇坐船去巴黎，据报道说，是度一个重归于好的假期。他们在丽兹酒店登记入住，然后马不停蹄地扎进这个不禁酒的城市尽情享受，在左岸的小酒馆里跳舞、喝酒直到凌晨。在一次醉得极其厉害的狂欢之后，碧克馥和托马斯在凌晨三点左右跌跌撞撞地进了酒店房间。杰克几乎站都站不住了，直接倒在了床上。他的妻子，整个人仍然很精神，为这次冒

---

① 齐格飞年轻时是杂耍艺人，1893 年到百老汇发展，建立了歌舞团的知名度，1907 年创办了以美女盛装演出大型歌舞著称的齐格飞歌舞团，赢得了歌舞大王的称号。——译者

② 大卫·O. 塞尔兹尼克，好莱坞著名制片人，后来是米高梅副总裁。《蝴蝶梦》《乱世佳人》等经典电影皆出自他手。——译者

③ 有无数网站讲述奥莉薇·托马斯的故事，我偏爱的是“The Life and Death of Olive Thomas”，www.public.asu.edu/～ialong/Taylor33.txt。它是通过 *Variety*、*Photoplay* 以及 *New York Telegraph* 等报刊的剪报来讲故事的。还有 Tim Lussier，“The Mysterious Death of Olive Thomas”，在 Silents Are Golden 网站上可以找到，参见：www.silentsaregolden.com/articles/lpolivethomasdeath.html。

险兴奋不已，她在房间里走来走去，写了封信，这才终于累了，走进浴室洗漱准备睡觉。

据碧克馥对警方所说，他正沉浸在威士忌带来的迷糊中时，奥莉薇开始一遍又一遍地尖叫："噢，我的天，我的天。"他跌跌撞撞地走进了昏暗的浴室，她正倚靠在洗脸台上。她拿起一瓶东西，误以为是她的安眠药——其实是他用来涂抹梅毒溃疡的二氯化汞药水——倒出一剂，一口气喝了下去。随着二氯化汞烧灼着她的喉咙，她在某一刻意识到了自己的错误。他扶起她，把她抱回床上，抓起电话叫了救护车。"噢，我的天哪，"她重复着，"我中毒了。"

随着此事爆出，就在托马斯于医院里苟延残喘三天的同时，报纸不断重复着关于他们的每一种谣言：碧克馥的不忠迫使她自杀；他希望干掉她，就骗她喝下了毒药。随着时间的推移，他在人们的口中变得越来越邪恶，她则越来越圣洁。那么多人涌来参加托马斯在巴黎的葬礼，结果女人们在拥挤的人群中晕倒，街道上铺了厚厚一层数不清的帽子，许多人被挤倒在地，被踩踏。

警方启动了包括尸体解剖在内的调查，解剖结论正如碧克馥所言，此事只是个可怕的意外。回到加利福尼亚后，在接受《洛杉矶观察家报》的一次采访中，碧克馥详细地讲述了他的妻子是多么想活下去，他说："医生们直到最后一刻都对她抱有希望，直到他们发现她的肾已经完全不中用了，他们才没了指望。可是医生告诉我，她比他们之前的任何病人都要努力。"

奥莉薇·托马斯之死，尽管引起了狂热的关注，却是二氯化汞引起的一种相当标准的死亡故事。据纽约市的法医办公室统计，这种化合物一年导致大约二十人死亡，大多是自杀和类似的不幸事故。但是，托马斯赋予了这种毒药一个全新的明星地位，至少，在那一刻是这样的。

格蒂·韦伯的舅舅公开暗示，终结奥莉薇·托马斯生命的那种毒药也杀死了他的外甥女。乍一看，他的指责似乎纯粹是不怀好意，但当局开始变得好奇起来。“她是不是自然死亡，是存疑的。”[①] 韦斯切斯特县的验尸官一九二三年九月向聚集在拉伊的记者们承认。她的医生拒绝签署死亡证明。作为回应，验尸官下令解剖尸体，并要求切除她的内脏，送往纽约市的亚历山大·格特勒处，此举是鉴于后者在毒理学工作上日益增长的声誉。

八月底，查尔斯和格蒂·韦伯来到韦斯切斯特乡村俱乐部度假时，带着一位俱乐部会员的介绍信。这个度假胜地特别契合他们的社交需要。建筑物是按照英式大房子的风格设计的，坐落在属于科莫多尔和比尔蒂摩酒店公司的将近六百英亩的土地上。这里有池塘供垂钓，一个十八洞的高尔夫球场，铺着蓝绿色瓷砖的游泳池，网球场，客厅里的扑克牌游戏，下午茶舞会，不远处还有一个私人海滩俱乐部。

格蒂的妈妈也很享受这种奢华的酒店生活，每年夏天，她都带着女儿去康涅狄格州布里奇波特的老式度假村。韦伯说服自己的新婚妻子尝试一下不同的地方，理由是那些老地方和与之相关的所有记忆会让她难过。八月，他们抵达了拉伊，打算除了白天打打网球，傍晚跳跳舞，夜里打打牌，其他不做什么。但是不到一周，格蒂就一直抱怨肋部疼痛，气短。韦伯找来了附近一位被

---

① “Rich Woman Dies in Biltmore Club; Poison Suspected,” *New York Times*, September 28, 1928, p. 1.

人高度称道的医生威廉·迈耶，医生诊断她得了轻度肺炎。

迈耶专门为富有的客户服务，在白原市附近和曼哈顿公园大道上优雅的套房里都开设了办公室。他还有个嗜好：医学侦查工作。作为一个业余的犯罪学家，他经常在曼哈顿的高中做犯罪科学讲座，特别是讲一些关于发现隐藏的凶手的事。据他对地区检察官所说，以训练有素的眼光看来，格蒂·韦伯的病似乎从一开始就很不同寻常。

他所做的一切似乎都无济于事。最后，他认定她的病情不可能由自然疾病导致。他知道这件事该怪谁。他立即禁止韦伯进入病房。几天之后她死了，但无论如何这位医生都相信自己是对的："如果我不那么做，她就不会活那么久。"

在格特勒的实验室里，二氯化汞是一种很常见的物质。

他在一九一七年就发表了自己的第一篇关于氯化汞中毒的论文，[①] 当时，他还没有成为该市的毒理学家，只有一份工作，就是贝尔维尤医院病理科的化学家。

在人体内检测这种毒药并不是特别困难。但格特勒一直在试验越来越小的剂量，挑战赖因什检测的极限，小心地遵循着那些加热、蒸馏和浓缩的步骤，直到纯粹的毒药被分离出来。他竭力改进检测的灵敏度，直到能够检测出极小的一点点成分来。

赖因什检测法的最后一步，要把一根干净的铜条放入可疑组

① A. O. Gettler and A. V. St. George, "Suspected Case of Mercuric Chloride Poisoning," *Proceedings of the New York Pathological Society* 17, new series (1917), pp. 55 – 61. 格特勒在赖因什检测法方面的成果在以下著述中有描述：Sidney Kaye, "The Rebirth and Blooming of Forensic Medicine," *American Journal of Forensic Medicine and Pathology* 13 (1992), p. 299; Peterson, Haines, and Webster, *Legal Medicine*, pp. 195 – 97。

织和酸的悬浮液中等待，看汞是否能在铜条表面形成一层有光泽的膜。格特勒发现，他等待得越久，铜条上附着的汞就越多。如果悬浮液中的汞含量很高，铜条表面很快就会闪亮起来。但是，如果他把铜条泡在里面一个晚上不进入下一步——拿出来在洁净玻璃试管中加热——那么检测会更加灵敏。他发现，即便他无法在铜条上看到汞，最后的加热也会让那看不见的一点点蒸发出来，在试管里浓缩，给它披上一层可见的美丽的水银光辉。实际上，这个检测过程是如此灵敏，以至于格特勒都能检测到一勺处方药中残留的微小证据。

他也尝试过用其他的检测程序来求证。如果中毒组织的悬浮液暴露在硫化氢（散发臭鸡蛋味道的有毒气体）当中，就会以精确的顺序变色，先是黄白色，然后是深黄色、橙色、棕色、黑色。汞也会在金箔上形成闪光的膜，如果金箔表面被锌包裹，放置于那种有毒液体中几个小时的话。但赖因什检测法仍是格特勒最为信赖的方法，特别是随着他不断将其优化之后。如果铜条被放置一晚，如果他弯曲玻璃管以防止泄露一点点，这种测试的灵敏度足以让一撮汞盐中小到五十万分之一的汞闪现出来。

就在格蒂·韦伯的组织——胃、肾、肝、肠，全部放在干净的玻璃容器中——送达贝尔维尤之前，格特勒一直在分析二氯化汞。[1] 他已经研究过从意外过量到故意服用的每个案例：吞下三十片二氯化汞的意大利女裁缝，这个女人留下字条解释说她受够了暑热；还有那个一次又一次和丈夫吵架的绝望的妻子。

她们都不是很快就死去的：就像奥莉薇·托马斯一案所表明

---

① Gonzales et al., *Pathology and Toxicology*, pp. 750 - 52.

的那样，二氯化汞不会让人迅速而简单地死去。那位女裁缝，在吞下一整瓶药片之后，又活了两周多才去世。验尸官检查的大多数自杀者又活了五到十二天。尸体解剖得出的证据说明，这种毒药稳步地腐蚀着他们的身体内部。器官看上去像是被咬过，遍布血淋淋的伤口，特别是两个肾，它们在努力清理血液的过程中，吸收了多得难以忍受的汞盐。

因此，在调查汞中毒的化学依据时，肾是格特勒首先要看的地方。在对格蒂·韦伯双肾的初步分析中，他在组织里发现了汞微弱而闪光的痕迹。

查尔斯·韦伯——朋友们叫他卡尔——过了极其糟糕的一个月。

他经过漫长的等待好不容易才结婚后不到一年就失去了妻子。他受到人们的公开指控说他谋杀了她，先是通过她的亲戚们的狡猾暗示，然后是她的朋友们更直接的表达——“闺蜜指控谋杀”，以此为标题的《纽约时报》十月二号的新闻头条，超越了在白原市的一个度假小屋举行的一场温和的记者招待会的报道。指控者是曾与格蒂·韦伯在曼哈顿一家私立学校上学的女子，她告诉记者，卡尔·韦伯是个狡诈的男人。“直到不久前，可怜又天真的格蒂还不知道她在服毒药，就像我和其他几个好朋友相信的那样。”

在她还是单身的时候，格蒂·戈尔曼就签过一份遗嘱，将她可观的财产在家人、朋友和仆人中进行了分配。[1] 她有许多财产

① “Police Here Take Up Death of Mrs. Webb; Open Inquiry Today,” *New York Times*, October 1, 1923, p. 1; “Webb Is Questioned About Wife's Death; Trace Poison Found,” *New York Times*, October 2, 1923, p. 1; “Webb Offers Aid in Death Mystery; Knows of No Poison,” *New York Times*, October 3, 1923, p. 1.

可供分配：麦迪逊大街上的房子，康涅狄格州费尔菲尔德的乡间住宅，曼哈顿的三栋公寓楼，城市西北边一八九街上的几亩地，美国信孚银行和布鲁克林城市铁路公司的股票，一家房地产开发公司的合伙经营权，三辆汽车，精美的珠宝收藏，观看歌剧用的红宝石镶钻长柄望远镜，一个纯金网眼晚装包，一些银器，艺术品，衣服，银狐皮草和海豹皮草，还有银行账户里的几十万美元。

然而，格蒂·韦伯在拉伊生病之后，却签署了一份简短得多的遗嘱，只有二十行字，把一切都留给了丈夫。这一举动，她愤怒的朋友和亲戚都坚持认为是他的设计。是他将这份遗嘱强加给了一个将死的女人，他们相信这是他跟她结婚的唯一目的。"这份遗嘱归档的时候，其他人会找麻烦的。"据报道，韦伯这样告诉他的律师。他说的没错。

在他妻子的老朋友召开煽动性的记者招待会之后的那一天，他知道韦斯切斯特县大陪审团已被召集起来就他妻子的死亡开会，卡尔·韦伯试图以他那种平静的方式为自己辩护。他没有叫记者来他避难的乡村俱乐部采访他。相反，他通过自己的律师发布了一份手写的声明："我自然不愿意在公开媒体上讨论最近降临在我身上的悲剧。"

他需要时间来私下哀悼，韦伯说，比被允许哀悼的时间更长一些。"然而，这件事已经被曝光得太多，明显不怀好意的人们已经做出了这么多的暗示，因此，我的朋友敦促我做出公开声明。"

关于那份遗嘱——是的，他已经提交去做认证了。但是，他也提交了一个更复杂的版本，未签字的，作为建议的修订版。他坚持说，格蒂在意识到自己病得有多重之后，坚持要起草那份短遗嘱。她想要他做她遗嘱的受益人。他当时就认为给他的太多了，因此他请他们的律师起草了另一份涵盖许多更早之前遗产分配内容的文件。但是，他没能让妻子在修订版上签字，因为，医生命令他离开病房。

他希望无论如何都应尊重遗嘱条款，他说："我在此事上的一个渴望就是尽我的知识和能力所及，实现我妻子的心愿。"至于那些指控，他无意在报纸上继续争吵。但是韦伯会说：关于发给他妻子的任何毒药，他一无所知。

在她生命的最后三周里，格蒂完全由威廉·迈耶医生照料。其中部分时间，他——韦伯——完全被阻挡在病房之外，被迫在相连的起居室里为她的康复祈祷。他曾乞求迈耶再叫些其他的医生来，但是这位白原市的医生拒绝了。韦伯自己让人去请了本地医院里给格蒂看过诊的医生，但是迈耶拒绝"与他商量，也不允许他进入病房"。韦伯后来请自己的律师以诉诸法律相威胁，使得迈耶终于同意和韦伯家在纽约的医生交换意见，并允许他回到病房。

按照韦伯的声明，他之后等在她的床边，跪下来祈祷，盼望着另一位医生赶快到来。但是等到曼哈顿的医生抵达时，格蒂已经死去。

韦斯切斯特县地区检察官办公室不相信此刻正在拉伊上演的戏剧性节目，不但请了格特勒来负责毒理分析，还请了纽约市法医办公室的病理学家来做尸体解剖。[①]

---

① "Mercury Revealed in Mrs. Webb's Body by Chemical Test," *New York Times*, October 4, 1923, p. 1; "Not Enough Poison to Cause Her Death in Mrs. Webb's Body," *New York Times*, October 5, 1923, p. 1; "Sudden New Turn in Webb Mystery Is Now Expected," *New York Times*, October 8, 1923, p. 1; "To Exonerate Webb in a Report Today," *New York Times*, October 19, 1923, p. 6; "Jury Clears Webb in Death of Wife," *New York Times*, October 21, 1923, p. 1.

一旦身体被剖开，二氯化汞的存在就很难不被注意了。肾脏鲜血淋漓，因细胞破裂呈糊状，颜色发灰。而且同时还有许多其他迹象：嘴巴和喉咙里被腐蚀的斑块，胃壁上的溃疡，肠道里的血肿。

汞，尽管闪烁着优雅的银光，却是个很麻烦的杀手。

至少对那些指控查尔斯·韦伯是杀人凶手的人来说这是个难题，难在曼哈顿的病理学家没有在格蒂体内发现任何类似的损伤。“所有二氯化汞中毒常见的组织改变都没有见到。”验尸官的报告得出了这样的结论。他们没有发现胃或肠道的溃疡，嘴巴和喉咙也没有肿大。医生们的确发现肺部因肺炎而充血，肾脏也病得很重。

就格特勒来说，他能通过对比赖因什检测的结果和他收集的其他数据来估算出格蒂·韦伯体内二氯化汞的含量。确实有汞，但含量极小，几乎难以觉察，远远低于致死剂量。他又进一步分析了检测到的微量的汞，结论是，这根本不是升汞而是另一种汞化合物，也很常用但毒性要小得多。

格特勒认定汞的来源为一种叫做甘汞的古老疗法，有时仍然用作泻药。甘汞这种为人熟知的保健药，在十六世纪是用来治疗肠道寄生虫的处方药，刘易斯和克拉克[①]去考察美国西部时就随身带着它。医生们平时仍然会为胃肠道病人开这种药，用它来灌肠。不过，它正在慢慢消失，因为医生们发现它带来了与汞暴露相关的不可避免的风险。

---

① 一八〇四年五月，在美国购买路易斯安那，使其领土扩大一倍已满一年后，时任总统托马斯·杰斐逊命自己的私人秘书梅里韦瑟·刘易斯和美国陆军少尉威廉·克拉克率领一支探险队从密苏里州的圣路易斯出发，踏上了从密西西比河到太平洋的西北探险之旅。——译者

实际上，甘汞是一种更平和的汞盐，又叫氯化亚汞。它的分子式与升汞略有不同：两个汞原子加两个氯原子（Hg_2Cl_2）。升汞结合得更紧密这一事实，意味着这种制剂的研磨性较低，而甘汞溶液更容易稀释这一事实，则意味着它的毒性没那么大。

但是，像所有的汞化合物一样，它们会留存在人体内，并且在器官中聚集。它们必然会集中于肾脏，遵循着与更危险的升汞相同的分布模式。为进一步检验自己的理论，格特勒给几只猫服用了与标准处方剂量相当水平的甘汞。他发现，它们肾脏中汞的微光，与他在格蒂·韦伯的组织中看到的浓度一样。

根据格特勒的研究成果，地区检察官开启了新一轮的质询，重新讯问了格蒂·韦伯的医生。

调查者得知，迈耶医生并没有开过甘汞。她之前看过的那些医生也没有开过。但她却一直在按时定量地服用，按照她那位曼哈顿的医生的建议。

“我确信，此案中唯一有毒的东西，就是想要制造丑闻者的流言蜚语和险恶用心。”韦伯的律师对警方调查人员厉声说道。

在这一点上，警方的调查人员同意这位律师的看法。在尸检结果表明可能是糟糕的治病方式导致她死亡之后，地区检察官开始调查迈耶医生了，他们说：“迈耶医生误以为自己治好了她的肺病。韦伯太太死时，患有肾病、心脏病和胸膜肺炎。”一段时间以来，她的肾病似乎一直在恶化。

检察官继续召集大陪审团举行了听证会，但是要求迈耶在作证前放弃豁免权，这使得他将面临刑事指控。迈耶毫不含糊地表达了自己的感受，他说：“我满怀着个人的愤怒……因为大陪审团做出的推论是，我作为涉事医生并非无可怀疑。”更令他不满的是这样的暗示：他把自己当成了业余侦探死死纠缠一个将死的女人。

他承认自己曾告诉过她，她快死了，有某种东西正在要她的命，但他不知道那是什么。他问过她，是否有什么人能偷偷地在她的咖啡或可可里面下毒。她说没有，但他并不真的信她的话。“记住，格蒂，你快死了，”迈耶证实他当时是这么回答的，“你得告诉我一切，这很重要。”当她仍然没有怀疑时，他认识到他必须为她采取行动，他觉得催促警方着手调查是他的责任。当然，他也和利益相关群体分享了他的信息，比如这位将死妇人的亲戚们。

这位医生不喜欢此案进展的方式。就像迈耶在听证会后告诉记者的那样，他也不喜欢地区检察官。

十月二十一日，韦斯切斯特县的大陪审团宣布了结论：格蒂·韦伯属于自然死亡。对她丈夫的所有指控都是空穴来风。“通过本机构及公共媒体所做的全部指控，”这份结论称，“如果属实，将严重影响查尔斯·韦伯，即死者丈夫的身份地位。因此，我们认为我们有责任强调，所有这些指控都没有丝毫的根据，我们认为韦伯先生完全且彻底的无罪。”县验尸官支持上述结论，提交的报告结论认为，格蒂·韦伯死于进行性肾脏疾病并发肺炎，被主治医生误诊了。

韦伯万分感谢地区检察官和大陪审团“高度的正义感”，但也表达了自己的哀痛，声明说他希望时间会充分揭示那些指控者的动机。他当然盼望再得到机会揭发他们。格蒂·韦伯的亲戚们——她父亲、她舅舅、她同母异父的兄弟和她的表兄们——曾试图让州长向韦斯切斯特县地区检察官施压。在失败以后，他们又提起了民事诉讼，谋求推翻她最后的遗嘱。

然而，被大肆宣扬的犯罪嫌疑改变了韦伯对如何执行妻子最后意愿的想法。他决定收回他起草的修订版，就是跟她的朋友和亲人分享她财产的那一版。

原因显而易见，如他的律师所说，卡尔·韦伯失去了分享的冲动。

韦伯案充分展示了诺里斯曾努力让该市警察局牢记的一点。他希望警局的警员们，从侦探到巡警，都应该充分重视科学证据，将法医办公室视为调查中有用的搭档。那一年早些时候，他曾在纽约市侦探学校的开学典礼上做主题发言，题目是“法医与警察”。这是第一次有科学家参加那个活动。

一九二三年秋天，他开始为市里的侦探进行定期培训。他把他们带到太平间，让他们去验尸，然后把他们送到格特勒的实验室。在那里，他们可以看到这位市里的毒物学家——和他培训的纽约大学学生——是如何通过对从街上带来的尸体进行毒物分析来工作的。

检测像二氯化汞、砒霜和氰化物这样的毒物，构成了格特勒实验室的日常工作。所有推理小说家都迷恋更奇异的毒素——例如英国作家阿加莎·克里斯蒂，在一九二〇年凭一个马钱子碱和凶手的故事开始了她的职业生涯——而那些日常的毒药则让城市的毒理学实验室忙得不可开交。

然而，在一九二四年那个寒冷的一月，格特勒和他的团队却接到了一个真正古怪的案子：著名的蓝血人之死。[1] 受害者作为人

---

① A. O. Gettler, C. P. Rhoades, and Soma Weiss, "A Contribution to the Pathology of Generalized Argyria with a Discussion on the Fate of Silver in the Human Body," *American Journal of Pathology* 3 (1927), pp. 631 - 61.

类展品随巴纳姆和贝利的马戏团[1]（地球上最大型的表演团队）周游全国度过了他的大半人生。这位蓝血人最近死在了贝尔维尤，病理学家说，他的尸体是他们在停尸房大理石桌上所见过的最奇怪的一个。

这个著名的怪人进医院做检查时六十八岁，他喘不上气，还抱怨说平躺时根本无法呼吸。据他的就医记录显示，他是个又高又瘦的男人，有亮闪闪的白发和同样亮闪闪的白胡子。他的蓝色皮肤颜色那么深，以至于远看像是黑色。他的嘴唇是蓝色的，舌头是蓝色的。他的巩膜——通常被叫做眼白——也是蓝色的。

然而，他的蓝色并非氰化物中毒衰竭所致的蓝色斑点。他皮肤上的颜色很均匀，看上去颇有光泽。正是这种泛光的整体效果让医生做出诊断，称蓝血人患上了一种叫做“银质沉着症”的病。这种情况被认为是银通过身体沉积，将组织染成了泛光的深灰蓝色。

贝尔维尤的医生怀疑，这位蓝血人，前英国陆军军官，通过自己服用硝酸银而赢得了盛名。这种盐通过把银溶入硝酸再让溶液蒸发而制得，形成一种闪光的粉末，可混合做其他用途。硝酸银可以轻易获取：用于显影过程中，在牙科治疗口腔溃疡，用于新生儿护理，可融入滴剂中滴入新生儿的眼睛，以预防感染。

蓝血人极力否认存在任何银暴露，也矢口否认曾自行使用过任何药物。就像他告诉马戏团的铁杆粉丝的那样，他是个天生的怪人，一出生就是蓝色的。可是，当那年秋天他死后——死于迅速恶化的肺炎——病理学家决定来一次彻底的检查。尸体解剖表明，他身体内部也是银蓝色。暗红棕色的肌肉组织里有微微的银色，

---

① 两人合作创建了“巴纳姆和贝利马戏团”，也被称为“奇怪的人类马戏团”，把与西方人外貌有着显著差异的土著人、残疾人等视为“人类怪胎”，以“怪胎秀”进行巡演。——译者

脾脏是泛蓝的红色，肝脏是泛蓝的灰色。就连大脑都闪着银光，在灯火通明的停尸房里，它那熟悉的曲线和沟回微微地反着光。

他体内到底含有多少金属呢？为了查明这一点，格特勒把器官放入了酸性溶液，将其煮干，得到了灰色的灰烬。他用热水、阿摩尼亚和硝酸冲洗这些灰烬，把银从中冲洗出来。然后，测量每个器官中的含银量，合计总数算出整个体内的含量。格特勒的保守估计是，蓝血人体内含有足足三点五盎司的固体银。其中大约一半在肌肉组织当中，另有四分之一在骨骼里，其余大部分聚集在肝、肾、心和大脑里。

可是，这些银并没有要了蓝血人的命，他是死于肺炎。其唯一的影响似乎就是把他变成了那种引人注目的靛蓝色。“在可能以相当大数量蓄积在人体内的重金属当中，”格特勒在此案的报告中写道，“银的毒性很弱，也许是最小的。”

当然，毒理学实验室现在拥有相当多的纯银。他的同事拿走了从蓝血人体内得到的那些闪光小球，将它们熔化，铸成一颗子弹，送给了格特勒。以防万一嘛，朋友们让他确信，他曾不得不分析过一个吸血鬼。

他把子弹放在了办公桌上，以防万一嘛，他回应道。

在洗清谋杀指控一年后，查尔斯·韦伯仍然在与亡妻的家人做斗争。[①] 他在新的斗争里赢了第一回合。法官裁定那份二十一

① “Relatives Attack Mrs. Webb's Will,” *New York Times*, December 11, 1923, p. 18; “Webb Wins on Will by Order of Court,” *New York Times*, December 12, 1923, p. 1; “Surrogate Upholds Will of Mrs. Webb,” *New York Times*, December 23, 1923, p. E1; “Webb Kin Claim House and $250,000,” *New York Times*, July 16, 1924, p. 36.

行字的遗嘱有效。她的亲戚对这一结果提起上诉，一九二四年七月，他们又提起了诉讼，坚称家族在麦迪逊大街上的房子必须留在戈尔曼家。他们还想要一笔二十五万美元的信托基金来维护这处房产。

韦伯不想要这所房子，甚至不想再住在那儿。他搬进了一家公寓酒店。但他知道，他不是个宽容的人。他也回到法庭对这一主张提出质疑。如果假以时日，他敢肯定他不会给她的家人任何东西，一点都不给。

像查尔斯·韦伯这样的案子，当科学能够证明无辜者的清白时，的确是令人非常满意。此案表明，正如诺里斯对警方所说的那样，毒理学研究作为一种侦查工具正在获得它的地位。它展现了法医的工作如何能够保护人们免遭伤害。

但是，某些毒物仍然威胁着这门非常年轻的科学，警示着研究者不可过分自信。一九二四年，纽约市法医办公室就碰到了这样一种毒物，相关经验并不像韦伯案那么令人满意。这种新毒物突显出这门科学的局限，以及优秀化学家与坚持斗争的公共官员在保护公众不受新一代化学产品伤害时所面临的阻碍。那些产品都是工业急需并且由合作治理型政府推广的。

这种毒物的故事并不是从纽约市开始的，虽然诺里斯和格特勒很快就会充分投入到调查其危险性的工作中去。故事要从新泽西州伊丽莎白的标准炼油厂（Standard Oil Refinery）说起。

从外面看，这个工厂完全无害，是一栋有窄窗的、一成不变的典型砖楼。里面，可以听到熟悉的工作声响——管子嘶嘶作响，叮叮当当，回嘴咕噜咕噜，哗啦哗啦。但是，接下来的就不熟悉了——机器上升起的蒸汽中带着一种味道，不是平常的汽油味儿，而是四乙基铅那种沉闷的霉味。

五年前，一位在通用汽车工作的化学工程师发现四乙基铅能解决汽车发动机的爆燃问题。就连通用最好的汽车，包括优雅的凯迪拉克在内，都曾在引擎盖下发出巨响，乘客听起来就像发动机正在四分五裂一般。这种噪音是发动机设计的副产品，涉及一个效率不高的燃烧过程。它意味着汽油燃料没有完全燃烧干净，剩余的汽油会发热、燃烧并爆炸，有时候声音大到足以将驾驶者惊得失去控制。

而四乙基铅——工业上缩写为 TEL——解决了这一难题。[①]这种化合物，其实是十九世纪欧洲实验室里的发现。但是，通用汽车的一位工程师——小托马斯·米德格雷，在科学家同事查尔斯·凯特林的研究基础上发现了它的新用途。他们两人都认识到，四乙基铅（铅、碳和氢的化学混合物）可以从根本上消除汽油燃烧中的粗糙残余问题。当发动机搅动并燃烧燃料时，循环的铅配方及其副产品与未燃烧的剩余燃料结合在一起，将它们缓冲成非爆炸性物质。富有创新精神的米德格雷——他日后将研发出叫做氟利昂的含氯氟烃——不断对配方修修补补，直到他觉得恰好得到了正确的 TEL 混合物，用于机动车的汽油。

这种添加剂在“发疯的气体大楼”（这是员工给标准炼油厂的 TEL 处理车间起的绰号）里制造。自从这家公司开始制造这种抗

① 在汽油中使用 TEL 的背景情况以及发明家托马斯·米德格雷（氟利昂也是他开发出来的）的情况，可以在下文中找到：“Thomas Midgley's Dubious Legacy,” http://expertvoices. nsdl. org/highlights/2008/03/17/thomas-midgleys-dubious-legacy/。相关问题上的不同观点，参见：Invent Now's Hall of Fame, www. invent. org/hall _ of _ fame/193. html。

爆燃配料的十二个月来，工厂工人对这个地方的恐惧持续增加。在那儿工作的人，沉浸在叮当作响、热气弥漫之中，开始变得有点古怪——郁郁寡欢，脾气急躁，无法入睡。他们开始在熟悉的工厂里迷路，有时记不起自己的朋友。之后的一九二四年九月，工人们开始倒下，出现抽搐、极度兴奋的谵妄。到十月底，TEL的四十九名工人中有三十二人进了医院，五人死亡。

标准炼油厂做出了冷漠的反应："这些人可能是因为工作太努力而发了疯。"该楼的经理如此声明。也就是说那些没有活下来的人不过是自己劳作而死的。除此之外，公司并没有看到问题。

该声明未能打动新泽西州政府，州里命令工厂关闭。[1] 当地的地区检察官也没有买账。他打电话给查尔斯·诺里斯，请求借用他的毒理学家对那栋遭人恨的建筑里酝酿的化学反应进行独立的研究。

诺里斯很高兴地答应了这一要求。他不喜欢标准炼油厂的声明，而且决定发表自己的声明，与企业对 TEL 的观点正好相矛盾："它很容易被人吸收而且毒性很高，这一事实早在一八五四年左右四乙基铅在德国被发现时就已证实了，从那以后的七十年里的大部分时间它未被应用于工业，就是因为其众所周知的致命性。"[2]

调查者发现，在标准炼油厂的工人发病之前，另外一条 TEL 生产线，杜邦公司在俄亥俄州代顿的工厂就已经失去了两个工人。

---

① "Stops Jersey Sale of Ethyl Gasoline," *New York Times*, November 4, 1924, p. 37.

② "Tetraethyl Lead in Victim's Brain," *New York Times*, November 13, 1924; "Nine of DuPont Plant Died," *New York Times*, November 2, 1924, p. 22.

他们死于铅中毒。铅会伤害神经系统的倾向是众所周知的。像TEL制造中散发出的含铅蒸气，会通过皮肤吸收，也会被直接吸入肺里。在新泽西工人死亡前的几个月，“发疯的气体大楼”的几个主管确实曾建议停止这项生产。

为了应对新一轮的批评，标准炼油厂追根溯源，找来了米德格雷，即TEL的开发者，在曼哈顿的办公室举行了一场记者招待会。他向记者保证，正确操作他这一获奖的发明是没有任何危险的。为了证明，他在装满TEL的碗里洗了自己的手。“不管怎么样，我是不会冒险的，”他说，“我也不会冒险每天都这么干。”[①]

杜邦和标准炼油厂的管理层责备工人没能保护好自己。手套和面罩在炼油厂都有，戴上它们是工人的责任。但他们不是受过良好教育的人，一位公司副总对记者解释说，可能没有意识到接触TEL是“男人的工作”，包含着所有的风险。

格特勒足足花了三个星期来弄清楚标准炼油厂的工人在生病、发疯或死亡之前吸收了多少四乙基铅。[②] 这种化合物在美国工业生产中是那么新，用得是那么少，所以没有特别现成的测试或者太多的背景信息。

两年前，美国公共卫生部曾要求米德格雷提供有关TEL对健康影响的所有研究的记录。他回复说没有这类研究存在，从那以后，杜邦、通用、标准炼油厂和联邦政府都没有花多少工夫来评

---

① “Another Man Dies from Insanity Gas,” *New York Times*, October 28, 1924, p. 25.

② Alexander O. Gettler and Charles Norris, “Poisoning by Tetraethyl Lead: Postmortem and Clinical Findings,” *Journal of the American Medical Association*, 8 (1925), pp. 818 – 20; “Report Condemns Making of Lead Gas,” *New York Times*, November 27, 1925, p. 14.

估这种化合物。

“这是在本实验室进行的诸多困难重重的调查中最困难的之一，”诺里斯说，“据我所知，这是同类工作中的头一桩。格特勒博士不仅要做检测，还要开创相当一部分的检测方法。”

格特勒先解剖了四具尸体，然后又将结果与最近在紧身衣束缚下尖叫着死去的工人的尸体做了对比，他发现，TEL 及其铅副产品形成了一种可识别的分布模式，集中于肺部、大脑和骨骼。最大的剂量分布在肺部，表明这种毒物大部分是被吸入的，后续检测表明，杜邦和标准炼油厂使用的面罩没有滤除 TEL 蒸气中的铅。

橡胶手套确实保护了双手，但是如果 TEL 泼溅出来与皮肤产生任何直接接触，都会被极迅速地吸收。记者招待会开完几个月后，小托马斯·米德格雷去欧洲度了一个加长假期，寻求铅中毒的治疗。正如媒体推测的那样，这位发明者不是个大话王，就是个冒失鬼——或许，他只是吸入了太多“发疯的气体”。

诺里斯公开了办公室对四乙基铅的报告之后，纽约市禁止了它的销售，并禁止“任何含铅或其他有害物质”作为汽油添加剂的销售。① 新泽西州也是一样。费城亦然。担心这种趋势愈演愈烈，它们将被迫寻找另一种反爆燃化合物，投入的资金打了水漂，制造公司要求联邦政府接管该项调查并建立它自己的标准。

---

① William Kovarik, “Ethyl: The 1920s Environmental Conflict Over Leaded Gasoline and Alternative Fuels,” a paper given to the American Society for Environmental History, Providence, Rhode Island, March 26 - 30, 2003, www. radford. edu/～ wkovarik/papers/ethylconflict. html; Jamie Lincoln Kitman, “The Secret History of Lead,” *Nation* 270 (March 20, 2000), www. thenation. com/doc/20000320/kitman.

杜邦和标准炼油厂同意暂停 TEL 的生产和供应，直到联邦政府的调查结束。一九二五年一月，美国公共卫生部部长召开了全国性的四乙基铅讨论会，会议之后，成立了一个特别工作组进行调查。政府承诺，召集的科学家们将十分高效，在年底前完成研究。共和党总统卡尔文·柯立芝领导下的亲商业政府也表明了自己的态度，至少，对一直关注此事的人们来说是表明了。

诺里斯说服纽约市卫生专员颁布了对四乙基铅汽油的初步禁令，他以其一向的直率写道："应该禁止它的使用，因为铅将沉积在机器里，特别是封闭的空间里。含有哪怕数量很少的这种物质的汽油也是极其危险的。"①

政府批准的 TEL 特别小组，成员不包括查尔斯·诺里斯或亚历山大·格特勒，也没有来自禁止销售这种汽油的任一城市的任何人，或者参与了对它的第一次批判性分析的任何机构。

格特勒恢复了他的日常作息，再一次调查起了一个二氯化汞案。当年五月，白原市一名二十一岁的女子吃了奶奶送她的礼物盒里的一个无花果之后，被紧急送往医院。② 生病的女孩被送去治疗时还紧紧握着那个盒子。

医生辨认出了急性中毒的信号——她的嘴唇被腐蚀，而且她在吐血。医院直接将无花果送到了法医办公室。第二天，格特勒就报告说他发现有种银白色的粉末擦在水果上，这些无花果里满是二氯化汞。

---

① Norris to Frank. J. Monoghan, health commissioner, November 14, 1924, medical examiner's files, New York City Municipal Archive.

② "Grandmother Held as Girl's Poisoner," *New York Times*, May 24, 1925, p. 25.

侦探发现，奶奶曾因为钱与女孩的父母争吵。女孩站在自己父母这一边，并拒绝再去探望奶奶，她六岁的弟弟则仍继续去探望奶奶。老妇人显然认为孙女的行为是极大的背叛。她买了无花果，涂上二氯化汞装满篮子，交给了男孩，告诉他那是给他姐姐的礼物，“你自己一个都不要吃”。

当侦探来逮捕奶奶时，她早就在等他们了。她只说了一句“好吧”，就拿起了手提包和帽子。她很幸运，他们告诉她——女孩会恢复，指控只是企图谋杀。她没有回答。

到这个夏天结束时，诺里斯发现自己整个人弥漫着一种罕见的疲惫，他的身体因部门里堆积如山的尸体而压力巨大、疲惫不堪。

七月，又冒出了一例氰化氢气体致死案。该气体被用来给皮革储存设施进行熏蒸消毒，之后通过墙上的裂缝散开，杀死了隔壁在自己的商店里工作的一个男人。格特勒和助理法医托马斯·冈萨雷斯拜访了店主们，试图说服他们使用另一种熏蒸消毒剂。诺里斯也到卫生专员那里，请求他在纽约市禁止为灭虫目的使用氰化物气体。

每个州都应该取消这种东西的使用，诺里斯说。他高度怀疑这种冒险行为被严重低估了，较小城市中的许多“心脏病”病例，其实就是熏蒸消毒致死的。但是，那些城市没有训练有素的病理学家来讨论案例。纽约可以，政府官员应该利用这一优势，他说。这一次，卫生专员同意了。重审病例记录之后，他颁布了官方禁令，禁止在该市使用氰化物进行熏蒸消毒。

诺里斯可能在说服联邦政府加强毒药管控的过程中受阻，但他至少可以在自己的城市里扭转乾坤。他也学会了为小小的胜利庆祝一番。

然而，酒精中毒死亡的人数仍然在增长。贝尔维尤的停尸房里一天平均出现两具酒精中毒的尸体。经营烈酒生意的团伙正在从德国进口纯甲醇，以致诺里斯发布了另一个警告："我希望大家明白：甲醇越纯，越是致命。"

私酒贩子的街头枪战有增无减。致命的照明气体导致的意外事故和城市街道上汽车相撞致死案也是一样。"我们因不明身份的流浪者和不明身份的婴儿而忙得一塌糊涂，"诺里斯写信给卫生局，解释自己为什么签发死亡证明速度很慢，"对我们来说，几乎不可能跟上工作进度。有时候一个早晨停尸房就有多达十五到十八个案子，九或十具尸体要解剖。"[①]

七月里，他决定去度七年来的第一个假期。[②] 或许只能说有点像度假。他打算去欧洲一个矿泉疗养地去治疗身心的疲惫。

一九二五年底，查尔斯·韦伯重回法庭抵挡亡妻的亲属们对钱的要求。他还会再到这儿来的。一次又一次。再过三年，所有的法律诉讼还是解决不了的话，格蒂的财产也就明确归他了。她并不像传说的那么富有，不过也足够富有了——法庭确定她全部的财产价值一百零三万三千七百六十五美元，大约是人们推测的一半。[③]

---

① Norris to John T. Walsh, Department of Health, May 19, 1925, medical examiner's files, New York City Municipal Archive.

② Norris to Hylan, June 5, 1925, medical examiner's files, New York City Municipal Archive.

③ "Webb Gross Estate Set at $1,0333,765," *New York Times*, July 21, 1928, p. 26.

韦伯得到了其中的大约六十三万美元：其余大部分用来支付律师费和诉讼费。他再未搬回他与格蒂同住过的家，他卖掉了那所房子，在纽约的一间公寓里度过了余生。他继续经营着一家房产公司。但一等法庭斗争结束，继承权归了他，他就着手实现对亡妻许下的承诺：她想要纽约市的一个公园，以此作为对她母亲的纪念。

韦伯把她在该市上西区拥有的一小块空地捐献了出去。① 它包括华盛顿高地上近两亩起伏的土地——在西区一八九街和一九〇街之间绵延，沿百老汇边缘向北穿过城市的一小片美丽土地。除了这块在该市价值三十万美元的地，韦伯又给了两万五千美元建操场，五千美元做维修基金。

新公园设计成一连串的平台，高度向百老汇的方向次第下降。石头建造的中央阶梯通向步道，经步道可以反向漫步穿过阴凉的休息区。沿公园一边，韦伯要求建造一面银色的石墙。他让人在石墙上嵌入了一块小小的匾额，将公园献给格蒂·A. 戈尔曼。它曾是——而且仍然是——一个漂亮的小公园。但它也代表着一个结束，一个终止，最重要的是，对爱过并且失去的某人的致敬。

---

① "Webb Gives Tract to City for Park," *New York Times*, June 21, 1929, p. 29; "City Accepts Playground," *New York Times*, April 24, 1930, p. 31; "Gorman Park," New York City Department of Parks and Recreation, www.nycgovparks.org/parks/M031/highlights/12328.

六　一氧化碳（CO），第一部分

一九二六

一九二六年一月末，大风裹挟着亮晶晶的雪花将一个《纽约时报》的记者团团包围，他正在某个街角里瑟瑟发抖。[1]此人曾怒气冲冲地写过一封信，将曼哈顿最嘈杂的情景描述为——“实现宁静的最希望渺茫之地”。在第六大道和三十四街那个十字路口，这位记者试图就这些抱怨采访一名交警。但是，记者担心自己的任务也许根本不可能完成。就像他后来写到的那样，他能看见那位警员的嘴唇在动，但一个字都听不见。

“砰，扑通，砰，扑通！一辆瘪了胎的汽车在车道上玩命地颠簸着，每个螺丝、每个螺母都在抗议。嗒嗒！嗒嗒！！嗒嗒！！！那笨重卡车的大喇叭越来越响。”他写道，试图重现他周围震耳欲聋的声响。这里的车辆川流不息，市里分配了六位交警到这个路口。记者只是抓住了他看得最清楚的那一位，也是最高的交通卫士。两个人审视着从面前经过的汽车大杂烩：麦克斯韦[2]旅行轿车，道奇兄弟[3]豪华轿车，帕卡德[4]的六缸旅行车，纳什[5]特别款，钱德勒[6]大都会款，还有偶尔出现的乔丹维多利亚牌车、威利斯-奈特的紧凑型四人轿车、加长版凯迪拉克、运动型别克乡村俱乐部特款以及福特T型车。一阵机动车的狂潮，大部分是黑色，方方正正的车子，有些是老式敞篷设计，许多是新式平顶，全都有刺耳的喇叭和怒目而视的圆头灯。

“嘿。”警察对一个超速行驶的司机大叫道。“他把哨子放在唇间，大概是吹响了它。”记者记录道。又有九辆机动车开了过去，六十九个行人，两辆婴儿车，又是三辆地面车辆——这是给有轨电车取的名字，以区别于头顶的高架轨道上呼啸的轨道车。

交警俯下身来把嘴唇贴在记者的左耳上道：“这是世界上最吵闹的地方。”

在其他街角，其他无数城市里的其他警察可能会为这一“荣誉”争论不休。由于二十世纪二十年代的汽车热潮，全国各地的十字路口都出现了交通堵塞。每个人都想要一辆汽车——为了那速度、独立空间，还有，地位。一九二五年，全国销售了四百万辆新车，汽车制造商以绝对的自信预言，这些数量只会增不会减。在曼哈顿的中央宫（Grand Central Palace）举行的全国汽车展，展出了一九二六年的五百多种新车型——更大的车，马力更强劲的车，装了新式减震低压轮胎的车，更便宜的车。为了吸引更多顾客，道奇兄弟（贺拉斯和约翰）将他们的 A 型豪华旅行车的价格从一千二百八十美元降到了一千零四十五美元。

在纽约，一辆私家车能让你不必站在雪水迸溅的人行道上等

---

① “Noisiest Spot Here, Sixth Avenue At 34th Street,” *New York Times*, January 16, 1926, p. 7.

② 克莱斯勒的前身。——译者

③ 福特公司的股东，后被克莱斯勒收购。——译者

④ 二十世纪三十年代的美国奢侈汽车品牌。——译者

⑤ 曾是全球最具创新精神的汽车制造商之一。——译者

⑥ 老爷车古董车著名品牌之一。——译者

待有轨电车，不必在喧闹的高架轨道车里冒生命危险。可靠的公共交通尚未实现，海兰市长对来自私人交通公司的强大阻力和政治游说出言谴责道："要让人们知道，自私仍然在这个城市横行霸道。"[1] 在该党的总部，对获利丰厚的捐款人进行谴责是不受欢迎的。一九二六年，他的市长职位被坦慕尼协会的新宠、热衷享受且热爱豪华轿车的詹姆斯·J. 沃克代替了。

就连查尔斯·诺里斯都变成了汽车发烧友。

他的法医们一直是坐出租车去死亡现场的。他们浪费好几个小时等待那些城市特许出租车，还要在车子没法启动时浪费更多的时间走路过去。"我明白出租车目前的条件非常糟糕"[2]，而且经常出故障，诺里斯在给该市的交通管理员的信中写道。能不能永久性地分配给法医办公室几辆车呢？只要给两辆他就可以凑合。

诺里斯接到了带着歉意的拒绝，市里当时没有汽车可分。新市长的办公室正在使用所有的车。

沮丧的诺里斯把自己的私家车和司机调来给部门使用。他说服贝尔维尤付给司机一年一千美元的工资。司机像汽车本身一样必不可少，因为诺里斯那大多数在城里出生的同事并不知道怎么开车。其实，在这时候，开着他们新买的汽车在第六大道上飞驰的那些人，似乎也不知道。

一九二〇年，法医办公室在纽约市共记录了六百九十二人因汽车而死。[3] 五年后，这一数字是一千二百七十二，尽管州里通

---

① Hylan to Norris, May 24, 1924, medical examiner's files, New York City Municipal Archive.

② Norris to Albert Goldman, commissioner of plants and structures, January 4, 1926; Goldman to Norris, January 15, 1926; both in medical examiner's files, New York City Municipal Archive.

③ "Demand State Curb to End Auto Deaths," *New York Times*, October 7, 1922.

过了一项法律，要求驾驶人必须有驾照。诺里斯和曼哈顿的地区检察官约书亚·班顿都曾为驾照法的通过而努力做工作。他们共同发表的公开立场简洁明了："这个城市里有许多正在驾驶汽车的人根本就不应该开车。"

机动车的热潮逼得联邦政府必须着手解决汽油中铅添加剂带来的风险。一九二六年一月，公共卫生部发布了对四乙基铅的报告，结论是将这种化合物加入汽油"没有危险"，只要工人在制造过程中做好防护，就没有理由禁止销售含铅汽油。

写这份报告的科学家是由政府和企业联合聘用的。他们研究了驾驶者、车上的随员和加油站工人相关日常接触的风险，发现风险极低。没错，所有驾驶者的血液检测都显示出含有微量的铅，但是科学家相信，低水平的铅是可以忍受的。没有一个测试对象表现出与"发疯的气体大楼"有关的极端行为和崩溃。

尽管如此，批评家仍然指责专家组存在偏见，刻意低估了风险。但实际上，上述结论并非完全错误：专家向企业推荐的额外防护的确让工人更安全了一点。暴露于更低水平的 TEL 中的工人并没有倒地不起，或者立即表现出健康状况不佳的样子。对这种添加剂有了很好的缓冲保护的工人，并没有被紧急送往医院，也没有被紧身衣束缚。对于报告里所说的安全预防措施发挥了作用这一点，没有争议。

不过，联邦专家组确实发出了警告：随着越来越多的人上路，暴露水平可能会上升。科学家们提示，也许在未来的某一时刻，应该重启这项研究。含铅汽油"在长期使用或其他目前未能预见的条件下会对普通公众构成威胁"[①]，这种可能性一直存在。

---

① "Report No Danger in Ethyl Gasoline," *New York Times*, January 20, 1925, p. 13.

但那是以后的问题了。在一九二六年，联邦政府引用 TEL 报告中的证据，撤销了所有对生产和销售含铅汽油的禁令。企业的反应是一片欢腾，标准炼油厂的一位发言人将这种化合物比作“上帝的礼物”，它在提高汽车性能上的潜力就是这么巨大。

像亚历山大·格特勒这样的毒理学家，对汽车时代的风险有着更迫切的担忧：主要集中于发动机所排放的气体中的其他化学物质。当汽油或任何其他富含碳的燃料在现代发动机里燃烧时，产生了一连串的反应，原子分裂又重组，释放出了与周围氧原子松散结合的碳。特别是这些碳-氧联结会产生两种不同的麻烦气体：一氧化碳和二氧化碳。

一般来说，燃料燃烧效率很高时，主要副产品是二氧化碳——一个碳原子与两个氧原子相连。[①] 没有科学家真的认为二氧化碳是有毒的，即使是在其日常意义上。它是人类代谢过程的自然产物，当人们呼吸空气时就吸入氧气，然后呼出二氧化碳（由富含碳的人类或其他动物体内所制造）。

二氧化碳在二十世纪二十年代偶尔会直接要了人的性命，但很罕见。这类死亡的出现是在二氧化碳于密闭空间中取代氧气的时候。比如在运输水果和蔬菜时，托运人经常用冷却的二氧化碳为产品保鲜。大约在零下一百零三华氏度，这种气体会凝结为固体，变成像玻璃一样的格外冰冷的块状物。随着这种冰块变暖“融化”，它们会直接恢复为气态，因此得到一个绰号“干冰”。在不通风的空间里，二氧化碳的这种渗出会逐渐取代氧气，让身处

---

① Marten, *Doctor Looks at Murder*, pp. 246 - 59; Peterson, Haines, and Webster, *Legal Medicine*, pp. 293 - 96.

其中的任何人窒息。

曾有五个码头工人被发现死在布鲁克林东河上一艘轮船的货舱里。那艘船一直运送从密歇根来的樱桃，保存在用干冰制冷的房间里。船上工人一直睡在放水果的房间里。诺里斯的办公室发现，这几个人的血液里“饱含二氧化碳，几个人显然死于窒息”。迅速提取的空气样本证实，房间里充满了这种气体。

但是，正像病理学家所强调的那样，他们必须在气体被稀释之前迅速行动。二氧化碳一直可以在人类的血液中发现，它上升到异常高水平的方式与其他形式的窒息是一样的。因此，富含二氧化碳的空气样本是确定窒息方式的关键因素。“如果那些人是因为枕头闷在嘴上窒息而死，就会发现完全相同的解剖画面。”一位法医后来在他的备忘录中写道。

“这就为一种极难检测的谋杀方式孕育了相当有趣的可能性，”这位爱德华·马腾医生接着写道，“我把这个创意，不管它价值几何，送给侦探小说作家们。”[1] 在他的构思中，一个睡着的或严重醉酒的人躺在床上，凶手把一个装满干冰的桶放在地上，离开时小心地关上窗户和门。不出几小时，受害者就会窒息。当有人打开门时，正常的空气又充满了房间，将所有的杀人武器的痕迹一扫而空，用他的话说：“窍门在于，干冰蒸发时绝对不会留下任何痕迹，因此，侦探们除了一个又干又空的桶外，什么都不会发现。”不过，马腾认为，这个点子对虚构类作品的作者来说要比对现实中的杀手更好。因为购买干冰很容易被追踪到，这种材料很难处理，而且这种气体很少能致命，靠不住。

---

① Marten, “Asphyxia,” p. 260.

另一方面，一氧化碳被证明是非常可靠的杀手。①

一氧化碳（CO）也主要是工业副产品。当燃料没有燃烧干净时，这一过程叫做不完全氧化。这种低效的燃料利用减少了氧气的供应，导致了一种情况，即每一个碳原子往往只能与一个氧原子相结合，一种被放大了数万倍的关系。

一氧化碳在自然界比较罕见——它紧随闪电、森林和草地大火及任何导致富碳燃料燃烧的情况而形成。一旦在大气中出现，它就容易与其他自由氧原子结合，转化为二氧化碳而扩散。尽管如此，据一九二三年的一个毒理学文本所载，它“或多或少总是存在于人们生活和工作的地方”。

这种气体由一位法国化学家首次合成，他在一七七六年用焦炭（煤的浓缩形式）加热氧化锌。他看到焦炭燃放出了美丽的紫罗兰色火焰，科学家后来发现，这种颜色是一氧化碳燃烧时的标志。

一氧化碳从石灰窑、砖窑、木炭窑、燃烧的建筑物、火炉、壁炉、火盆、烤箱、烧煤炉、燃气热水器、煤气灯、火车烟囱，当然还有汽车排气管中飘出来。按照一九二六年所做的检测，汽车尾气含有高达百分之二十五的一氧化碳。但是，一个更集中的来源是照明用煤气。这种燃料来自煤炭加工，主要由一氧化碳和氧气构成。照明煤气更适合照明是因为它能产生特别明亮的火焰，但它也被用于电炉、加热器甚至冰箱。记录显示，其中 些设备的泄漏气体中包含百分之四十多的一氧化碳。

① Witthaus and Becker, *Medical Jurisprudence*, pp. 4: 847 - 50; Dieter Pankow, "History of Carbon Monoxide Toxicology," in David G. Penney, ed., *Carbon Monoxide Toxicity* (Boca Raton, Fla.: CRC Press, 2000), pp. 1 - 17; "Carbon Monoxide as an Unrecognized Cause of Neurasthenia: A History," ibid., pp. 231 - 55.

吸入高浓度一氧化碳的相关风险旋即就被发现了，主要是因为它们让自己变得如此明显。想想看，即使是一辆二十二马力的T型小汽车，开着马达放在密闭的车库里，会产生什么影响。这种规格的发动机一分钟产生二十八升的一氧化碳。一些毒理学家估计，“这足以在五分钟之内让一间车库的空气变得致命，如果发动机开着而门关着的话”。联邦政府发布了一个更保守的估计是十分钟。

查尔斯·诺里斯估计，一氧化碳每年在纽约市杀死将近一千位市民。[①] 把诺里斯的数字进一步细分——比如，单讲一九二五年一年——他的记录显示，有六百一十八人因一氧化碳意外致死，三百八十八人用它自杀，三起谋杀。谋杀案里最别出心裁的一桩，是一个男人被人强行将煤气管塞进嘴里，直到一氧化碳将他杀死。之后，凶手将死者放进装满水的浴缸，并报告说他死于意外溺亡。

对凶手来说，很不幸的是，死者肺里没有水。当格特勒进行毒理学检测时，一氧化碳的证据几乎是从血液中涌了出来。

大多数使用一氧化碳的凶手都会假装是意外事故。标准的做法是将死亡归咎于加热器漏气或气阀关闭不当，使之成为这座城市众多不幸死亡事件中的又一个。警察和法医都知道，这类罪行往往很难侦查，而且毫无疑问，有些凶手是永远都不会被抓住的。

但是，执法官员已经揭露了足够多的类似阴谋，以警告杀人者不要过分自信。

一个成功的案例出现在一九二三年冬天，此案在此后多年都会被毒理学家引用。一个名叫哈里·弗朗德里奇的失业画家为他

① “5,581 Deaths in 1925 Classed as Violent,” *New York Times*, October 19, 1926, p. 29.

二十八岁的妻子莉亚买了一份一千美元的人寿保险，在她睡觉时闷死了她，然后企图瞒天过海。[①]

当时，弗朗德里奇迫切需要钱，迫切需要一切：他没有工作，没法付房租，更不用说养活他的家人了。住在这个家里只比露宿街头略好那么一点，那是曼哈顿下东区的一座破烂的房子，墙壁上油漆剥落，地板裂成碎片。他们一直在用纸板、胶水、焊锡把电器拼凑在一起。正是这些破烂电器中的一个让他有了那个主意——卧室里的煤气灯上有个坏掉的配件，他曾不止一次把它焊上去。

在十月初的一个早晨，弗朗德里奇把一个枕头放在妻子的脸上紧紧压住，直到她不再呼吸。然后，他把枕头扔到一边，扭断了焊接的煤气灯。当他听到煤气的嗞嗞声时，赶紧离开房间，迅速关上了房门，留下死去的妻子躺在她抱上床的小婴儿旁边。就像警察在还原现场时所说的那样，后来他就走出了公寓，根本没有去救婴儿或者睡在里面的其他孩子。

但是那个被扔到一边的枕头，正好掉在了睡着的婴儿头上。那小男孩立刻惊醒并开始哭叫，极力挣扎。弗朗德里奇最大的孩子，一个十岁的男孩，听到自己的小弟弟哭号不止就跑进来看是怎么回事。他试图摇醒妈妈，但她没有反应，无论他摇得多么用力。他抽泣着抓起婴儿，跑到了隔壁公寓。邻居抓起一支蜡烛赶来查看那漆黑一片的公寓。当她看到床上那死去的女人时，立即跑到楼下杂货店叫来了警察。

乍一看，这就像是又一次意外，也许是自杀。邻居们告诉警

---

① Alexander O. Gettler, "The Historical Development of Toxicology," presented at the annual meeting of the American Academy of Forensic Sciences, Chicago, February 26 - 28, 1953, pp. 9 - 10; Gettler, "Toxicology in the Medicolegal Necropsy," in Magath, *Medicolegal Necropsy*, pp. 60 - 61; "Wife Smothered Then Gas Turned On," *New York Times*, November 14, 1923, p. 8.

察，莉亚是个温柔的女人，但是疲惫不堪，筋疲力尽。不过，邻居们的故事中有些东西干扰了警察。如果房间里有致命剂量的照明煤气，由于一氧化碳和氧的剧烈混合，几乎是一见明火就会燃烧。这种事情差不多是定期发生，即一有人不慎在充满煤气的房间里擦火柴时，城里就会有公寓爆炸；诺里斯的办公室保存着一份满是图片的文件，展示了烧黑的墙壁和家具的碎片。

如果照明煤气毒死了莉亚·弗朗德里奇，它就会充满整个公寓。那个房间会在那个好心的撒马利亚人拿着蜡烛跑进来时立刻着火。

回到贝尔维尤的停尸房，病理学家同样发现情况可疑。那个死去的女人面无血色，完全不是一氧化碳中毒让皮肤泛红的样子。在开始尸体解剖之前，他抽取了她体内的血样，请格特勒的实验室做了个快速的分析。实验结果表明，血液中充满了二氧化碳，是窒息的典型结果，但是没有一氧化碳的证据。当病理学家更仔细地查看尸体后，发现了脖子后面藏在头发里的一处黑色指印擦伤，也就是说有人曾猛烈地挤压她的皮肤。

被逮捕时，弗朗德里奇失声痛哭，乞求警察带他去房顶，好让他自行了断。他不可能杀死妻子，他说——谁也不愿意伤害她。他不能进监狱，他的孩子们该怎么办？

他想回到过去的生活。

一氧化碳可以被视为一种化学意义上的暴徒。[①] 它让受害者

---

① Harrison S. Martland, "Medical Examiners' Findings in Deaths from Shooting, Stabbing, Cutting and Asphyxia," in Magath, *Medicolegal Necropsy*, pp. 143 - 47; Hendrik J. Vreman, Ronald J. Wong, and David K. Stevenson, "Carbon Monoxide in Breath, Blood and Other Tissues," in Penney, *Carbon Monoxide Toxicity*, pp. 19 - 61.

窒息的原理很简单，就是把氧气挤出去。

在人类和许多其他动物体内，血管里的氧气由血红蛋白运输。血红蛋白被划分为金属蛋白，因为它含有金属铁。在它的结构中，亚铁血红素，就像一团明亮的蛋白质球围绕着颜色更深的铁核心。血红蛋白中的铁染红了红细胞，即使在蛋白质本身高效地将氧气输送到全身时，也能给它们带来深红的颜色。

当一个人吸入氧气时，气体会从肺部扩散进入血液中。由于氧分子对铁有很强的吸引力，两者会与血红蛋白结合。其产物叫做氧基血红蛋白，在这个整洁的包裹里，维持生命的气体被送往全身各处。这似乎是个设计完美的系统。但是一种内置的化学脆弱性，在它暴露于像氰化物或一氧化碳这样的毒物时，就会变得非常明显。两种毒物与血红蛋白的结合都比氧更高效。

因此，这两种化合物是威胁生命的，因为它们善于投机，聪明地利用了身体的基本代谢系统。血红蛋白和一氧化碳之间的吸引力约为血红蛋白和氧之间吸引力的二百倍。难怪一氧化碳——作为一种入侵的气体——会填满细胞，其更紧密的吸引力使它取代了较松散的氧键。氧基血红蛋白消失，血液中逐渐充满碳基血红蛋白，它将氧挤出血液，锁在细胞之外。其结果就是化学性窒息。

急性一氧化碳中毒的早期症状是困倦、头疼、晕眩、意识模糊，偶尔还有恶心。根据诺里斯的办公室保存的记录，在酒精泛滥的二十世纪二十年代，医生们容易把一氧化碳中毒误诊为醉酒。有时候内科医生干脆把一氧化碳中毒的迹象当作该城无业游民中常见的普通精神疾病。这并不让人意外。暴露于一氧化碳也会导致痴呆、失忆、易怒、惊人的协调性丧失、口齿不清，甚至深度的抑郁。

内科医生经常会弄错，至少在一九二六年，一氧化碳中毒常常要到受害者已来不及抢救时，甚或是在病人已经被送进停尸房以后，才得到确认。

莉亚·弗朗德里奇案中，在贝尔维尤的那间停尸房里，只用几个简单的检测就能揭示一氧化碳的存在——或者是缺失。

由于一氧化碳被吸收进入细胞，动脉血由正常的深红色变成明亮的樱桃红。同时，这种血液会让皮肤变成粉红色，染上深玫瑰色，有时候还有斑驳的红点。这就是为什么莉亚·弗朗德里奇的苍白令值班的病理学家心生警惕——他知道这与她丈夫布置的现场是矛盾的。

在解剖一氧化碳死亡者的尸体时，肌肉组织会隐隐闪现深红色，各器官也是如此。喉咙和肺部的黏膜都是亮红色，常常被一层奇怪的泡沫黏液覆盖着。大脑会显得像是受到了重创——肿胀，滴着血水。大脑皮层可能会出现软化和充血。有些病理学家认为，一氧化碳通过破坏神经系统直到双肺瘫痪，最终致人死命。

在亚历山大·格特勒的实验室里，检测一氧化碳的一个最简单的方法就是从尸体上抽血，倒一些在陶瓷盘里，加入一些碱液。[1] 碱（一种钠、氢和氧的化合物，又名氢氧化钠）将正常的血液变成一种凝胶状的软泥，在光照下呈现出泛绿的暗棕色层次。但是，饱含一氧化碳的血液颜色不会这样变深，即使变成凝胶状，它还是人死亡后的那种怪异的深红色，就像放在白色盘子里的一团光滑的泛红肉冻。然而，在每种化学检测中，不管将什么物质

① "Carbon Monoxide," in Peterson, Haines, and Webster, *Legal Medicine*, pp. 296 - 324; Gonzales, Vance, and Helpern, *Legal Medicine and Toxicology*, pp. 496 - 521, 956 - 59.

混入血样，这种暗/明的区别都是一直存在的。含有氧基血红蛋白的血液变成黑色、深棕色或灰色，含有碳基血红蛋白的血液仍然是血红色。

化学家们不能完全确定是什么导致了这种反差，但他们怀疑这与一氧化碳对血红蛋白中的铁元素施加的无情影响有关。科学家们估计，这种联系的力量可能阻止了血红蛋白太快地分解，因此有助于它继续将血液细胞染成铁红色。但是相反，与氧更松散的结合会让铁分解出去，必然导致颜色暗淡，就像任何氧化金属的方式一样，使血液发黑变色。

这种解释主要是凭借知识所做的推测，但其中一条格特勒和他的毒理学家同事可以肯定：一氧化碳不喜欢放开血红蛋白。在进行时间测试期间，即便在格特勒实验室的木制柜台上那些塞住口的瓶子里放置几个星期，含有碳基血红蛋白的溶液也仍会一直发着红光，就像“黑寡妇”蜘蛛肚子上的那个深红色的沙漏一样，就像警示灯那清晰的深红色一样，正对着凑得太近的人发出危险的信号。

查尔斯·诺里斯开始做法医时，决心追踪每一桩出现在他任内的照明煤气致死案。就任的头一个月当中——一九一八年一月——就有六十五起这样的死亡事故，平均两天一起。[1]

这些死亡事件的细节表明，一氧化碳对它的受害者是一视同仁的。在正常情况下，它会杀死任何人。一对住在上东区第五大道附近一所高雅的褐砂石建筑里的新婚夫妇，被从有瑕疵的橡胶

① “Accidental Deaths by Illuminating Gas During Month of January 1918,” medical examiner’s files, New York City Municipal Archive.

管里泄漏出来的一氧化碳杀死了；一个住在曼哈顿中心区的女人被连接烤炉的软管中泄漏出来的一氧化碳杀死了；下东区一个男人被暖气片里泄漏出来的气体毒死了；上西区一个男人醉倒在床上，没注意到房间里两盏灯的煤气喷嘴上的火焰已经熄灭；一位城市巡视员在地下室里检查水表时被照明煤气杀死；住在上西区晨边大道的一个男人，被浴室里一个小燃气热水器泄漏的气体杀死了。

一九二五年的死亡事件的细节也是一样，但事故的数量上升了。[①]

那年一月，有十五个人在同一个可怕的日子被毒气杀死了。他们当中——一个年轻人，被炉子上未点燃的炉头泄漏出的毒气杀死；一个婴儿，被母亲放在安装糟糕的炉子边取暖时死亡；长岛的一个男人，被漏气的火炉杀死；布朗克斯的一个男人和他的妻子，还有一位客人待在公寓里，因为又一个未点火的炉头丧生；布鲁克林的一位年轻母亲和她的婴儿，被出故障的燃气热水器杀死了。

美国矿业局一直在调查煤矿中的一氧化碳风险，一九二六年发表的一项报告中指出："公众普遍没有意识到煤气泄漏的危险。"[②] 政府也对人们不断报告说有受过训练的杀手引爆了炸弹感到厌烦，因为实际上只不过是有人开着煤气喷嘴，然后点着了一根烟。矿业局想要全国民众放心，并不是每一次住宅爆炸都要怪到黑手社[③]的头上。

---

① "Fifteen Are Killed by Gas in One Day," *New York Times*, January 27, 1925, p. 3.

② "Mine Bureau Warns of Dangers in Gas," *New York Times*, August 26, 1928, p. 20.

③ The Black Hand Society，一个具有民族主义目的的塞尔维亚恐怖组织，一九一四年，该组织赞助了对奥地利大公弗朗茨·费迪南的袭击，导致他死亡并引发了第一次世界大战。——译者

它往往是常见的粗心大意的结果。

黑手社，意大利语为“La Mano Nera”——是个由纽约和其他地方（芝加哥、旧金山、新奥尔良）的移民组成的敲诈勒索集团，用一种简单而成功的模式发不义之财。他们会送一封信给被他们选中的目标（经常是另一个意裔美国人）威胁要谋杀、放火或者绑架，有时候是三种都有，除非付一笔钱消灾。这个集团靠兑现其威胁而兴旺起来。它也相信戏剧性的以儆效尤，比如炸掉一辆汽车或一间公寓，把财产和受害者都撕成碎片。随着其恐怖名声的日渐增长，信件上只需要一个最基本的标志便足矣——用黑墨水印的一只手。

在纽约，黑手社大部分是前西西里人，总部就在小意大利社区。团伙的一个领导人，绰号“路波（狼）”，把其他移民吓得魂不附体，以致他们常常一提到他的名字就在胸前画十字。路波最喜爱的杀人方式就是勒死受害者，然后把尸体放在火上烤，尤其喜欢在公园里，让民众观看。路波和他的同伙在二十世纪初无法无天、横行霸道，甚至杀死了妨碍他们干活的警官。一九〇九年，该团伙谋杀了曼哈顿的一名警督，此人负责的是纽约市的意大利裔探员小组，而该小组是为应对有组织犯罪成立的。警督的葬礼引来了二十五万名悼念者到场，不仅证明他是多么受人爱戴，也证明那个团体多么遭人恨。

到二十世纪二十年代中期，黑手社的伎俩大部分都过了时。新的黑帮老大觉得，敲诈团伙太过引人注意了，而且贩私酒的利润也让勒索计划不再有必要了（联邦政府估计贩酒集团在一九二六年获利三十亿美元）。但是，它的名字仍然被用来恐吓那些不听话的人。因此，当局发现人们对爆炸做出这般反应着实恼火。矿业局生硬地指出："许多建筑物里发生的灾难性爆炸，被归咎于黑手社的炸弹或其他神秘的炸药，结果调查发现是煤气泄漏或者被气流扑灭的燃烧嘴所导致。"

当局认为，更大的风险是照明煤气悄无声息、无孔不入地渗透进人们的家里。仅在纽约市，照明煤气致死量便是持续增长的，一九二四年报告了五百一十九例意外窒息，第二年是六百零七例。

即便是势力达到巅峰时的黑手社，也从来没在一年内杀过这么多人。

莉亚·弗朗德里奇案向格特勒提出了一个诱人的问题，至少是痴迷于此的毒理学家会觉得诱人的那种问题：一氧化碳能在人死后被吸收吗？[1]

莉亚·弗朗德里奇的血液里含有的碳基血红蛋白量并无意义，证明她并不是被照明煤气杀死的。但是，如果婴儿没哭情况会怎么样？如果邻居没有赶来帮忙，或者警察再晚点赶到呢？她的尸体在煤气中多浸置几个小时会怎么样呢？若多给点时间，证据会随着煤气侵入尸体而模糊不清吗？

关于这个问题，有一些尝试解答的报告。例如，在一九〇九年的一次实验中，一位德国研究者将四名死婴暴露于一氧化碳中一整天。他报告说，在肺里看到了这种气体的痕迹，但是血液里一点都没有，心脏里也没有。他的结论是，即便煤气可以在死后被吸收，数量也是微乎其微的。格特勒认为这位德国科学家可能是对的，他只是希望研究能更细致一些。研究者仅记录了他在肺

---

① Alexander O. Gettler and Henry C. Freimuth, "The Carbon Monoxide Content of the Blood Under Various Conditions," *American Journal of Clinical Pathology* 11 (1940), pp. 603 – 16.

组织里观察到的樱桃红色，并没有进行碳基血红蛋白检测，也没有分析血样，更没有得出那种持久的可以在十五年后被认为有效的结果。

亚历山大·格特勒想要实实在在的数字，真实可靠的数据，尽可能地接近确定的答案。如果他想要的实验不存在，他就亲自做一个。

他收集了一些死猫，是从城市的动物收容所收集来的。然后有条不紊地将尸体暴露于一氧化碳中，一次放一只到金属盒子里，通过一个小洞用管子输入照明煤气，密封盒子后，让猫尸在这个饱含一氧化碳的环境中停留一到五天。之后，格特勒从这些动物体内各处包括心脏抽血。

他在血液中寻找那种熟悉的明亮变色，寻找碳氧血红蛋白的化学标记。然而，他首先得调整实验以适应环境的复杂性：因为大家都暴露于城市空气中。

由于街道上挤满了汽车，再加上对燃气设施不断增长的依赖，以及沿市区不断涌现的工厂，每个活着的生物，特别是在大城市，现在都吸入了恒定剂量的一氧化碳。

纽约进行的动物研究表明，狗和猫的血液中含有可预测数量的碳氧血红蛋白。在农村，平均含量不足百分之一；但是在纽约市，家养宠物和野猫的一氧化碳水平与格特勒研究中的相似，达到了百分之一点五或更高。

然而，即便是暴露在浓缩一氧化碳中五天之后，格特勒的死猫仍然保持基本的城市的宠物血液水平。这一结果说明，这种气体并未在它们死后渗入它们的尸体。很可能人类的情况也是一样。为了确定，他需要在死去的人身上做同样的实验。

这就是法医办公室的工作提供的重要优势，研究死尸是每个工作日的例行公事。大多数来到停尸房的尸体都有家人、朋友或者是爱人来认领，但其余的似乎不属于任何人。他们是没人要的孩子，还有东河里漂来的浮尸——前者被塞入格莱斯顿旅行袋留在上东区人行道上的婴儿，后者是来自包厘街的流浪汉，喝了致命的酒，抽了要命的烟，倒在小巷里的砖墙边。他们的尸体最后葬在公墓，是该市为停尸房里的无名男尸和无名女尸、被遗弃者，以及因为家人没钱买墓地而无人认领的尸体提供的埋葬地。

纽约市和纽约州现在有太多人因酒精中毒而死，以致一位纽约议员将禁酒令执法者比作波吉亚家族的人。“政府，”他警告说，“任由自己的人民，构成共和国脊梁的人民去死，比起中世纪的意大利魔王简直是有过之而无不及。”尸体如此之多，以致全城几乎来不及埋葬他们。在超负荷的工作中，诺里斯决定让格特勒在三个包厘街死者身上做实验，三人的尸体目前存放在停尸房储藏室的冷冻抽屉里，注定最终要葬入无名贫民之墓。

为了做实验，格特勒让人制作了一个更大的金属盒子：六英尺长，二点五英尺宽，二英尺深。严丝合缝的盖子上有一个橡胶垫片，可以将管子插入，输送一氧化碳。盒子的每一端都装有一个旋塞，每次“尸体被放入盒子，盖子被紧紧拧上时”，格特勒写道，“输送照明煤气三十分钟后关上旋塞”。

他把前两具尸体放在盒子里二十四小时，第三具放了四十二小时。所有这三例实验中，与那些猫一样，死者心脏血液里仍保持城市居民正常的水平。死后浸置于一氧化碳中数小时根本没有任何影响。死亡为自己创造了凄凉的保护伞，没有呼吸，一氧化碳只是另一种在空气中漫无目的打转的气体。

一九二六年十月，诺里斯发布了他的纽约市年度死亡案例分析报告。[1] 他刚就任就实施了这一举措。全国的保险公司现在都需要这份报告。

这份报告确认，汽车及其经常醉酒的驾驶者是该市最大的杀手，一年中夺走了一千二百七十二条生命。还有九百八十四人自杀（将近四百人使用了煤气），三百五十六人被杀（大部分是遭到枪击），五百八十五例的死亡与酒精有关。还有电梯的问题：这一年有八十七人死于电梯事故——四十七人掉进了敞开的电梯井，三十六人被电梯门挤死，还有三人因缆绳断裂轿厢坠落而死亡。

有六人死于棒球比赛，六人死于滑雪意外，一人死于足球比赛，三个死于互殴，八人在跳水中意外丧生。这份清单可以一直这么列举下去——的确如此。法医办公室统计出那一年非自然死亡的总人数为五千五百八十一，诺里斯也指出，这个数字对这个城市来说相当平常。

在令人沮丧的统计数据的带领下，被浓雾笼罩的寒冷的十二月来了。雾气环绕着河流，包围着港口，低空飘浮的云层里搁浅的船只给平常在水中嘎吱嘎吱摩擦码头的声音带来了一种怪异的不真实感。脚步声出人意料地在雾中轰响，就连最普通不过的声音都会让人吓一大跳。

在那个雾气弥漫的月份的第一个星期，一大早，正沿着东河巡逻的一位布鲁克林警官看到一个人正偷偷朝码头上灯光昏暗的地方移动，而那里停泊着来自印度的装满货物的船只。空中是一

---

① "5,581 Deaths in 1925 Classed as Violent," *New York Times*, October 19, 1926, p. 29.

轮满月，风正吹拂着薄雾。警官可以看到那个人微微弯腰，扛着一个看上去很重的包裹，向印度码头靠近。①

出于好奇，这位巡警慢慢地跟了上去。那人把包裹放在码头边上。这位名叫詹姆斯·安德森的警官喊话，要此人站着别动。他想看看那包裹，可是那人却把东西踢进河里，旋即逃进了雾中。安德森再次喊话，接着掏出左轮手枪向空中开了三枪。

另一名巡警听到了枪声，跑过来时差点撞上了那个逃跑者，他马上把那人扑倒在地。包裹里是什么？警察问，你是谁？你在这儿做什么？那人看上去像个工人，穿着灯芯绒裤子，沉重的厚呢外套，一顶帽子拉下来盖住了前额。他皮肤黝黑，个子矮小，沉默寡言。他摇摇头，拒绝回答。

警察拔高了嗓门，重复着那几个问题。那人依然摇着头，回瞪着他们。汽车发动机的隆隆声越来越近，让他们全都跳了起来。那是一辆破旧的黑色出租车，司机在回家路上目睹了这场追捕。他起码能够确认穿厚呢外套的那人是他的邻居。两人都住在布鲁克林的萨克特街上的一片公寓里。被警察质问的那人名叫弗朗西斯科·特里维亚，是长岛人。

就算是透过阴影观察，警察也认为特里维亚面露病容，脸上红得古怪，周围一圈黑色胡茬。他紧紧抱住双臂，不打算告诉他们现在已经消失在河中的包裹里有些什么。他不会告诉他们，他为什么到印度码头来。他们将他带回汉密尔顿街的警察局，在灯

---

① "Slayer Is Caught Disposing of Limbs," *New York Times*, December 1, 1926, p. 29; "Police Capture Man Toting Hacked Body," *New York Daily News*, December 3, 1926, p. 1; Frank J. Jirka, *American Doctors of Destiny* (Chicago: Normandie House, 1940), pp. 216 - 29; "Murder Trial Interrupted," *New York Times*, March 16, 1927, p. 17; "Acquitted of Murder, Held on New Charge," *New York Times*, March 18, 1927, p. 7.

光下观察他。他的灰色长裤的裤脚染上了暗红色。脱下你的鞋，他们说。他的短袜也浸透了鲜血。

警察将他关进了囚室，然后直接去了他的公寓。那里简直就是人们有时候所说的血腥屠场。厨房地板上有个死去的女人，或者不如说是半个死去的女人。尸体的上半部分——躯干、双臂、残缺不全的脑袋——躺在桌子和炉子之间凝固的血泊里。一把沾满血的屠夫刀和一根凿子放在桌上，桌上也到处是血污。

警察们赶紧回到辖区的警局，正式以谋杀及分尸的指控逮捕了特里维亚。一天后，查尔斯·诺里斯和亚历山大·格特勒二人组工作的法医办公室将证明，警察错了。

那天晚上，办公室人手不够，因此，查尔斯·诺里斯应召而来。即使是在凌晨三点，他仍像平时那样出现了，走出由司机驾驶的汽车，穿着深色大衣，戴着软呢帽御寒。他跟随警察登上木制楼梯来到了特里维亚的公寓，把外套放在椅子上之后，走过去检查被肢解的尸体。

他的浓眉像往常一样皱在了一起。半截尸身周围的血泊呈现出明亮的樱桃红色。他弯下腰凑近去看那女人的脸。即便是在如此恐怖的死亡之后，她的脸上仍泛出粉红色，诺里斯的反应被一位犯罪小说作家记录了下来，日后将成为他戏剧化传奇的一部分。他朝等在一旁的警探们走过去，宣布说："伙计们，你们不能以谋杀抓这个人。"

布鲁克林的警察很肯定地向他表示他们可以。

尸体被运往贝尔维尤的停尸房。还没到的时候，汉密尔顿街警察局的警察就打电话说要让一个男人和他的女儿过来看尸体。那个十六岁的女儿来警察局报告她母亲的失踪。据女孩的描述，她母亲四十出头，是个健壮结实的女人，深色头发，棕色眼睛上眉毛浓重，圆脸，脖子粗——这与他们发现的那具尸体完全符合。

艾丽丝·弗雷德里克森和她的父亲弗雷德里克坐火车又换乘有轨电车来到贝尔维尤花了一点时间。在临时停尸房里，服务员竭尽全力掩饰所有的伤口，往尸体上堆床单，直到能看见的只有脸。弗雷德里克森一到，只畏畏缩缩地看了一眼，认出了躺在大理石桌上的正是他的妻子安娜。

进一步的询问表明，弗雷德里克森家认识那个杀人嫌犯。他们家在亨利街上经营着一家出租公寓，就在他公寓楼的拐角处。特里维亚独来独往，又是个酒鬼，但是没有一个人认为他是个会暴力相向的男人。安娜一直朴素随和，也不是那种会激起人杀心的女人。父亲和女儿都十分震惊，也很困惑。

在安静的实验室里，格特勒从安娜·弗雷德里克森的心脏中抽血，开始进行标准的化学检测。每一个玻璃容器里，每一个瓷盘中，那血淋淋的溶液都没有变成正常含氧血的深灰色，而是闪耀着耀眼的红色。她的血液里饱含碳氧血红蛋白，由于尸体不会吸收气体，而且饱和度足以致命，因此，格特勒报告说，安娜·弗雷德里克森在特里维亚拔出刀子之前就已经死亡。

二十二年前妻子死在意大利之后，弗朗西斯科·特里维亚和自己的孩子来到了纽约。他的父母在他之前就已经移民，仍然住在科尼岛。一到纽约，他就决心过一种全新而孤独的生活。他喜欢自称为弗兰克，把孩子丢给他的父母后，他找了份工作，一个人住在他的小公寓里。他宁愿自斟自饮一品脱他能弄到的随便什么走私威士忌，以这种方式度过周六的晚上。

据他对调查者所说——吓坏了的他突然招供了——安娜·弗雷德里克森来找他要点酒喝，她抱怨说自己家里没酒了。邻居们都知道她是个酒鬼。她的丈夫向警察承认，她“常常喝那醉人的东西”，而且平时卖给她的那个私酒贩子那个周末没能送货。

特里维亚说他和安娜喝完了他的酒，坐在厨房的桌边。当他试图让她离开时，他们起了争执，然后，唉，他感觉困得要命，就在桌边睡着了。不知道过了多久，他醒了，脑袋昏昏沉沉。她还在那儿，躺在地板上。他过去想摇醒她。她摸上去又冷又硬，叫人毛骨悚然。他一心以为——他也这么告诉警察——他肯定是在争执的时候杀了她，太大力的摇晃把她摇死了或者掐死了，他也不知道。但他知道地板上有个死去的女人。而且，他敢绝对肯定，一旦她被发现，他就会被指控谋杀。

所以，借着凌晨的黑暗，他认定他唯一的机会就是处理掉这具尸体。可她是个大块头女人，又高又壮，大得没法就那么扛走。也许是酒精让他昏了头，他承认，也许是别的什么。于是，特里维亚决心一定要把她切成更小的块，然后一次扔掉一部分。

他用他的切肉刀锯开了尸体，用凿子劈开了骨头。然后用报纸、粗麻布和一件旧雨衣包裹她的下半部分尸体，运到了河边。他还没想出拿上半部分怎么办，但后来他再也没那个机会了。这就是他的故事。他发誓说这是真的，一个人是否相信则取决于这个人是否相信贝尔维尤的科学检测结果了。

关于尸体的粉红脸色的重要性，诺里斯可以想说什么就说什么；格特勒可以尽情讨论碳氧血红蛋白，直到他口干舌燥。可是，警察在布鲁克林发现的带血的刀子和尸块却更有说服力。

那意味着弗朗西斯科·特里维亚终究会被传讯，以谋杀罪受审。就像查尔斯·诺里斯看到的那样，纽约市法医办公室将和法庭有个约会，也有一个机会去非常公开地证明，科学证据是实实在在的东西，与法庭上出示的任何其他证据一样真实、有说服力、有影响力。

几个月后，即一九二七年三月，金斯县陪审团宣布弗朗西斯科·特里维亚的谋杀罪不成立。诺里斯预见到，此案的阴森恐怖肯定会吸引人们的注意。实际上，围绕此案的宣传让特里维亚得到了一个门路非同一般的年轻辩护律师，他叫小阿尔弗雷德·E.史密斯，是纽约州州长的儿子。

这是史密斯的第一个案子，这个案子对他来说堪称完美。与警察不同，他发现法医的证据很充分，让人印象非常深刻，因此，他围绕这些证据建构了自己的整个辩护。史密斯的证人名单很短：公寓楼的主人，说他发现特里维亚的炉子上一个咖啡壶煮沸溢出，扑灭了灶头的火焰，让煤气飘进了整个公寓；亚历山大·格特勒，证实一氧化碳中毒导致了这个女人的死亡；还有弗兰克·特里维亚，描述自己一发现她死了就惊慌失措的反应。

特里维亚被证实没有犯下谋杀罪，但是被判非法肢解尸体罪。区别是巨大的，这意味着他要进监狱而不是坐电椅。审判结束后，特里维亚的辩护律师回到家，发现了一封来自阿尔巴尼的电报在等他。州长想要祝贺他作为刑事律师的处子秀，祝贺他证明了死亡原因不是一个喝醉的意大利工人，而是一种再平常不过、再致命不过的家用煤气。

州长并未向法医办公室的科学家们也表示祝贺，但无论如何他们都要庆祝。所有病例的化学反应，格特勒所有耗时的一氧化碳实验，都帮助他们从电椅上救下了一个人，尽管警方表示了怀疑。一如诺里斯在警察学校做过的那么多次演讲所说，一如格特勒的实验室接待的那么多次参观所示，特里维亚案成功地表明，毒理学是个强有力的并且值得信赖的工具。

化学家在法庭上杀猫，医学专家在紧张兮兮的陪审员面前挥舞氯仿药水瓶的日子，已经无可否认地成为过去。他们可以通过冷静的证词与化学分析图表来说服别人。他们还没有彻底弄清楚一氧化碳，没错，也没有一个人确定可以如何控制这种气体对环境造成的影响。但是，诺里斯和格特勒在这一天拯救了一条生命，他们相信，他们还可以拯救其他人。

就称它为法医毒理学的成年礼晚会吧——在贝尔维尤的三楼实验室里，烧杯里的咕嘟声和嗞嗞声，听起来就像环绕在他们周围空气中的凯旋音乐。

七　甲醇（CH_3OH）

一九二七

谣言起于一九二六年夏天。[①]人们私下里传说，政府的化学家们正在秘密开展一个项目，以协助禁酒令的执行。禁酒官员提出警告，说喝酒将变得更加冒险。第一次世界大战已经让人们意识到，化学家可能比其他科学家更危险。据说，一场新的化学家之间的战争正在酝酿之中，政府科学家和强大的私酒帝国雇用的科学家之间将一决高下。

联邦政府因人们对反酒类法的蔑视而倍感沮丧，这并不是秘密。禁酒令生效时，至少得到了《宪法》修正案的支持，其支持者以为公民们虽然不情愿，也会遵守这一法令。接下来的几年证明他们错了。很多人现在喝得比从前更多，更冒险，更加不顾一切了。在华盛顿特区，为第十八修正案的执行做准备的《沃尔斯特法案》已经强硬地获得了通过，警方报告称，自从这一法律实施后，酒驾被抓者飙升了近十倍。

非法的酒类贸易不但繁荣兴旺，而且变得更有经验了。在二十世纪二十年代中期，许多能弄到的酒都是用偷来的众所周知的有毒工业酒精勾兑而成。从一九〇六年开始，美国政府要求改变工业酒精性质（使其变得有毒）的制造商交酒类税。到二十世纪二十年代末，大约存在着七十种变性配方。最简单的配方就是往配料里额外加甲醇。另一些人则配制出了一种味道苦但不太致命的鸡尾酒，设计它的目的就是让这种酒的味道变得非常糟糕，以致无法饮用。

使用这种已污染的酒精原料的团伙需要化学家来帮助他们洗白工业酒精。凭借支付足够高的报酬，私酒商们争取到了一些非常能干的科学家。这些化学家迅速中和了那种最简单的变性添加剂的毒性。配方 39b 用于香水及化妆品中酒精的生产，是非法酒精贸易中最受欢迎的，因为它并不是特别危险，于是让变性蛋白漂亮地“复原”了。大剂量的工业酒精更致命，也更难做无害处理。但是，近来私酒商的化学家宣称，已经找到了一种方法，哪怕是最致命的版本也可以复原。他们发现了，或者说他们宣称发现了一个流程，能让甲醇沉淀到容器底部，可以从那儿将大部分甲醇过滤掉。这样得到的酒精比传统谷物酒毒性大，但不至于让消费者倒毙街头。

有迹象表明，私酒商的化学家在变性配方方面取得了进展，国会里的鼓吹禁酒者要求采取更强硬的措施并添加更有效的毒药。他们的看法是，如果美国人坚持要蔑视这项法令，如果他们继续躲避辛勤工作的执法人员，那么加强禁酒令最好的办法可能就是让酒精变得极其致命，就连那些为违法集团工作的叛徒化学家们都无法挽回。如果酒精确实不能饮用，该论点认为，即便是最忠

---

① “Says Alcohol Deaths Will Soon Increase,” *New York Times*, August 3, 1926, p. 22; “Defend Poisons Put Into Alcohol,” *New York Times*, August 11, 1926, p. 23; “Under Way,” *Time*, August 23, 1926, www. time. com/time/magazine/article/0. 9171. 729415. 00. html; “New Denaturant for Alcohol Near,” *New York Times*, September 4, 1926, p. 28; “Drop Two Recipes for Trade Alcohol,” *New York Times*, September 11, 1926, p. 6; “Government to Double Alcohol Poison Content and Also Add Benzene,” *New York Times*, December 30, 1926, p. 1.

诚的酒馆也将不得不放弃它。

那么，一九二六年夏天的那些谣言呢？都是千真万确的。政府正在做新的变性药剂的实验，打算要求变性过程中使用更大量的甲醇。其他毒物也在考虑之列，包括苯、煤油和二基马钱子碱（一种与马钱子碱关系很近的碱基植物）。联邦政府的化学家辩称这一实践只是为了法律的实施，美国化学家学会的一份报告说，“无知、政治和非法制造及销售”才是真正的问题，该报告还埋怨称，“支持与反对禁酒令以及对法律执行方法的持续争论”正在公众中制造对辛勤工作的科学家的敌意。

到一九二六年，联邦政府的化学家已经设计出了十种旨在阻止私酒商及其顾客的新配方。但事实证明，黑市化学家在对付这些举措时要技高一筹。春天时，包含升汞的第六号配方被攻克。九月时，第三号和第四号也被迫放弃。一号配方和五号配方——包含最多的甲醇（加上一些苯和嘧啶）——仍然很危险，但就像一位政府化学家告诉记者的那样，主要是因为没有人弄得清如何彻底地去除甲醇的毒性。

这个结论很难被人忽略。想禁酒的化学家根本不必制造什么奇异的配方，木精也好，甲醇也罢，不管你选择叫它什么，它依然是手边最佳的毒物。

随着这一年走向尾声，在喜庆的圣诞节前夜，一名男子跌跌撞撞地跑进了贝尔维尤医院的急救室，叫嚷着圣诞老人拿着根棒球棒在追他，从第五大道一直追过来。[①] 他是两天内来到医院的

① “23 Deaths Here Laid to Holiday Drinking; 89 Ill in Hospitals,” *New York Times*, December 28, 1926, p. 1.

六十五人中的一个，他们全都因庆祝节日多喝了几杯而变成了这个样子。

查尔斯·诺里斯报告说，最主要的问题就是酒里有毒。城里最新一轮的烈酒清理得不干净，仍然是政府添加了杂质与甲醇的差得非同一般的黄汤。八个人死在了贝尔维尤，另外十五个人被收入了医院。圣诞节过后两天，二十三人死亡，八十九人住院。他们中大部分后来被塞进了贝尔维尤的酒精中毒病房，因为甲醇产生幻觉、呕吐、失明，被绑在简易病床上，仿佛许多火柴棍。

十二月二十八日，怒不可遏的诺里斯发表了一份公开声明：

> 政府知道在酒里下毒也不能阻止人们喝酒。它知道私酒商在怎么对付自己，却仍旧继续其下毒流程，完全无视这样一个事实：铁了心要喝酒的人们每天都在摄入那种毒物。美国政府知道这一点，它必须为毒酒造成的死亡负道德责任，尽管不可能让它承担法律责任。[1]

做出同样激烈的反应的还有韦恩·惠勒[2]，美国反酒吧联盟的总顾问。他指责诺里斯和引述这位法医言论的报纸与私酒商结成了同盟。惠勒说，事实是这些所谓的受害者违反了禁酒令，不值得任何人同情他们非法的也是白痴的行为。

惠勒断言，一个地下酒吧的顾客，“与走进毒药商店，买一瓶

---

① “23 Deaths Here Laid to Holiday Drinking; 89 Ill in Hospitals,” *New York Times*, December 28, 1926, p. 1.

② 宣传大师。煽动民意使得反对他的禁酒宣传的俄亥俄州州长输掉了选举。因为禁酒令行不通，惠勒及其支持者坚决要求政府往工业酒精里下毒，或加入其他变性剂，如肥皂水和清洁剂。他深信喝下毒酒的人是罪有应得，是“故意自杀”。不过，随着他一九二七年去世，禁酒令的转折点也即将出现。——译者

标签上注明‘有毒’的石炭酸又喝下去的人属于同一类”[①]。如果这些人选择从事自杀式活动，他补充说，那是他们个人的选择，没有理由去改变一个重要且正确的国家政策。

第二天，也就是一九二六年的最后一天，形势变得很明朗，惠勒的态度也就是联邦政府的态度。财政部宣布其已经决定要求变性酒精加强其中的毒性。所有配方中的甲醇含量都将至少翻一倍，这在很大程度上意味着将从传统的百分之二增加到百分之四。但是，如果之后这还不起作用，为禁酒服务的化学家已经开发出了一个特殊的一号配方，它需要百分之五到百分之十的甲醇。

私酒商蒸馏出这个比例的甲醇的机会微乎其微，有些蒸馏实际上可能会浓缩这种毒物。但是，正如惠勒清楚表明的那样，那是饮酒者的问题。

哥伦比亚大学的校长对这一切感到厌烦。

尼古拉斯·默里·巴特勒从一开始就反对第十八修正案。[②]他不反对有关酒吧的规定，他说，但是通过《宪法》修正案来做这件事，就做得太过火了。到一九二七年，这一社会实验已进入第七年，任何白痴都能看出来，禁酒令是个巨大的错误，巴特勒说，唯一可以补救的办法就是换掉这个国家的领导人。

巴特勒在二月宣布，他本人将参加总统竞选，力争成为共和党的候选人，该党提出了反禁酒令的纲领，呼吁废止第十八修正案，将管理酒精的权力还给各州自身。然而，巴特勒的宣言得到

---

① “Poisonous Alcohol Stays for Present, Mellon Tells Drys,” *New York Times*, December 29, 1926, p. 1.

② “Dr. Butler Against Prohibition Cause,” *New York Times*, February 12, 1927, p. 13; “Says Butler Shows a Yellow Streak,” February 13, 1927, p. 21.

的关注并没有它招来的辱骂多。

“美国的人民永远不会让山姆大叔成为一个酒保。”惠勒回应说。他们也不会选出像巴特勒这样的人，一个“浸泡在贪婪和朗姆酒里”的人。遵纪守法的禁酒令拥护者代表大多数美国人，惠勒补充说。他们一直拒绝被一个来自纽约市的代表所领导，一个“私酒贩子、走私贩子、地下酒吧老板、挺酒派报纸、下层贫民、酒精奴隶和个人自由的狂热信徒的老窝，不管是尼古拉斯·默里·巴特勒，还是任何其他为酒辩护的人，都不会入主白宫”。

巴特勒对惠勒的公开回应听起来很好笑，也许还有点无聊，他说：“听起来好像发生了什么事让他很是烦恼。”但是，惠勒和他的盟友——至少在当时——仍然掌握着政治实权。巴特勒没有得到总统提名——提名给了商务部长赫伯特·胡佛，他承诺将延续经济繁荣，并且认可禁酒令“是一个目标宏大的实验”。

很久以后，胡佛的朋友们会表明，这个实验对胡佛来说太宏大了一点，在他从商务部回家的路上，经常会在比利时大使馆停下。既然这个大使馆在技术上属于外国领土，那么他就可以合法地喝酒，也保证能喝到一些品质很高的酒。

纽约市法医办公室的病理学家和化学家们认为，政府故意往酒精里下毒是一种背叛行为。[①] 一年平均处理一万两千具尸体的

---

① “Poison Rum Toll Continues to Rise,” *New York Times*, January 1, 1927, p. 5; “Government Won't Drop Poison Alcohol Policy; Deaths Here 400 in Year,” *New York Times*, January 1; 1927, p. 1; “ ‘Murder’ by Poison Bootleg Liquor,” *Literary Digest*, January 15, 1927, p. 1; “Most of Our Liquor Poison, 741 Deaths in City in 1926, Norris Reports to Walker,” *New York Times*, February 6, 1927, p. 1; “Dr. Norris's Poison Liquor Report,” *Literary Digest*, February 26, 1927, p. 14.

他们，已经习惯了生命无谓的逝去——那些尸体中接近一半是车祸、自杀或他杀的结果。

但是，他们无法就这样听之任之，让自己国家的政府实施一项以成批杀人而闻名的政策。在贝尔维尤的办公室里，他们的愤怒如同空气中的电流一般劈啪作响。

一月份，平常很矜持的格特勒带着关于毒酒精夺走人命的大量资料，去会见了纽约的新闻界。一如既往，格特勒说，钱能买来更多的安全。阔绰的俱乐部会员，富有的爵士风味鸡尾酒会爱好者，买得起市场上昂贵的高品质酒。他们当中的许多人会按惯例邀请他们的私酒贩子参加聚会，以得到一些不让他们中毒的私人保证。但是穷人只能买到含酒精的渣滓——来自租用蒸馏炉的假威士忌、包厘街的烟鸡尾酒、纯粹的甲醇。这个城市的贫困居民为禁酒令付出的代价，要比其他任何人都多。

格特勒提供给该市报纸的统计数字证实：仅在一九二六年，纽约市约有一万二千人因饮用某种工业酒精而患病或失明，或两者兼有。另外有四百人死亡，其中大多数来自曼哈顿下东区、煤气房区、地狱厨房①和其他区的类似社区。“这个数字超过了酒馆时代死于酒精者的数量，”他这样说道，他用的句子干巴巴的、冷冰冰的，但语气坚定，“要想估算这种有毒的液体对饮用者及未被送进医院治疗者的神经系统的影响，是不可能的。然而，有一点是足够清楚的，那就是这种含有足量毒物的酒，虽然速度缓慢，但的确正在要许多人的命。”

---

① Hell’s Kitchen，早年是曼哈顿岛西岸的一个著名的贫民窟，主要聚居的是爱尔兰裔移民的劳工阶层，以杂乱落后的居住条件、严重的族群冲突与高犯罪率而闻名。它大体上是南北以五十九街与三十四街为界、东临第八大道、西抵哈得孙河的一个长方形区域，正式行政区名为克林顿，俗称西中城。如今变成了纽约的美食街区之一。——译者

吉米·沃克尔市长的第一反应正是一个对饮酒钟爱有加的男人会有的那种反应："如果我有个俱乐部，我会亲手去打每个卖毒酒之人的脑袋，不会等警察来。"他的第二反应，才是一个面对公共健康危机时的市长应有的反应：他想看详细的报告。他想要首席法医给他一个该市酒精中毒死亡的记录和评估。

查尔斯·诺里斯是个绝不会错失一秒钟机会的人。

他把沃克尔所要求的回复在二月发表了，从小处入手，把贝尔维尤医院作为个案来研究。在禁酒令生效之初，那里的医生每年接诊大约十二例私酒和甲醇中毒的病例。其中大约四分之一会致命。但是在一九二六年，医院接诊了七百一十六个因有毒酒精而造成的酒毒性幻觉症、失明甚至瘫痪患者。其中六十一位病人死亡，这个数字还不包括因慢性酒精中毒而死的人——一九一八年这一数量是八十七人。至于一九二七年度，诺里斯在一月和二月的死亡人数基础上预计，会有超过七百名城市居民在年底时因饮酒而送死。（事实会证明他是对的。）

他说，不光是人们在禁酒令之下喝得更多了，还有政府的串通一气，让他们喝下的酒简直难当其名。他和他的同事分析了来自地下酒吧的瓶装酒，以及街头尸体的口袋里发现的随身酒壶。每种酒都含甲醇，但他们还从中发现了汽油、苯、镉、碘、锌、汞盐、尼古丁、醚、甲醛、氯仿、樟脑、石炭酸、奎宁和丙酮。难怪来自蒸馏炉和杂货店私酒贩子的那种东西会得到一个最新的绰号，叫"白骡"，人们说："这种清澈的液体，据说会让饮用者感觉脑袋被驴踢了。"

"实际上，在这个城市的任何地方都没有纯粹的威士忌，"诺里斯警告说，"基于我的法医同事和我自己的实际经验，我的观点是，禁酒令其实根本就不存在。所有禁酒令之前就喝酒的人现在还在喝——当然，前提是他们仍然活着。”

纽约的报界——被“反酒吧联盟”极度鄙视的挺酒派出版物——立即将诺里斯的报告作为政府政策混乱的证据予以大加欢迎。“这个地区的禁酒令是彻头彻尾失败的，”《先驱论坛报》的社论版断言，“实施成了闹剧，公众沦为毒酒的受害者。”专栏作家海伍德在《纽约世界报》上写道：“第十八修正案是唯一可判处死刑的修正案。”《世界晚报》将联邦政府描述为大规模投毒者，指出没有什么行政部门在“损害它自己人民的健康上”比它更成功了。

诺里斯报告的影响扩散到了他所在的城市之外。国会的密苏里州参议员詹姆斯·里德告诉《圣路易斯邮报》说，纽约的验尸官让他确信，支持禁酒令的人都不是文明人：“只有本性如野兽一般的人才会渴望杀死或弄瞎喝了点酒的人，就算他的酒是从违反禁酒法令的人那儿买来的也不至于吧。”《圣保罗先锋新闻报》称，当政府“使用致命的酒类变性剂时，它就成了谋杀的从犯”。就连支持第十八修正案的《克利夫兰老实人报》都说，对这一事业的同情并不意味着“我们希望给予那些一直违反禁酒法的人惩罚”。

《芝加哥论坛报》是这么表述的：

> 正常情况下，美国没有哪个政府会从事此类业务。它不会也并没有设下一个满是钉子的陷阱来抓捕一个造假者。它不会在奶酪三明治上放“雷夫灭鼠灵”来抓一个敲诈抢劫者。它不会在邮票里下毒以使公民知晓不可贴错了信件。只有在禁酒时期古怪的狂热氛围下，任何手段，无论多野蛮，都被

认为是理所应当的。

禁酒派的报纸则认为诺里斯的报告不够有说服力。它们指出，在禁酒令实施之前很久，酒精就已经杀死了好几千人。“山姆大叔必须保证烂醉者的安全吗?”内布拉斯加的《奥马哈蜜蜂报》问道。伊利诺伊州南部的《斯普林菲尔德共和党人报》将所有的抗议斥为“挺酒宣传”。《匹兹堡公报》颇有针对性地提出了一个连反对该法令的人都感到困扰的问题：为什么人们仍然要坚持喝“白骡”和烟酒、油漆店烈酒和私烧锦酒，哪怕他们肯定知道它会要了自己的命?

难道那些冥顽不灵的酒鬼就没有一点责任吗?难道“喝酒的人自己就不应该为因喝酒而降临到他身上的疾病负责吗?”《匹兹堡公报》的编辑哀怨地写道。

由于尸体堆积在贝尔维尤的停尸房，诺里斯自己深入地考虑了这个问题。为什么一个人会和一杯酒玩俄罗斯轮盘赌呢?为什么人们还在喝被禁止的波吉亚鸡尾酒（一位政治家这样称呼它们）呢?

也许，一个原因在于，地下酒吧的顾客不重视风险。他们没有意识到，最新版本的变性酒精比他们记忆中加了甲醇的威士忌，或者从肯塔基或田纳西走私来的老式私酒更危险，这个城市的饮酒者没有理由去相信政府发出的警告。他们相信，反酒吧的行政部门会故意夸大风险。当然，很不幸，这只是一部分事实，并不是全部。

一九二三年，德国化学家已经弄清楚如何制造人工甲醇了。

答案就是将碳、氧和氢放进一个工业压力锅内，将混合物加热到四百华氏度以上，结果就是近乎完美的甲醇。人造甲醇格外纯净，同时造价极为低廉，木制甲醇工厂在两年内纷纷倒闭，败给了雨后春笋般的新化学厂。一九二五年，诺里斯发布警告，说曼哈顿街头售卖的德国人造甲醇的价格只有老式木制甲醇的一半。① 这种东西不难找到，他补充说："我们的汽车水箱、家里的清洗液、油漆、杀虫剂和美容液里正使用它，而且它出现在两百多种普通家用和工业用物品当中。"

他希望人们能理解，"纯净"一词在这里并不意味着"安全"。就人造甲醇来说，它意味着纯粹的"有毒"。

甲醇还有另一个干扰因素。它不像氰化物那种毒物可以在几分钟内让一个人得重病，不到十五分钟就可以要了一个人的命。饮用"白骡"感觉并不像在吞服毒药，完全不像。那感觉就像在街角一家地下室的酒吧里喝着一杯美酒，给人以熟悉的陶醉般的快感。

如果饮酒者留心一下，就会注意到甲醇和谷物酒精（乙醇）的第一个区别是那种快感持续的长度。喝甲醇得到的欣快感更短暂，宿醉的感觉会在一到两小时内出现。如果剂量足够大，几杯酒就会迅速导致头疼、晕眩、恶心、协调性极度缺乏、迷糊，最后是困意压倒一切。当诺里斯称甲醇为纯粹的毒药时，他不是在夸大其词。对一个孩子来说，只需两茶匙的未稀释剂量就能送命，对成人来说，也许是四分之一茶杯。这点剂量，常常直接导致人

① "Warns There Is Death in Drinking Methanol," *New York Times*, April 30, 1925, p. 7.

失明，接着是昏迷，然后是一命呜呼。

与禁酒令之前供应的谷物酒精不同，甲醇在人体内不会轻易分解。肝脏中能干净地处理乙醇的酶与甲基做着艰苦的斗争，结果，越是有毒的版本，在系统中逗留、器官中酝酿的时间就越长，新陈代谢的速度也就越慢。随着逗留时间的增加，它会变得毒性更强。甲醇在人体内的主要副产品，如化学家发现的一样，就是甲醛和甲酸。

甲醛是一种著名的刺激性毒物，能够造成严重的内部损害，甲酸的破坏性也是一样的，最为科学家们熟知的，是其构成了蜜蜂叮咬的毒液中的关键部分。被甲醇毒害的人往往会貌似从初次晕眩发作中恢复过来，在这种酒精被代谢的时候感觉会好转，而十到三十小时以后会被其分解的产物再次毒害。

首先，他们的视力会模糊。视神经和视网膜极易受甲酸盐的伤害。视神经在不断成像的过程中，在高代谢状态下运行，令血液通过它迅速循环，从而导致毒物被不间断地输送到那里。尸体解剖经常发现视神经区出现了惊人的萎缩，周围的组织肿大，充血，呈海绵状。甲醇及其副产品在顶叶皮层——大脑中处理视觉的重要区域造成了同样的损害。它也集中在努力工作的肺部——通常来说，正是肺的崩溃让人丧命。

在一篇刊于《北美评论》的题为“我们的灭绝实验”的文章里，诺里斯对当局的政策发动了更有针对性的抨击，这一次他直接将自己的病例展示给全国的观众，直接嘲讽胡佛将禁酒令描述为一个“高尚的实验”。

与格特勒一样，诺里斯对反酒精法令强加在穷人身上的惩罚尤其感到愤怒。他写道，真正有毒的酒是暗地里出售，从暗室的蒸馏炉里提取，并由“那些无法供应昂贵的保护并且做着低档生意、买卖低端商品的私酒贩子”提供。在被甲醇害死的人当中，“只有一小部分……来自嗜酒群体中的上层阶级”。保护只提供给有钱人、有权势者、艺术家，还有那些政客，这样的保护为非法饮酒成为一种高品味生活的形象、一种危险的诱惑推波助澜。他说：“禁酒令毫无疑问孕育了一种围绕酒精而产生的魅力……它让年轻人纵酒享乐，让年轻的胃大受刺激，让年轻的面孔变得黝黑。”

诺里斯不反对鸡尾酒会，也不反对二十多岁的人喝一点酒。他关心的是，刚沾上饮酒的新手们不能再轻松地开始，不能从本地小酒馆的一杯葡萄酒或温和的啤酒开始。现在每个人都不得不从硬货开始，因为除此之外，没有什么别的东西可供选择。“过去对啤酒和葡萄酒正常的喜好，现在主要靠更致命的醉人物质来满足了——双倍致命的致醉物质。”

一九二七年初，国会里的挺酒派代表试图通过一项禁止添加工业酒精毒性的法律。[①] 他们彻底失败了，禁酒派代表宣称，只要人们遵守该法以道德正直的方式生活，就没有一个人会死。作为回应，诺里斯反驳说，这样将某个群体里的个人信念强加给社会上其他人的行为，不能被认为是道德的。

而且，他说，第十八修正案的实验证明了他的观点。没错，该法已经改变了旧式的生活，以及喝酒的旧风尚。但它也创造出了另一种饮酒生活方式，另一种不道德。他说：“它没能减少、缓

---

① “Poison,” *Time*, January 10, 1927, www.time.com/time/magazine/article/0.9171.881577.00.html; “Wets Plan Fight over Denaturants,” *New York Times*, January 2, 1927, p.3; “Congress Wets Denounce Deaths by Poison Alcohol as Government Murders,” *New York Times*, January 4, 1927, p.1; “Senate Calls on Mellon to Tell Part Drys Played in Fixing Poison Alcohol,” *New York Times*, January 5, 1927, p.1; “Congress Requires Poison in Alcohol, Mellon Declares,” *New York Times*, January 12, 1927.

和或控制酗酒，反而创造了一种新的私酒社会秩序，它的错误保护了一个新生的产业，直到现在它在法律和利润上都是如此安全，以致对我们国家的安全和完整构成了一个真正的威胁。”

而且，“死亡紧随其后”，诺里斯下结论道。

那年三月，长岛发生的一件谋杀案分散了首席法医的注意力，至少暂时让他的注意力从讨伐政府禁酒政策的斗争中转移开来。这是那种差不多会让任何人分心的谋杀案。

开始是用了一剂二氧化汞，然后是一定量的氯仿，接下来是几杯酒，再然后是一个铅块重重地砸在了那人的头上，最后是用电线紧紧地缠在受害人的脖子上。对于如此罕见的案例，以“赶尽杀绝”一词来形容也毫不夸张。

阿尔伯特·斯奈德这一复杂的谋杀案将法医办公室的人——特别是亚历山大·格特勒——拉到了公众面前。[①] 它迅速成为一个热点公共事件，也是八卦小报及其八卦读者在那年春天最热衷的故事。

谋杀斯奈德的阴谋——由他迷人的妻子露丝和宠溺她的男朋友贾德·格雷策划，其情节是如此离奇，小说家詹姆斯·M. 凯恩后来以此为基础创作了自己两部最著名的小说：《邮差总按两次

---

① 露丝·斯奈德和贾德·格雷的故事，可见于 Landis MacKellar, *The "Double Indemnity" Murder* (Syracuse: N. Y.: Syracuse University Press, 2006)，无数罪案网站上也有叙述，包括“The Dumb Bell Murder,” Dead Men Do Tell Tales, www. prairieghosts. com/ruth _ judd. html，以及“The Snyder-Gray Murder Case, Part 1,” www. trivia-library. com/a/the-snyder-gray-murder-case-part-1. htm，还有“The Snyder-Gray Murder Case, Part 2,” www. trivia- library. com/a/the-snyder-gray-murder-case-part-2. html。詹姆斯·凯恩将这个案子写进他两部小说的事，在下文中有所探讨，参见：*The Postman Always Rings Twice* at www. swisseduc. ch/english/readinglist/cain _ james/postman/background. htm。

铃》和《双重赔偿》（*Double Indemnity*）。凯恩后来解释说，是关于背叛的黑暗主题吸引了他。对其他人来说，是这桩罪行的荒唐可笑征服了他们。《纽约美国人》的专栏作家达蒙·鲁尼恩曾建议，这两个凶手应该以“无能的白痴”之名被定罪。

而谋杀案本身，鲁尼恩补充说，应该称之为“蠢人谋杀”。

到一九二七年三月，露丝和阿尔伯特·斯奈德已经结婚十二年了。他四十四岁，是赫斯特公司的《摩托艇》（*Motor Boating*）杂志的艺术编辑。她三十二岁，是个漂亮、爱玩的金发女郎。他们有个十岁的女儿，叫罗琳，阿尔伯特为此对妻子耿耿于怀——他一直想要个儿子。①

其实，阿尔伯特几乎从来都没有满意过。他期望露丝能让家里一丝不乱，他为家里每一个放错地方的盘子或肮脏的角落而批评她。他的妻子和女儿惹他生气时，他就扇她们耳光。禁酒令实施后，他开始变成一个严重的酗酒者。他在地下室自己酿啤酒，想喝硬货时就光顾当地的私酒贩子。斯奈德似乎从来没有想过，是他教会了妻子仇恨他，也许是他不在乎。露丝尽可能地逃出家

---

① Coverage in *New York Times* includes “Slayers Indicted; Snyder Case Trial Sought for April 4,” March 24, 1927, p. 1; “Poisoned Whisky in Snyder Home Bares Early Plot,” March 25, 1927, p. 1; “Poison a Mystery in the Snyder Case,” March 28, 1927, p. 1; “State Builds Case in Snyder Murder,” April 3, 1927, p. 12; “Mrs. Snyder Breaks As Trial Day Nears,” April 17, 1927, p. 1; “Full Snyder Jury Picked on Fifth Day; Trial On Monday,” April 23, 1927, p. 1; “Snyder Jury Hears Gray's Confession Accusing Woman,” April 28, 1927, p. 1; “Child to Testify After Mrs. Snyder Faces State's Fire,” May 1, 1927, p. 10; “Gray Denies Wish to Kill; Insists Woman Dominated; Jury May Get Case Today,” May 6, 1927, p. 12; “Gray and Woman Make Last Appeals to the Jury Today,” May 9, 1927, p. 1; “Courts Refusal to Permit Controversy Sped Case to a Verdict in Eleven Days,” May 10, 1927, p. 21.

门，在罗琳上学时坐火车去曼哈顿和朋友午餐。

一九二五年夏天，在第五大道一家餐馆的柜台边，她漫不经心地和旁边凳子上的男人调情，那是一个相当有魅力的商人，深色鬈发，戴角质架眼镜。到那个夏天结束时，露丝·斯奈德定期与贾德·格雷在华尔道夫酒店会面，他在该市做生意时就住这家酒店。格雷是个紧身衣推销员，住在新泽西州的东奥兰治。他的妻子不喜欢他招待客户时的狂喝豪饮，于是，他有了做生意时待在曼哈顿的好理由。

私情开始了两年之后，这对情人决定私奔，但他们需要钱。格雷受过更好的教育，在经济上更精明，他帮露丝为阿尔伯特安排了一份价值四万五千美元的人身保险。该保单有双重赔偿条款，即如果他的死亡是“由于意外事故造成”，赔偿金将是九万美元。

他们俩都不想为这笔钱等待太久，只有阿尔伯特合作，他们才能开始新的生活。

一九二七年三月二十日，星期天，这天早晨，罗琳·斯奈德歇斯底里地敲打着隔壁邻居家厨房的门。她发现母亲被捆绑了起来，不省人事地躺在起居室的地板上。救援人员赶到时，露丝慢慢醒了过来。她痛苦地低声说，强盗闯进来，把她绑了起来，还用棍子打了她的头。

邻居们跑进客厅，寻找她的丈夫。当他们推开卧室门后，发现阿尔伯特·斯奈德脸朝下地躺在一个沾满血的枕头上。一段电线缠绕着他的脖子，末端伸向空中。

警察赶到时，露丝告诉他们，她和丈夫头天晚上去参加了一个桥牌晚会，大约凌晨两点回来的。就在她几乎快要睡着的时候，听到了客厅里有动静。她起身去察看，看到一个大块头的男人朝自己走过来，是“一个有着意大利人相貌”的暴徒。她正准备尖叫，突然，眼前一黑。他肯定是打了她的头，她说，几小时后她醒过来，发现自己被捆着躺在地板上。

屋子里一片狼藉，沙发垫子扔在客厅的地板上，厨房里到处是瓶瓶罐罐。阿尔伯特的尸体躺的那张床周围的地板上也是一样。但十分古怪的是，或者说是警察们这么认为吧，卧室里那堆杂七杂八的东西里，还包括阿尔伯特闪闪发光的金怀表，上面的白金表链可是价值不菲。

从这个疑点开始，故事走向了解体。

为露丝·斯奈德检查的医生并没有发现她的头部有损伤，而且也没有肿块，没有瘀青，没有任何能导致她坚持说自己六个小时不省人事的痕迹。她被发现时双脚被绑，但双手并未被绑。警察们很纳闷，她干吗不直接解开双脚呢？露丝坚持说，虽然她丈夫的怀表还在，她本人的一些珠宝和皮草却绝对不见了。可是，那三个戒指和银别针出现了，被裹进一块破布塞在她的床垫下。警察又在地下室的一个衣箱里找到了她的松鼠皮大衣。

还是在地下室里，他们发现了一些更确凿的罪证。在阿尔伯特·斯奈德当作车间的一个角落里，他们发现有个工具箱被推到了一条长椅下面。里面的螺丝刀和锤子旁边，是一个铁制吊窗锤，上头沾满了鲜血。吊锤的圆边与他们在斯奈德脸上发现的圆形瘀伤完美契合。

第二天早晨，露丝·斯奈德招供了。

换言之，她把一切都推给了贾德·格雷。是他想出了人身保险那一着，是他买了杀人凶器。在她和丈夫从桥牌晚会上回来后不久，他就来到了这里。他有她房子的钥匙，她看到他站在一个阴暗的角落。他正在戴橡胶手套。“我的上帝，贾德，”她屏住了呼吸，“你不会真的那么做，对吧?”但是，他决心已定，她说。他要她那么做。

一名追捕贾德·格雷的警察在出城北上的火车上发现了他。他正拿着一瓶有毒的威士忌——他说，是露丝·斯奈德请他带来的。她才是凶手，格雷向警察保证，是她给丈夫下了毒，又用吊窗锤将他砸死了。

那拙劣的入室盗窃情节是她的主意，他说。她唆使他买来氯仿把阿尔伯特毒倒，是她买来了吊窗锤。贾德说他实在是吓坏了，只是轻轻地打了一下，然后露丝冲上来完成了其余的部分。是她抓起那个吊窗锤猛砸她丈夫脑袋的一边，把他砸倒在地板上。是的，他帮她把那个失去知觉的男人拖到了床上，是的，他后来又回去用电线补了一下，确保斯奈德死得透透的。但是，格雷坚持说自己一直特别恍惚，几乎都不记得其中任何事情了。这个错完全属于她。

四月，在露丝·斯奈德和贾德·格雷谋杀案的审判中，位于皇后区的法院额外安装了五十部电话以应付记者的争夺推挤。街上挤满了人，争相一睹罪犯或参加庭审的名人。小贩们为卖热狗和苏打水之权寸土不让，商人们抱怨说太多的警官被调走，以致社区抢劫案因没有人巡逻而上升了。

在法庭里面，名流们得到了大众梦寐以求的座位，其中有电影制作人 D. W. 格里菲斯、推理小说家玛丽·罗伯茨·莱因哈特、历史学家威尔·杜兰特、作曲家欧文·伯林。包厘街的艺人来了那么多，结果他们的长椅被称为“演员公平参与区”。就连出身英格兰的贵族昆斯伯里侯爵和夫人也来了，这位贵族宣称他想亲身体验一下美国的公平。在他的俱乐部里，侯爵说，赌性感的斯奈德夫人被判为谋杀案主犯的赔率是五比一。

作为一场盛大演出，这个二人组值得这个价。他们互相攻击、指控。无论何时，只要细节变得过于恐怖，露丝·斯奈德就会昏倒。（她很容易昏倒，她的律师这么解释道。）警察已经发现了贾德·格雷买吊锤、氯仿和电线的地方，而他一边抽泣，一边解释她是如何胁迫他干这些脏活的。

但是，如果有人回顾一下这对情人的戏剧表演——有些人，比如像达蒙·鲁尼恩就这么做了——就会发现，最有启发性的证词来自亚历山大·格特勒。他穿着深色西装套装，用平静的嗓音有条不紊地拆穿了两个被控为凶手的人的故事，他这么做只用了从贝尔维尤带来的化学分析和病理分析报告。

在警察将从贾德·格雷的身上搜到的酒瓶送到实验室之后，格特勒就进入了这个案子。他发现，酒瓶里所含的升汞是那么多，味道辛辣刺鼻到没法下咽。如果露丝·斯奈德想让丈夫喝下去，格特勒说，那男人毫无疑问肯定会吐出去。格特勒本人从未见过有谁往酒精里添加如此高浓度的升汞的。“真是个好女人啊。”他语含讥讽地对调查人员评论道。格雷宣称，露丝曾要求他处理那个酒瓶，但八卦小报犯罪版的记者们从理论上推论出，她一直希望她的情人喝上一小口。由此，各家报纸开始称这场审判为“露丝对贾德案”。

格特勒证实，阿尔伯特·斯奈德的整个大脑都被浸在私酒里了。这个男人喝得头昏脑涨。格雷所讲的故事——斯奈德曾予以还击，格雷被迫用吊窗锤自卫——根本不可信，格特勒说，那个男人根本没法站起来打架。再加上，那位同谋还给斯奈德用了大剂量的氯仿。

法医办公室的结论是，吊窗锤的击打让斯奈德的头骨破裂，但他本可以活下来的。电线做的绞索可能切断了他最后的呼吸，而且那个男人当时已经是奄奄一息了。格特勒的化学分析表明，真正杀死斯奈德的，是酒和氯仿令人窒息的组合。如果杀他的人不过多地干涉，如果他们不尝试双保险，他很可能会看上去像是在睡梦中死去的。只要他们聪明一点儿，只要他们少一分贪婪，他们就可能逃脱罪责了。

其结果却是，陪审团只用了九十分钟就认定露丝·斯奈德和贾德·格雷犯有一级谋杀罪。一九二七年五月九日，两个人被判处电椅死刑。

斯奈德-格雷案对格特勒这样的毒理学家来说，是个相当直截了当的提醒：现在否认氯仿是投毒者的工具还为时过早。

自从莫斯氯仿杀人案以来，已经过去了十二年，但是，这种药仍然被用于犯罪，尽管不那么常见了。前一年，有窃贼曾用氯仿放倒了布鲁克林的一个四口之家，在受害者不省人事时搬空了公寓里所有值钱的东西。一九二七年九月，一名女性客人在百老汇华丽又昂贵的马提尼克酒店被两名抢劫者下了药，失去了知觉，抢劫者带着价值一千六百美元的现金和珠宝扬长而去。

尽管有美国医学会的努力，许多医生仍然继续使用氯仿进行麻醉。他们知道，这可能有风险，但是谁让它便宜而且管用呢。医生的持续需求也就意味着药房——就像贾德·格雷跑去买氯仿时发现的那样——会一直有库存。

医生们继续使用氯仿的另一个原因在于，在法律体系中定罪仍然十分困难。过去的一年里，两名曼哈顿医生在他们的病人因麻醉而死后被指控过失杀人，一个病人是十八岁的女孩，另一个是轻歌舞剧女演员，她的丈夫也提起了非正常死亡的诉讼。两个案例中，医生的同事都成功地号召起来保护了他们。在为女演员之死举行的本地听证会上，有一位医生向陪审员们保证，他自己的病人没有被氯仿杀死“只是因为运气好而已”。这种药对他们所有人来说都是个谜，另一位医生说，“没有任何规则是可以严格适用的”。

所有的医生都谴责了氯仿的不可预见性，他们指出，它通常情况下表现良好并且安全。所有人一致认为，没有人真正知道如何测量人体内的氯仿，这实在太糟糕了：就连科学家也无法预测它何时可能致命，并且无法在人死后准确测量它以计算致死的剂量。但事实证明，亚历山大·格特勒很快就有机会改变这种情况了。

一九二七年九月十五日，一个名叫鲁比·冈萨雷斯的年轻女人应约来曼哈顿看医生。[①] 她是新泽西州艾斯拜瑞公园市的一名女招待，是个辛苦工作的单身母亲，有个五岁的女儿。冈萨雷斯带着她的小女儿来赴约，还有她的男朋友，在该市工作的一个计算器推销员。

她预约的是堕胎，完全非法，完全保密。二十七岁的冈萨雷斯太紧张了，想要男朋友的支持。其实，她除了带上女儿也别无选择。她的所有朋友都在工作——她们那天没法照看那孩子。她

① “Two Physicians Arrested,” *New York Times*, September 16, 1927, p. 25; “Deny Causing Woman's Death,” *New York Times*, September 17, 1927, p. 19; “Dr. Eisenberg is Convicted,” *New York Times*, April 18, 1928, p. 18.

的男朋友承诺说事后会带她们去旅馆，或者某个她可以休息、恢复一下的地方。

经营那家诊所的两个医生向他们保证，整个手术都是常规操作，也很安全。但是，在鲁比·冈萨雷斯到达诊所后半小时，她就死在了手术台上。小女孩歇斯底里地抽泣，男朋友大声叫喊，连旁边的邻居们都听到了，于是医生被迫叫了警察。他们都不想泄露说她到这儿来是为了堕胎。警察到达之后，他们的描述是，正当这三个人走在西区第十大街上医生的执业地点时，她开始流血了。她的男朋友把她带进了诊所，尽管他们用尽了全力还是没能救下她，她死了。

回到停尸房，病理学家发觉这个故事，这么说吧，不可信。

他们见过许多搞砸的堕胎手术，这具尸体具有被手忙脚乱或无能的医生摧残的女性身体的所有特征。她是在医生那褐砂石的办公室里流血而死的——这不足为奇。她的身体内部完全被撕碎了。面对堕胎的证据，两个医生都对指控不屑一顾。也许她走进他们的办公室之前就做过手术呢，他们说。她肯定是在别处做外科手术时吸了氯仿，他们不过是想救她。这就是他们声明的主旨，他们认为没什么理由要改变口供。

不论是否赞成反堕胎法——当时大多数人都是赞成的——法医们都对害死病人的医生逃脱惩罚感到厌烦。这两位医生以前都曾因拙劣的堕胎手术而被起诉过。法官和陪审团宣判他们无罪，显然，他们宁愿站在专业人士的一边，而不是遇到麻烦的女性那边。这一新的死亡案例——同样的医生，全新的受害者——增加了法医们的绝望感。

格特勒对鲁比·冈萨雷斯大脑里的组织进行了标准的毒理学

分析。样本中充斥着氯仿，每千克组织中约有一百五十六毫克，超过在阿尔伯特·斯奈德的大脑中发现的氯仿的三倍。它会杀死她吗？这很难说；她因失血过多死得太快了，从某种意义上说，麻醉因素可能会被认为并不相干。

然而，在仔细思考冈萨雷斯案时，格特勒认识到氯仿的这一结果其实很可能是有用的。不管怎样，它毕竟提出了一些有趣的问题。例如，氯仿离开大脑需要多长时间？① 病人在什么情况下头脑清醒到可以在街上行走？如果冈萨雷斯是在别处用了这种药，相关的知识可以让他们估算出那药是多久之前用的。如果是医生撒了谎——就像办公室里几乎每个人都怀疑的那样——那他就能证明这一点。

现在的挑战是，要在案件还在审理时找到那些问题的答案。格特勒迅速采取行动，决定进行一系列的动物实验。狗被认为是研究氯仿的可靠模型，它们对这种药物浓度的反应与人类非常相近。它们也以相同的方式代谢氯仿，也就是说，它们体内清除氯仿的速度与人类基本相同。有了这些知识，格特勒设计了一个直截了当的检测方法来观察狗对氯仿的反应，这个检测可以快速完成，当即弄清楚鲁比·冈萨雷斯是怎么死的。

卫生部门想要没有争议的检测结果，所以格特勒用了十只狗，无论发现什么都足够他一查再查了。每只狗都被捆了起来，鼻子和嘴巴上放一个口罩。口罩浸透了氯仿，在拿掉之前放置不同的时间——从五分钟、半小时到一小时。狗在被毒死之前得到的恢

① A. O. Gettler and H. Blume, "Chloroform Content of the Brain Following Anesthesia," *Archives of Pathology and Laboratory Medicine* 11 (1931), pp. B41 - 53; A. O. Gettler and H. Blume, "Chloroform Content of Brain, Lungs and Liver: Quantitative Recovery and Determination," *Archives of* Pathology and Laboratory Medicine 11 (1931), pp. 554 - 60.

复时间也各不相同。有些还在无意识状态中就被杀死了，其他的有刚开始还动弹的，有坐起来的，有摇摇晃晃站起来的，有蹒跚而行的，还有完全清醒的。处于各个阶段的这些动物的大脑都要经过分析，看看里面残留了多少氯仿。

一只狗还在麻醉时就死了，被氯仿所杀。它的大脑组织里每千克含有二百七十毫克的氯仿。还在无意识中的狗所含的氯仿水平在一百二十到一百八十毫克之间——与鲁比·冈萨雷斯大脑里的含量相当。一只刚站起来的狗被测出是五十一点三毫克。那些氯仿口罩被拿掉足足十五分钟到半小时后正常起身到处走的狗，其大脑里的氯仿浓度不超过三十毫克。

由此，格特勒得出结论，在大脑里有一百五十多克氯仿的时候，鲁比·冈萨雷斯绝对不可能在下曼哈顿到处走动。她可能是上了手术台后才死的，也可能是在不省人事时死在了手术台上。

地区检察官将那两个医生叫回了办公室，摆出了氯仿数据。经营那家诊所的医生看上去很震惊；接着，他承认是堕胎手术搞砸了，冈萨雷斯死时完全没有意识。做手术的医生被判过失杀人罪，并被送往辛辛监狱，据纽约的报纸报道，这种事在医生身上可不常发生。

一九二八年一月十二日，已经失去了所有上诉权利的露丝·斯奈德和贾德·格雷坐上了电椅。

辛辛监狱的高墙四周的场景近乎一场恐怖的狂欢。[①] 成群结队的好事者从远至芝加哥那样的地方赶来，不想错过这场年度大

① "She Goes to Death First," *New York Times*, January 13, 1928, p. 1; David J. Kracijek, *Scooped!* (New York: Columbia University Press, 1999), p. 90.

处决。汽车在监狱前的街道上排成了行，妈妈们怀抱婴儿站着观看，恩爱的情侣在众目睽睽之下搂搂抱抱。露丝·斯奈德的粉丝——她在狱中收到了一百六十四次求婚——在监狱大门口一会儿大声诅咒，一会儿苦苦哀求。记者们为抢地盘而使出了各种手段：《纽约每日新闻》的一名记者租下了监狱前门附近一个废弃的热狗摊儿，装上了自己的广播线路，以便第一个播送新闻。

监狱当局在经过一番激烈争吵之后，给二十名记者提供观看电椅行刑的通行证。与其他目击者一样，他们被命令排成一队，走向囚犯们称为“死亡之屋”的白色大房间。

他们进去以后，对面的墙上有一扇大木门，此门由普通橡木制成，上面挂着的牌子上写着：“肃静”。囚犯们会通过这扇门从他们那些被称为“舞蹈室”的牢房进入大房间。

橡木门右边几码处放着那把椅子，黑色的金属材质，稳稳地置于一块黑色金属垫上。囚犯会奉命安坐在那个黑漆漆的装置里，手腕、上臂、胸口、腰部和脚踝上被缚上了皮带，以保证他们动弹不得。连着长长的电线、包裹着盐水海绵以进一步传导电流的电极，将被安在脚踝和头顶上。行刑者本人发明了所谓的辛辛监狱专用帽：一个普通的皮制橄榄球比赛头盔，内衬的橡胶使得包裹海绵的电极紧贴头部。他还制作了一个黑色皮面罩，上面的裂缝可供鼻子和嘴呼吸，这样就没有人能看清将死的囚犯的脸了。

来观看死刑的人被安排坐在四排面对电椅放置的靠背长凳上。他们坐下之后，遵照肃静的规定，等待着那扇门的打开。

先进来的是露丝·斯奈德，她穿着一条黑棉布裙，一件普通的棕色罩衫。她拿着个十字架，一遍又一遍地嘟囔着：“上帝啊，可怜可怜我吧。”甚至在面罩戴到她脸上以后，她还是这样。行刑者按下了控制面板上的开关，两千瓦的电流通过电线释放了出来，让她的身体猛地向前一跳，撞上了那些捆绑她的东西。为防万一，他又按了两次开关。她的头发着了火，在面罩边缘可以看见她的皮肤正在烧焦变黑。看守把她从椅子上解了下来，将她的尸体放在轮床上，推出了房间。

紧随其后进来的是格雷，一丝不苟地穿着细条纹的西装。他安静地等着，直到面罩放好，然后开始念诵《诗篇》的第二十三章。“耶和华是我的牧者，”他小声念叨着，“我必不至缺乏。”行刑者打开了开关，格雷右脚的袜子开始缓慢地燃烧。缕缕烟雾从头盔下飘散出来。行刑者再次按下了开关，两千伏的电流再次送出。看守们又推着轮床走了过来，两具尸体被放进了灰色的棺材，送去埋葬。

让一众州政府官员——从辛辛监狱负责人到州长——出离愤怒的是，第二天，《纽约每日新闻》的头版被一张照片占得满满的：正是一股电流穿过露丝·斯奈德身体的那一瞬间的场景。

这家报纸从《芝加哥论坛报》招募了一个以狡诈著称的摄影师，派他冒充作家进入了“死亡之屋”。这位摄影师把相机裹在一条腿上，连结的电线沿裤腿往上拉到一个口袋里。趁着电椅激起耀眼的火花和恐惧之际，他可以捏响口袋里的一个电灯泡拍下照片而不至引起左右注意。

摄影师强行挤进了第一排，将露丝·斯奈德的身体因电击而咔嗒作响的样子尽收眼底。《纽约每日新闻》在这张照片上只放了一个词：“死！”画面可能有点模糊，但这只会让它更激动人心。这期报纸多卖了一百五十万份。因为担心拍下此照片的那位有身价的摄影师汤姆·霍华德会被逮捕，芝加哥那边的报社直接将他从纽约派往古巴工作。据他后来的叙述，那儿有一群海军士兵叫出了他的名字——一时间，他都快要跟照片上的人物一样恶名在外了。

霍华德的第一个念头是以为海军士兵们要送他进监狱。结果，这队人不过是想向他可与海军匹敌的勇气致敬。他们强行把他带到一个酒吧，一群人在那儿用上好的哈瓦那朗姆酒欢庆他的成功，就这样度过了一个晚上。不管怎么说，酒是完全合法的，货真价实，味道一流。

八　镭（Ra）

一九二八至一九二九

一九二八年初，诺里斯接到了一个不寻常的求助，来自哥伦比亚大学医学院的毕业生，新泽西一位名叫哈里森·斯坦福·马特兰德的法医。[①]

虽然他们年龄有差距——马特兰德比诺里斯小十六岁——但两个人既是朋友，也是专业上的同事。马特兰德到纽约办事的时候，他们会一起吃饭，有时候还各自带上妻子一起去看戏。他们因为对法医学重要性的共同信念和对自己工作的相同看法而结下了友谊。与诺里斯一样，哈里森·马特兰德也是个天生的改革者。

马特兰德的医学生涯始于一九〇九年，当时，他被指定为纽约市立医院的首位全职病理学家。一战开始后，他辞掉了那份工作，做了贝尔维尤医院的志愿者。作为一名战地医生，他是那么不知疲倦，那么坚定地在几乎一无所有中勉力维持医疗服务，因此被提升为陆军中校，负责管理法国维希的一所医院。战争结束时，约翰·潘兴将军[②]亲自为马特兰德别上了勋章，以表彰他"杰出的功绩和卓越的服务"。

战争过后，马特兰德，一位纽瓦克家庭医生的儿子，回到家乡做了该市的病理学家。一九二五年，他收到邀请去埃塞克斯县做医生，负责监督死亡人员和病患的毒理学调查工作，他接受了邀请，却发现这个职位不过是名义上的，被选出的县法医才是掌握所有权力的人。如果他们可以一起工作，马特兰德也能接受，但是当地的验尸官制度腐败得叫人不忍卒睹，就像之前在纽约市那样。

令掌管埃塞克斯县政治机构的那些人感到沮丧的是，马特兰德要求拥有真正的权力。实际上，他要求验尸官办公室按照诺里斯的办公室的模式运行，以法医系统取而代之。在遭到县长的拒绝之后，他通过州立法机关进行了斗争。官司打了两年，但在一九二七年，马特兰德被指定为埃塞克斯县的第一位首席法医。

新泽西的工业景观为马特兰德提供了大量需要调查的工作场所安全问题。他的研究对证明炸药工厂的工人被硝化甘油毒害很有帮助。他的第一篇论文表明，暴露于铍——一种用于新兴电子产业的柔韧金属元素——会造成致命的肺病。从某种程度上说，依靠他本人不断的施压（他是个喜欢看见自己的研究付诸应用的人），这些发现最终都带来了制度上的改革。

一九二八年，他同时还在追踪另一种工业上的健康危害，该研究将挑战有毒物质的标准定义。正是这项令人费解的调查促使马特兰德与纽约市法医办公室取得了联系。他手上有一些老化的骨骼，属于新泽西某工厂的一位前工人。他想知道，贝尔维尤那个装备更好的实验室是否能回答这个问题：这些骨头有放射性吗？

---

① 马特兰德的论文存于新泽西医科与牙科大学的图书馆特藏室。他的生平情况主要发表在 Martland Collection 的网站上，www. umdnj. edu/librweb/speccoll/Martland. html，其中还回顾了他的职业健康研究项目。

② 美国陆军最高军衔的拥有者，一九一九年被授予“六星上将”军衔，人称“铁锤将军”。——译者

要真正理解这个问题，我们必须回到大约三十年前，当时，法国科学家宣布了一个惊人的发现。他们断言，地壳的岩石并不全是大片冰冷死寂的金属和矿物，其中有一些是异常活跃的。有些嗞嗞作响散发着能量，甚至释放出放射线。

法国物理学家亨利·贝可勒尔率先在一八九六年报告了这一发现。[1] 他进行的实验表明，铀元素释放出的极小的原子粒子可以穿透金属薄片，在照相胶片上形成飞溅的光点。他的两位同行，新婚不久的物理学家皮埃尔·居里和玛丽·居里也从事着贝可勒尔的工作。尤其是玛丽，发现这些活跃的岩石令人着迷。她从铀尾矿盘中筛选铀矿石加工后留下的细小放射性碎石，并认真地测量“铀射线”，很快，她认识到射线排放水平太高了，无法仅用铀来解释。

经过两年更为辛苦的筛选、检测，在胶片上记录光点的喷溅，居里夫妇宣布他们发现了两种新元素，都能以比铀更高的速度释放出粒子。他们以玛丽·居里的祖国波兰为其中一个命名为钋，第二个就简单地用“放射性”这个词本身来命名为镭。他们建议，像镭和钋这样的元素，由于它们特有的原子裂变和嗞嗞声，应该被称为放射性元素。

镭——玛丽称它为“我美丽的镭”——似乎是这些新材料中最有前途的一个。钋太过活跃，一年内就会自燃殆尽。铀更稳定一些，但能量不足，放射性会相对缓慢地逐渐消失。另一方面，镭闪烁着希望的光辉。它衰变很慢，半衰期是十六年，随着能量的稳定释放而发出火花。居里夫妇估算出镭的密度约为铀的三千倍，这很像是在尘土里发现一颗极小的星星。一颗极小的星星——居里夫妇从大约三吨的铀矿石里只分离出一百毫克的纯镭。

---

① “Marie and Pierre Curie and the Discovery of Polonium and Radium,” at Nobelprize. org.

不过这赋予了它一种真正稀有之物的魅力。

不出两年，医生们知道了将镭盐用于肿瘤会延缓癌症的扩散。十九、二十世纪之交过去后不久，“镭疗法”被介绍引入各医院。医生报告的疗效有如奇迹一般，尤其是与旧疗法相比较时。报纸将镭的魔力比作太阳那金色的健康的光芒。每个人都想站在这似乎天然的治愈之光面前。

镭的使用迅速推广到日用消费品之中。有瓶装的镭水（保证让饮用者能量满满），有镭苏打水、镭糖、加镭面霜（让肌肤焕发青春）、镭扑面散粉（有四种标注得明明白白的颜色可选：白色、自然色、棕褐色、非洲黑），还有肥皂和止痛擦剂与乳液。[1] 研究者发现，欧洲因疗愈能力著称的温泉含有氡，这种镭衰变所产生的气体，随着温泉下岩石中的矿物质被水溶解而释放出来。科学家们猜测，也许矿物温泉的健康疗效来自地层里的放射性元素。纽约州北部的矿泉疗养地争先恐后地往游泳池里投放铀矿石。新泽西的一家公司因卖掉几十万瓶“镭补”[2] 而暴富，“镭补”是经过认证的、作为保健药的放射性水，它承诺会给人带来全新的活力和能量。

放射性健康，广告上宣称“美丽的皮肤，无尽的活力，永远的健康”，看起来摄入镭像是最棒的事，仅次于沐浴阳光。

而马特兰德发现，镭既不美丽，也不鼓舞人心。

在新泽西州奥兰治市纽瓦克西北部一个社区，一场特殊的健

---

① Roger M. Macklis, “The Great Radium Scandal,” *Scientific American*, August 1993, pp. 94 - 99.

② Radithor，一种专利药，据说能强化内分泌系统，改善许多病症。其中含有相当剂量的镭和钍，有不小的放射性。由于与长期饮用该药物的美国实业家埃本·拜尔斯之死有很大关系，在一九三二年被叫停。——译者

康危机引起了他的兴趣，使得他开始进行这项研究。① 奥兰治位于通往宾夕法尼亚的一条主要的收费公路旁，一直是个热闹的工业小城。它是特拉华-拉克万纳-西部铁路线上一个受欢迎的落脚点，各趟火车纷纷在奥兰治车站停靠，搭载乘客，送来宾夕法尼亚的煤炭，运走钟表、铅笔刀、鞋盒之类的工厂产品。直到禁酒令实施前，奥兰治啤酒厂仍通过这条特拉西铁路运出啤酒。现在，那些旧大楼黑压压矗立着。不过，其他生意倒在那里兴旺了起来。美国镭业公司（The Radium Corporation）一九一七年在当地开了一家工厂，比以往任何时候都要业务繁忙。

美国镭业公司在一战中就随着战争对新技术的需求而开始起步了。挤在欧洲泥泞的战壕里的士兵们很快就明白，他们带的怀表不适合战场。这些表会从口袋里掉出来，然后被后面匍匐而行的士兵压碎。就算这些表不知何故没有碎掉，晚上也是完全无法辨认上面的指针的。出于军事需要，手表公司开始给表装上带子，方便战士们将表妥当地扣在手腕上，他们还在寻找一种办法能让表盘在黑暗中发光。

幸运的是，战争爆发前几年，德国科学家研发出了一种“自发光”的涂料。这种涂料之所以会发光，是由于一系列干净利落的化学反应：如果把镭盐与锌化合物混合，镭放射出的粒子就会让锌原子振动。振动带来了能量的迅速移动，表现为微弱的光的颤动。这种暗淡泛绿的光很容易被日光盖过，但是在黑暗中，其

① 表盘画工生病的故事，从工业卫生改革背景讲述的著述见：Claudia Clark, *Radium Girls* (Chapel Hill：University of North Carolina Press，1997)；从毒理学角度讲述的著述见：Harrison S. Martland and Robert E. Humphries, “Osteogenic Sarcoma in Dial Painters Using Luminous Paint,” *Archives of Pathology and Laboratory Medicine* 7 (1929), pp. 406 - 11。

亮度正好足以让仪器可读但又不会被密切注意的敌人轻易发现。

美国军队在欧洲参战之后，奥兰治的工厂赢得一个为军队供应镭刻度盘仪器的合同。到战争结束时，使用他们那种发光刻度盘的腕表和方便腕带风靡一时。优雅的家居里装饰着金子和乌木的发光表面的钟表也是如此。公司的生意一如既往地健康——你也可以说，健康得就像镭一样。

几乎没有人提出异议或表达一点点抱怨，质疑镭可能并非所有元素中的“金童”。

在那家工厂里，刻度盘画工被教导用她们的嘴唇给刷子定型，抿出锋利的笔尖，好涂写手表刻度上的极小数字和线条以及那些时尚钟表的花边图案。每个工人一天要画二百五十个刻度盘，一星期工作五天半。做这活儿她们一星期大约挣二十美元，每完成一个刻度盘挣一点五美分。

画工都是些十几岁的姑娘和年轻女人，在一起工作的时候十分融洽，休息时就玩弄涂料自娱自乐。她们把那种发光的液体撒在头发上，让发卷在黑暗中星星点点地闪耀着。她们还用它涂指甲，让指甲发亮。一个女孩用它涂满牙齿，晚上回家时给自己弄出一个柴郡猫式的笑[①]。她们当中，没有一个人认为这种行为有风险。当医生都在用同一种材料给人治病的时候，干吗要这么想呢？当富有的水疗客人正为泡在这种东西里大把花钱的时候，干吗要这么想呢？当附近的公司推销那种流行的“镭补”的时候，

---

① 柴郡猫，介于美国短毛猫和英国短毛猫之间的一个品种，体格偏向后者，纹路则偏向前者。它是《爱丽丝漫游仙境》中的角色，会咧嘴笑，露出整排细碎的牙齿，它以微笑掩饰自己的胆小，但也会鼓起勇气赢得尊重，它的笑体现了一种精神。——译者

干吗要这么想呢？没有一个人——当然也没有一个刻度盘画工——看出有什么好担心的。

直到有一天，那些年轻的工人开始一个接一个莫名其妙地病倒。她们的牙齿脱落了，嘴里满是溃疡，下颌溃烂，日渐消瘦，因明显无法阻挡的贫血而一天天身体衰弱。她们都是二十出头的女性，以前很健康，除了在工厂里坐在铁桌木桌前往精密仪器上描画明亮的小数字的那些时间，她们的共同点很少。

马特兰德请查尔斯·诺里斯和他的同事评估其中放射性的那些骨头，属于死在奥兰治的第一批画工中的一位。马特兰德曾要求掘出她的尸体和骨骸送到纽约去检测。他的决定引起了充分的注意，纽瓦克的报纸在骨头被送走前给这位新泽西的病理学家拍了张照片：精心拍摄的照片上，哈里森·马特兰德的手里托着一副摇摇欲坠的下颌骨。

新泽西的工业丑闻预示科学家和公众双双对放射性元素的态度都将出现变化。变化是缓慢发生的——毕竟，镭最初被当作了神药。认清这种元素是杀手和以为它是救星一样，都需要不止二十年。

玛丽和皮埃尔·居里与亨利·贝可勒尔因为他们对放射性元素的研究，一起获得了一九〇三年的诺贝尔物理学奖，玛丽后来将自己的那部分奖金中的好多捐给了盟军用于战争准备。她在一九二一年去美国旅行，为镭的研究筹钱。那次访问期间，她受到了女英雄应得的热烈欢迎。

就像玛丽在旅途中声明的那样，她并不害怕自己的发现。[①]

---

① "Radium Gift Awaits Mme. Curie Here," *New York Times*, February 27, 1921, p. 10; "How Mme. Curie Discovered Radium," *New York Times*, February 27, 1921, p. 7; "Mme. Curie Sails May 7," *New York Times*, March 31, 1921, p. E1; "Mme. Curie's Genius," *New York Times*, May 10, 1921, p. 88.

她在自己裙子的口袋里放着几个小瓶装的放射性同位素，在演讲中拿出来展示。她说，她喜欢在黑暗中看它们，看它们漂亮的蓝绿色光芒。居里对那明亮的光芒完全放心，但在其他地区，对镭的某种科学上的谨慎态度浮出了水面。有谣言说，她的丈夫皮埃尔之所以在一九〇六年被一辆马车撞死，就是因为放射性导致的身体虚弱，以至于他在街上走起路来跌跌撞撞。几位来自欧洲镭实验室的科学家已经患上了恼人的白血病。在居里完成旅行之后，美国的显要人物送了她一克镭作为美国的礼物——但这克镭被小心翼翼地保存在一百一十磅重的铅盒里。

欧洲科学家的偶然死亡，在美国激起的反响不大。但在新泽西，对这种元素的担忧随着疾病在刻度盘画工中间的蔓延而变大了。讽刺的是，她们是在居里的美国之旅大获成功之后不久病倒的，到一九二四年，随着画工的不断死去，美国镭业公司的经理人从哈佛大学聘请来一个科学家团队，调查这种原因令人费解且还在不断加速的死亡。

哈佛的科学家发现，手表工厂里弥漫着镭粉尘。工人们常常满身满脸都覆盖着这种粉尘。一位研究者说，在黑暗中，那些刻度盘画工就像发光的幽灵一样亮闪闪的。研究者认为，死亡与工厂的工作有关。有关系但并非由它导致：镭有安全之名，他们不愿意完全怪罪于它。然而，就连这样言辞谨慎的评估也不符合工厂管理层的要求。美国镭业公司拒绝让这一研究结果发表，说其中信息过于敏感不便公开。

同一年，追问美国镭业公司这一问题的另一组不那么合作的科学家给许多生病的工人做了检查，其中有些工人仍然在岗，另一些人则换了别的工作。新泽西州消费者联盟曾因其在工人安全问题上的不妥协立场而闻名，来自这一联盟的医生发表了他们的研究成果，在声明中，他们总结说，奥兰治的工厂正在孕育一种奇怪而可怕的新职业病。

这时候，哈里森·马特兰德决定开展自己的调查，不受前管理层的声明或前工人的偏见影响的调查。不久之后，他认定，跟镭的接触就是问题的根源所在。在给年轻的刻度盘画工检查身体的过程中，他发现了一个无法忽视的事实。

姑娘们在呼出氡气。[①]

这个发现首次为工人们体内正在发生什么提供了真正的线索。它也为镭在其天生的自毁性质的基础上造成损害的行为方式提供了一个早期的认识。

这种元素的原子结构极不稳定。从本质上说，它是以不断分解的状态存在的，随着它的衰变而不断地丢弃多余的部分。亚原子粒子向各个方向飞驰而去，留下了一个更不平衡的化学结构，很容易当即发生进一步的衰减。镭本身其实就是分解的产物，是铀衰变后产生的。它自己的分解产生了超荷元素钋（有时候叫做镭 A）和氡气。

而镭具有放射性，是因为它一直在变成别的元素，以亚原子粒子的形式丢弃不需要的部分。从镭中释放出的主要粒子叫做阿尔法粒子，由紧紧结合在一起的质子和中子组成。

当阿尔法粒子飞速离开时，带走了元素中的部分电荷。这一

① Harrison S. Martland, Philip Conlon, and Joseph P. Knef, "Some Unrecognized Dangers in the Use and Handling of Radioactive Substances," *Journal of the American Medical Association*, December 5, 1925, p. 1769; Harrison S. Martland, "Microscopic Changes of Certain Anemias Due to Radioactivity," *Archives of Pathology and Laboratory Medicine* 6 (October 1926), pp. 465 – 72; Gonzales, Vana, and Helpern, *Legal Medicine and Toxicology*, pp. 757 – 59.

高速飞行就是辐射，或者更具体一点说，叫做阿尔法辐射。镭也释放较小的另外两种辐射：由电子组成的贝塔辐射和能量比 X 射线更高的危险粒子组成的伽马辐射。

在评估刻度盘画工病情的过程中，马特兰德计算出，镭元素中射出的粒子超过百分之九十是阿尔法辐射。如果是外部暴露，情况本来不会那么糟糕。在人体外面，阿尔法粒子的原子能相当弱，可以被一张纸或一层布甚至皮肤表层死去细胞的表皮阻挡。另外两种形式的辐射更具穿透力：贝塔辐射能轻松穿透纸张，尽管会被铝箔阻挡。伽马辐射最强，需要像铅这样的致密金属来阻止其飞行的粒子。

然而，一旦进入人体，就像马特兰德很快就会认识到的那样，阿尔法辐射将带来精心设计的内部中毒症状。哈佛大学的团队提到的镭粉尘是明确无疑的风险，因为它会被人吸入。但它不是刻度盘画工中患上的致命疾病的根源，这些工人的死亡率比工厂的其他人更高。根源在于她们用嘴唇抿刷子的做法。每一次画工将刷子放进嘴里让刷毛的尖端更细的时候，都会吞下一点点镭。

事实将证明，最糟糕的是人体吸收这种毒物的方式。镭元素可被视为钙元素亲密而疯狂的表亲。两者都是碱土族金属，颜色银白；两者都是立方晶体结构。其结果是，当一个人吞下镭的时候，身体会用输送钙的同一方式输送它——一部分代谢掉，一部分进入神经和肌肉，大部分沉积在骨骼里面。

但是，钙会强化骨骼里的矿物质，而镭却正相反。它用阿尔法辐射轰炸骨骼里的物质，轰得骨头上满是极小的洞洞，然后变大，然后更大。它还会向骨头中心的造血骨髓进行辐射。任何东西都无法清除它，直到它自己耗尽——这种物质的半衰期是一千六百年。最后，马特兰德终于找到了从骨骼里提取镭的办法，只能在人死后：他将骨头烧成灰，然后在盐酸里煮沸骨灰数小时，这么一来，阿尔法辐射似乎就消失了。但在活着的人体内却正相反，镭吐出的阿尔法粒子显然无穷无尽。它与骨骼的亲密关系准确地解释了为何下颌会腐烂，臀骨会破损，脚踝会碎掉，为什么骨髓里的贫血和白血病层出不穷。

一九二五年，马特兰德在《美国医学会杂志》上详述了这些辐射中毒的原理。他通过研究死去的刻度盘画工的尸体弄明白了许多事情。在那些幸存的工人当中，以她们呼出的气体为基础，他研发了一个计算她们体内镭含量的公式。氡气随着骨骼里镭的衰变而产生，这种气体扩散进入血管，被运送到肺部，呼出，飘散。

直到下一次呼吸。

马特兰德的报告发表的那一年，一小群前雇工控告了美国镭业公司，但是，只有五个“镭女孩”（媒体喜欢这么称呼她们）加入了这一行动。有些已经安顿下来的工人，害怕与一家大公司作对，她们深信自己会因此丢掉手头的工作，也会在法庭上输掉官司。

这些心存疑虑的人知道，这家公司不打算轻易让步。就连确定审判日期的法律纠纷都耗掉了那些雇工三年时间，这就是为什么哈里森·马特兰德到一九二八年才打电话给查尔斯·诺里斯，谈到前几年死去的那个女人的骨骼。

那些骨头属于一位意大利裔美国人，她叫爱米丽亚·马基亚，死时二十五岁，做刻度盘画工的工作有四年时间。[①] 在那家工厂

① “Body to Be Exhumed in Radium Poison Test,” *New York Times*, October 10, 1927, p. 9; Irving Sunshine, “Dr. Alexander O. Gettler's Documentation of a Radiation Hazard,” *American Journal of Forensic Medicine and Pathology* 4, no. 4 (December 1983), pp. 307 - 09; A. V. St. George, Alexander O. Gettler, and Ralph H. Muller, “Radioactive Substances in a Body Five Years After Death,” *Archives of Pathology and Laboratory Medicine* 7 (1929), pp. 397 - 405.

的最后一年，即一九二一年，她迅速地消瘦下去并且抱怨关节痛。第二年，她的牙医发现她的下颌在裂开，几乎整个都松动了。她出现了逐渐恶化的贫血，嘴里还不停地流血，最终在一九二三年九月撒手人寰。她的死亡证明上写着“不明原因的胃炎”。

马特兰德已经在前刻度盘画工的工资单上发现了马基亚的名字，他怀疑死亡证明上的这一诊断有误。那些症状对他来说，就像教科书上所说的镭中毒。尽管如此，证明它的唯一办法就是在她的骨骼里寻找镭，而他已经将她的骨头挖掘了出来。但他拿不准在这些轻微腐烂的骨头里检测放射性的最佳方式，因此，他想知道纽约市法医办公室是否愿意帮他解决这一问题。

诺里斯主动贡献出了自己那些天才的毒理学家的时间来做这件事。他们在贝尔维尤也很好奇这件事。没有一个人真正对镭中毒了解很多。（马特兰德的论文题目是“使用及处理放射性物质时某些不为人知的危险”。）科学家们还是拿不准它对活人构成什么样的风险，甚至不确定阿尔法辐射会在死去女子的骨骼里存在多久。

爱米丽亚·马基亚的骨骼报告的标题——“死后五年的尸体中检出放射性物质”，基本上透露了结果。

这篇由亚历山大·格特勒、纽约大学的拉尔夫·穆勒和贝尔维尤的病理实验室的 A. V. 圣乔治共同撰写的论文，对于如何从老化的尸体中提取骨骼和组织并检测其放射性，提供了详细的介绍。

科学家们首先用刀尽可能刮除剩下的组织碎片。他们把一部分刮下的碎片烧成灰，然后将选好的骨头（头盖骨，五块颈椎，五根肋骨，双足，两股骨，右胫骨，右腓骨）在碳酸钠（碱性复合碳酸钠）溶液中煮沸三小时。骨头被清洗成耀眼的白色后风干。然后，将较大的骨头锯成两英寸的小段。

接下来，格特勒和穆勒把准备好的骨头放进一间暗室，他们已经准备好了检测的原材料：用黑色安全纸包裹的 X 射线胶片。科学家将一截截骨头放在包裹好的胶片上，密封一切，以防止任何散光干扰实验。对组织灰烬也进行了相同的认真准备程序。为了进行对比，他们又把寻常尸体上取下的骨头和组织用相同的程序准备好。骨头、组织和包好的胶片被放置了十天，这么做的出发点是“如果有放射性，骨头和组织的灰烬会释放射线，贝塔和伽马射线会穿透黑色安全纸在胶片上反映出来”。

十天后，他们打开了包装纸。公布的照片上显示，一堆令人眼花缭乱的苍白的斑点在黑色的背景上闪耀着。“寻常骨头下的胶片并未如此显示，因为上面没有任何痕迹。”论文的作者指出。根据贝尔维尤团队的报告，每一个亮点都是从刻度盘画工的骨头里冲出来的一个带电粒子，穿透那层保护纸留在胶片上的痕迹。“每一块骨头和我们检测的每一份组织灰烬一样，都通过成像法显示出了放射性。”

这份报告还展示了格特勒用多种方式来证实结果的一贯要求。伴随着胶片测试，他还列出了以其他方法为基础得出的实验结果。他提取了更多的头骨，部分残余的下颌骨，一截脊椎骨和部分腿骨与足骨，将它们烧成灰白色的粉末。从肝、肺、脾和大脑里提取的组织碎片也经过了称重和焚烧。

这些灰烬被放入一个叫做林德验电器（Lind electroscope）的辐射探测器内，与来自另一具“寻常”尸体的组织和骨头的灰烬作对比。这个装置既可检测阿尔法辐射，也可检测贝塔和伽马射线。验电器的工作证实了胶片测试的结果。即使已过去五年，马基亚的尸体仍具有“强烈的放射性”，公开的报告上这样说。

格特勒和穆勒后来会发现一个更加戏剧化的方法来证实骨骼内含有镭的危险性。在连结着盖格计数器的管子里，他们放入了一块来自“镭女孩”的骨头。计数器会在显示阿尔法和贝塔粒子轰击数量时咔哒作响。科学家把一对扩音器连结到了这个装置上，放大那连环炮似的咔哒声。在演讲厅里，被放大的镭辐射声响令人想起了敌人那折磨神经的枪炮声。

随着官司的拖延，五位“镭女孩”的病情变得越来越严重。①

其中两个，昆塔·麦克唐纳和阿尔比娜·拉瑞斯，是爱米丽亚·马基亚的好姐妹，两人的骨骼提供了许多证据。昆塔的左右臂骨都骨折了，阿尔比娜卧床不起，一条腿比另一条短了四英寸。埃德娜·哈斯曼几乎不能拖着脚走出自己的房间。离开那家工厂几年后，她的头发在暗处仍然闪闪发光。格蕾丝·弗赖尔现在在一家银行工作，从脖子到臀部都靠一个金属支架支撑着脊柱。凯瑟琳·肖布的下颌正在破裂，就像她对自己的律师所说的那样，她希望那笔钱——她们每个人要求二十五万美元的赔偿——能支付自己的葬礼费用。“就算我得到了这二十五万，我还能有多少天好活呢?”

---

① Harrison S. Martland, “Occupational Poisoning in Manufacture of Luminous Watch Dials,” *Journal of the American Medical Association* 92, no. 6 (February 9, 1929), pp. 466 - 73; Bill Kavarik, “The Radium Girls,” www. runet. edu/～wkovarik/envhist/radium. html; “Women Ask $1,250,000 in Radium Poisoning; Hear in Court Their Chance to Live Is Slender,” *New York Times*, April 27, 1928, p. 1; “5 Radium Suits Set for Trial on June 8,” *New York Times*, May 20, 1928, p. 7; “Moves to Settle Five Radium Suits,” June 1, 1928, p. 10.

其他十三名刻度盘画工，包括肖布的表妹在内，已经在该案提起诉讼的三年里死去了。但是，公司的律师在一九二八年春天找到了另一个驳回指控的论据：原告就伤害提起的诉讼时效已经过了。工人们应该在实际接触镭的时候来到法庭，而不是现在，即多年以后，已经不在美国镭业公司工作的时候。

没错，她们当中有几个已经不在岗，因为无法再行走或交谈（她们的下颌由于骨坏死已被摘除）。没错，对法律的摆布、操纵拖延了诉讼的进程。但是，该公司坚持说该案的诉讼期已全部失效。新泽西州的法律要求在伤害发生两年内进行法律诉讼。这些工人中，有一些早在一九二五年该案提起诉讼很久以前就已经离开了工厂。既然发生工伤事故以来已过去了这么长的时间，从法律上来说，这些“镭女孩”的诉讼时机已是一去不复返。

受害女性的辩护律师们在回应的时候，直接引用了哈里森·马特兰德和亚历山大·格特勒的研究报告。

镭不像传统的毒物砷或汞，来一剂就会直接中毒，镭接触造成的伤害将贯穿一生。这些女性现在仍然每天都在遭受着永远不会离开她们身体的放射性元素的毒害。是的，此案已有三年之久，是的，女孩们几年前就离开了画刻度盘的岗位。但这并不重要。她们五个人仍然在呼出氡气，她们骨骼里的镭还在继续毁掉她们。

纽瓦克衡平法庭[①]的法官发现了原告的论据，以及她们的骨骼受到不可逆的放射伤害的影像证据，不仅绝对可信，而且骇人

① chancery court，也叫良心法庭，法官凭良心判案，不实行陪审制，由大法官独自进行审理，自由裁量的余地很大，每个法官的判决也有很大的差别。衡平法庭处理案件主要依据“衡平与良心”的原则，后来也逐渐开始适用前衡平法官所创设的先例的原则，这类法庭管辖的案件，很多属于欺诈案件。——译者

听闻。于是，法庭驳回了公司的请求，并最终确定于六月八日在曼哈顿的联邦地区法院宣判。

仅仅一周后，这家公司便转而要求和解。

和解的钱数远远低于女孩们的诉求：每人只得到了一万元现金，四百元的年金，还有由美国镭业公司及其保险公司负责的全面医疗保障。但是，不管得到多少，还能活着使用它，她们就已经万分感激了。

那年六月在休斯敦举行的民主党年会，一如既往是一场极其精彩的聚会。所有人都很享受，除了纽约的代表。他们有非常具体的行为规范，不能当众饮酒。就像报道此次会议的幽默作家威尔·罗杰斯所写的那样，纽约人很可怜，实在很可怜。"他们都说'干吗单挑我们做这儿唯一的清醒者呢？'"①

答案是显而易见的。纽约州州长埃尔·史密斯有真真切切的机会获得总统选举的提名。但是，他有两大不利的政治因素。在清教徒占主导地位的国家里，他是个天主教徒，这一点无法改变。他还有个禁酒令之敌的名声，甚至跟私酒贩子有来往。不过，这一点的影响至少可以最小化。

用罗杰斯的话说："这儿的谈话从头到尾都是关于挺酒和禁酒的，代表们都等不及下一瓶酒打开就讨论上了。"史密斯被怀疑是酒徒的朋友这一点，已经不再像几年前那么不利了，民主党人甚至很可能将自己定位为反对惩罚性禁酒法令的政党。

到年会结束时，在严重缺酒的同事的帮助下，史密斯成功地

---

① "Rogers' Tip to Speculators: Don't Sell Democrats Short," *New York Times*, June 5, 1928, p. 31.

当上了下一届美国总统的民主党候选人。他将在十一月的大选中面对商务部长赫伯特·胡佛，一位由前禁酒信徒支持的意在改革的共和党人。

随着大选的临近，罗杰斯对这个国家与酒精之间暗通款曲的事不再看得那么轻松了。在一封写给《纽约时报》的信里，他反思了与朋友饮酒带来的永久危险："这种'地下'生意肯定是世界上最不受约束又最繁荣兴旺的生意，尤其是在纽约，因为世界上没有其他产业能像它一样承受杀死顾客的风险。它们必须兼营殡葬业。"

十月的第一个周末，四名纽约人死于毒酒，十一人中毒。[1]第二个周末，又有十一人死亡，六十人住院。诺里斯还发出了另一个警告："实际上，纽约现在销售的所有酒类都有毒"，因为事实上，所有酒类都是再蒸馏的变性酒精。"不管它们是叫烟酒，还是'白骡'，或者放些调味品叫它杜松子酒，结果都是一样。"

两天后，又有二十二人死去。

市长吉米·沃克尔特别喜欢这种有地下酒吧的生活方式，还为自己赢得了"午夜市长"的绰号。但即便是他也受够了。十月八日，他愤怒地要求扫清下东区的后屋酒吧——那是最近大量死亡事件的源头。他还举了一个例子："我坚持认为，那些对这种毒酒负有责任的人应该被逮捕并起诉，销售它就相当于过失杀人，

---

① "Four Dead, 18 Ill of Poison Liquor," *New York Times*, October 3, 1928, p. 11; "11 Dead, 60 Ill in Day Is City Liquor Toll," *New York Times*, October 8, 1928, p. 1; "20 Speakeasies Raided in Drive Backed by Mayor as Liquor Kills 29 in Day," *New York Times*, October 9, 1928, p. 1.

其罪比违反禁酒法案更甚。”

就诺里斯来说，他将大部分责任归咎于别处。格特勒最近的检测已经发现，这致命的一口不单单来自甲醇，还源于政府决定的曾扩大使用的有毒添加物：酒精变性剂、吡啶、苯、二乙基邻苯二甲酸盐、尼古丁、汞、苯胺、苯酚。

“禁酒令就是个笑话，”诺里斯直截了当地说，“我要邀请两位总统候选人来看看这场崇高的灭绝实验。验尸官无法阻止这些死亡。阻止它们要仰赖政府当局。”

一九二八年十一月，赫伯特·胡佛拿下了四十八个州里的四十个，包括纽约州在内。史密斯拿下了马萨诸塞州和罗得岛这两个拥有大量天主教人口的州，以及墨西哥湾沿岸的一小部分选票。有人故意散播谣言说胡佛更赞成种族融合学校，受此影响，南方州倒向了史密斯。但是，对手制造的谣言给史密斯带来的损失更大。在整个大选过程中，史密斯被迫反称他首先听从梵蒂冈的命令，然后听坦慕尼协会的，再是那些想保住他们私酒利益的强盗们的。

虽然州长没能赢得自己家乡州的选票，但他在纽约市取得了胜利。在那里，政治欺诈并不是什么新鲜事，持有反禁酒令的立场倒可以被视为比肩圣人。

一九二九年十月，玛丽·居里再赴美国，又来了一次镭之旅，又一次作为她那个时代最著名的女科学家大受欢迎。①

---

① “Marie Curie Is Guest of Friends in Country,” *New York Times*, October 17, 1929, p. 29; “Mme. Curie to Get Medal,” *New York Times*, October 21, 1929, p. 16; “Mme. Curie at White House,” *New York Times*, October 30, 1929, p. 21; “Mme. Curie Receives $50,000 Radium Gift,” *New York Times*, October 31, 1929, p. 1.

距离她的初次访问已过去了八年，被人追捧的镭失去了一部分光彩。公共卫生部正在调查画镭刻度盘的健康威胁，调查范围包括新泽西州以外的俄亥俄州和康涅狄格州的制表工厂。居里夫人本人谈起她最爱的元素时也不再那么热情洋溢了，她警示说镭毕竟是危险的，并建议仅由专家来处理它。

这次旅行，她整个人有一种不同寻常的疲惫，对新闻界“因我的身体状况而免去采访和拍照的大度”而表示感激。不过，即便这十年中对于镭元素的怀疑在增长，它的发现者仍被认为是值得赞誉的女性。她是一位先锋，二十世纪早期科学界罕见的成功女性，她的发现既改变了物理学，也改变了化学。

在她第二次镭之旅的行程中，居里参加了亨利·福特为托马斯·爱迪生举办的晚宴；她在韦斯切斯特县种下了一棵“镭枫树”；纽约市妇女联合会授予她荣誉勋章；她为圣劳伦斯大学的化学大厅题献，在那里得到了荣誉学位。当然，她还乘火车来到华盛顿，接受白宫的宴请，胡佛总统赞扬她“为人类做出了有益的贡献”。

在长达一个月的访问结束时，她乘船回到了位于巴黎的家中，这次又带回了一克镭，价值五万美元，由她的美国崇拜者们赠送，依旧深藏于一个铅盒之中。但是，折磨她的疲劳并未缓解。最终，玛丽·居里也成了她美丽的镭元素的受害者。她在一九三四年死于再生障碍性贫血，一种因骨髓受损严重而无法更新体内血液的疾病。与曾经杀死那么多“镭女孩”患的是同一种贫血症。

居里的第二次美国镭之旅结束时，正是在这个国家滑入经济危机之前。差不多在她坐船回到法国一个星期后，纽约的股票市场就崩溃了。股价连续下跌，在十月二十九日触底，这个日子将永远作为“黑色星期二”被人们铭记。不到一周的时间，经济损失总计三百亿，超过该国在整个一战中的花费。

商业丑闻、银行破产的威胁以及自杀潮，几乎在瞬间接踵而至。在验尸官办公室，大家简直可以一一数出那些附带损失——从华尔街上七楼窗子跳下的产品公司负责人，在家中吞下毒药的经纪人，冲进卡车轮下的银行家，投水自尽的簿记员。在这股恐慌和死亡的漩涡当中，诺里斯犯下了作为法医的他自认为最糟糕的错误之一。

十一月九日，星期五，深夜，县信托公司的负责人 J. J. 赖尔登爆头自杀。[①] 诺里斯在星期六一大早得到了通知，就在赖尔登的遗孀发现了他的尸体开始打电话不久之后。这些电话的级别很高。是前州长埃尔·史密斯的一个朋友联系了法医。史密斯在输掉大选后离开了政界，此时是一家公司的首脑，该公司正准备建造一栋标志性的摩天大楼，被称为帝国大厦。但是，这位前州长在市政府里仍然有强大的盟友。他的副手驾驶着一辆消防车来到诺里斯位于上西区的家，将这位法医接到了银行家的府上。史密斯本人在门口会见了诺里斯，并将他带到了银行家的书房。

赖尔登的尸体还坐在红色的长毛绒椅上。那深红色的织物让浸透了椅子的鲜血不太容易分辨，但这人曾经雪白的衬衫右边现在是一片正在变成褐色的血红。在死去的银行家的前额上，右边眉毛的正上方有个洞，周围黑乎乎一团。诺里斯弯下腰寻找子弹的出口，但没有找到。当他更为用力地按压头骨时，他能感觉到那颗子弹嵌在了脑袋左边裂开的骨头里。在穿透了整个大脑之前，它恰好停在了头骨里面。

---

① Marten, Doctor Looks at Murder, pp. 47 – 49.

枪在哪儿呢？他问。赖尔登的妻子承认自己从丈夫的手里把枪撬出来之后藏好了。诺里斯要求她拿出来。枪是五发弹仓的点三八柯尔特左轮手枪，除了其中一格是空的，其他所有格子都是满的。他把武器装进袋子，写完笔录，准备回办公室写报告。据诺里斯后来回忆，就是在这个时候，他才后知后觉地想到，埃尔·史密斯为什么在这儿，为什么自己会被如此秘密地接过来。

在请求推迟宣布死亡消息的人当中，这位“前州长是嚷嚷得最凶的”。更确切地说，政府官员们将诺里斯团团围住，希望一直推迟到星期六中午银行的歇业时间再公布。他被告知，他们需要时间来确保兑付有序。每个人都害怕银行跑路，银行关门的消息似乎每天都从这个国家的其他地方，比如芝加哥、迈阿密、洛杉矶传过来。接下来的一年，银行业危机会降临纽约市，几百家储蓄机构会停业，大恐慌的刺耳尖叫将响彻这个城市的上空。

于是，诺里斯同意推迟他的检查结果。在那一天赖尔登的银行关门之后，他亲自去通知了警察局长，移交了那支会暴露实情的左轮手枪。可是，尽管千防万防，这个小密谋还是泄露给了报纸，让他们所有人都尴尬不已。显然，没有人比诺里斯更尴尬了——至少，他是掩盖这件事的那伙人里唯一一个公开道歉的。

这是个错误，他后来说。他被说服需要帮忙避免一次银行危机，但他本该对那些光顾县信托公司的好公民表现出更多的尊重。他担心，赖尔登之事的尴尬结果是更多的不信任，人们会觉得验尸官办公室愿意与本市的精英勾结。“我承认对拖延报案负有责任。”诺里斯在简明的公开声明中说道，这份声明对结束争论很有帮助。

但是，这位首席法医仍然因整件事而气愤不已，特别是他自己对这一计划所做的配合。“首席法医在公开场合保持平心静气，但私下里他有太多话要说，他的话生动形象，切中要害。”市病理学家爱德华·马腾后来回忆说。诺里斯责备自己忘记了一条基本原则，那就是法医永远不应该被政治家左右。他再也不会忘记了。

九　乙醇（C_2H_5OH）

一九三〇至一九三二

以下案例来自亚历山大·格特勒的记录：

案例一：一位适量饮酒者，二十五岁，看上去很健康，他打赌说自己可以在十分钟内喝下一品脱威士忌。结果，他喝了一品脱半的廉价威士忌，然后动身回家。不久，他失去了意识，呕吐，随之陷入昏迷。他脸色铁青，呼吸粗重，四五次抽搐之后，他死了，此时是在他喝下酒精六个小时后。尸检发现，尚未消化的酒精还在胃里，瞳孔扩散而且不对称，大脑充血，肺部有出血点。①

案例二：女性，四十一岁，周期性醉酒者，喝了一品脱半格外烈的威士忌。几分钟后被发现毫无知觉地仰卧着，一直没有恢复意识，五小时十五分钟后死去。尸检显示：双瞳扩散，胃黏膜呈块状半剥离，部分胃壁呈火红色。

案例三：三十三岁的体力劳动者，喝了十到十五盎司的威士忌。二十分钟后变得极度兴奋，不久后倒在地上沉睡过去，无法叫醒。此人瞳孔收缩成针尖大小，十九小时后死亡。死后三十小时的尸检结果：尸体因尸僵而彻底僵硬，大脑充血。

这三起死亡事件以任何法医都能辨认的方式编排在一起。参加聚会的小伙儿、老酒鬼和烂醉的工人——如格特勒的分析将证明的那样，没有一个是因为喝下了臭名昭著的危险的甲醇而死。相反，他们都是被所谓的好酒杀死的，是由乙醇制成的威士忌让他们醉倒并且中毒的。

由于政府故意往烈性酒里下毒，人们似乎已经忘记了这种液体一直都很危险。含有乙醇的饮品被称为“硬饮”，这是有原因的，因为它的消费或者过度消费激起了人们的愤怒，最终导致了禁酒令的出台，它的历史之中集合了从上瘾到街头斗殴的各种破坏性行为，它杀死的人远远胜过甲醇。

“几乎从所有的立场上看，乙醇都一定会被视为医务人员和法律界必须慎重对待的最重要的毒物。”② 格特勒在一篇文章中如此写道，并列举了一份似乎无穷无尽的死亡名单。“没有任何其他毒物能像酒精一样，以多种形式在身体和精神两方面导致如此大量的死亡，引发或者加剧如此多的疾病。”

曾经做过研究化学家的格特勒相信，虽然为时已晚，但现在是时候弄清楚乙醇是如何危害人体的了。他尤其想研究它对大脑的影响。“在一个努力加大力度禁酒的国家，做任何有关人体器官酒精含量的研究工作都会显得不合时宜。”他补充道。但他无论如何都会去做的。联邦政府的禁酒十字军战士们可能认为这项工作没有必要，但是新一代法医毒理学家的看法更高一筹。

---

① Alexander O. Gettler, “A Study of the Alcoholic Content of Autopsy Material, and Its Bearing on the Cause of Death,” *Bulletin of the New York Academy of Medicine* 4, no. 6 (June 1928), pp. 715 – 27.

② Alexander O. Gettler and Arthur Tiber, “The Alcoholic Content of the Human Brain,” *Archives of Pathology and Laboratory Medicine* 3 (1927), pp. 218 – 26.

全国的保险机构也是这么想的。它们的调查结果来自统计数字而非试管，但结论相当一致。

一九三〇年初，大都会人寿保险公司的报告称，现在的酒精致死率（在它的一千九百万投保人中）比酒精消费被禁止的第一年一九二〇年的数字升高了百分之六百。[①] 这些统计数据表明，禁酒令培养了这个国家的酒鬼，这一习惯正在杀死成千上万的人。

信诚人寿保险公司报告了与此相同的令人沮丧的趋势：禁酒令开始时，公司的记录表明，全国一年因急性酒精中毒而死的人数约为一千。现在，这个数字已达五千。这些数字反映的只是该公司的投保人，但信诚人寿的首席统计师推算，现在大约每十万美国人中有三人死于急性酒精中毒。在全国反对禁酒的呼声最高的纽约州，死亡率为每十万人有七点五人。只有另外一个地方，人们是以不相上下的比例把自己喝到死的，那就是华盛顿特区，那儿的法律创造了格特勒所写的“最重要的毒物”历史上最特别的一章。

尽管如此，亚历山大·格特勒探索乙醇的化学秘密还有另外一个原因。乙醇绝对是一种重要的毒物，而且也是迷人的一个，它为研究这个星球上化学的自相矛盾性质提供了一个典型的案例：那些支撑生命的东西，也会夺去生命。

正如可提出证据加以证明的那样，地球上三个最重要的元素是碳、氧和氢。碳为地球上过去和现在的每一种生命形式提供了基本的化学基础。当源于以往已分解和石化的生命体的燃料——

① “Alcohol Deaths Up 300 Percent Since 1920,” *New York Times*, October 23, 1930, p. 28; “Dry Conflict Acute After 10-Year Test,” *New York Times*, January 1, 1930, p. 3.

例如煤或汽油——燃烧时，就会将碳释放到空气中。氧在维持碳基生命活力中至关重要，除了一些像厌氧菌这样古怪的生物。如果两个氢原子和一个氧原子结合，就会生成 H_2O——也就是叫做水的极其必要的液体。

通过混合，重组，伸展成长长的链条，精心的排列，简单的原子组合，这三种化学物质书写了地球上生命的故事。它们形成了糖、蛋白质、酸、激素、酶——这份名单几乎无穷无尽地列举下去。这份复杂的名单上，也包括我们熟悉的且又充满危险的醇家族。

主要的醇，包括甲醇和乙醇，都是碳、氢、氧的简单排列。① 以神奇的化学方式形成的两种化合物中，更致命的那个结构更简单。甲醇的分子式是 CH_3OH，由三个氢原子围绕着一个碳原子的原子簇开始，这个原子簇与一个叫做羟基的氢氧组合紧紧链接在一起。乙醇是种略大一些的化合物，其分子式为 C_2H_5OH，它是两个碳和五个氢形成的一个粗壮的组合，再次与高度活跃的羟基相连。

有一些醇的结构更复杂，例如包含更多的碳原子。但是，这种过于复杂的醇永远不会成为饮酒界传说的目标，比如不会成为金色白兰地和苏打水，铜色苏格兰威士忌和水的神奇配料，因为它们不溶于水。事实证明，多余的碳干扰了分子混合的过程。

乙醇来自发酵的水果、谷物甚至蔬菜，完美可溶解，且极为醉人，到目前为止，它是醇家族中最受欢迎的成员，也是被研究

---

① Gonzales et al., *Pathology and Toxicology*, pp. 781 - 85; Peterson, Haines, and Webster, *Legal Medicine*, pp. 614 - 32; www.chemguide.co.uk/organicprops/alcohols/background.html; William Boggan, Ph.D., "Alcohol and You," General Chemistry Case Studies, www.chemcases.com/alcohol/index.html.

得最为彻底的一个。对乙醇的研究兴趣可追溯到八世纪，当时，为巴格达的哈里发工作的炼金术士开始实验蒸馏方法，留下了对易燃的沸酒蒸气的详尽观察记录。

整整一千年后，十九世纪的英格兰科学家确认了乙醇的化学分子式，学会了以工业规模来合成并制造它。大量生产的乙醇，其用途远远超过了饮料酒。变性之后，它可用于从溶剂到燃料的各种东西。就连汽车都可以用酒精驱动。实际上，直到禁酒令实施前，福特T型车可以并且通常都是由酒精来驱动的。一旦私酒制造商开始从汽车里吸出这种燃料并重新包装，而政府执法部门以助长犯罪活动之名指控乙醇制造商时，这种做法就不再受欢迎了。

在禁酒令之前，大多数人不会考虑喝燃料酒精。他们可以选择波旁威士忌这样的优质玉米酒，从啤酒到苏格兰威士忌的谷物酒，以及烈性苹果酒，还有各种酿造的葡萄酒。在这些酒合法之时，政府会系统地调节这些酒里所含的酒精量。例如，啤酒通常含有百分之二到百分之六的酒精，葡萄酒的酒精含量从百分之七到百分之二十不等，威士忌的酒精含量达百分之四十。而私酿的威士忌就完全不同了。有些被警察没收的酒在贝尔维尤分析后，发现酒精含量高达百分之六十（达到惊人的一百二十度）。还有些，除了酒精之外，什么都没有。

在禁酒的十年里，“每一种酒都是烈性的”这句话到底是警世名言还是诅咒，取决于个人的看法。

当考虑到那些被乙醇杀死的尸体时，这种描述便具有了一种讽刺意味。出于病理学家不甚明了的某种原因，即便在夏天，当停尸房里的其他尸体都软得像蜡一样时，这些尸体仍然会变得很僵硬，有时僵硬会持续好几天。

法医们推测，也许是因为弥漫于体内的高含量酒精保护了它们，甚至可以说将它们腌制了起来。格特勒曾经指出，铁杆酒徒会喝下致命数量的乙醇。这种液体缺乏它的化学表亲甲醛那种恶意破坏性。坦白地说，如果这两种酒精再相似一点，酒精消费可能永远不会流行起来。

当肝脏中的酶分解甲醇时，产生的是两种毒物：甲酸和甲醛。与之相反，乙醇分解成乙酸则相当容易，这种味苦但基本无害的化合物是醋的主要成分，这种酸会进一步分解成二氧化碳和水。

酒精如此优雅的分解意味着只要适度饮用，它通常会经代谢排出体外，而不会带来任何即时的伤害，甚至不会引起多少注意。当然，随着持续地饮用，风险会上升。像大部分的醇一样，乙醇也具有刺激性——过量的话会让胃部发炎，导致恶心和呕吐。它还会导致脱水——“乙醇从人体组织中提取蛋白质并将其沉淀下来。”格特勒以谨慎的措辞表示。长期饮酒，长期刺激与脱水最终会导致长期的损害，尤其是对肝脏，它在分解酒精使其排出体外的工作中做出了主要的贡献。

根据查尔斯·诺里斯部门里的病理学家的发现，狂饮乙醇的人经常活不到足以发展出慢性肝损害症状的时候。他们的尸检显示出了不一样的损伤：胃和食道是炎性的深红色，极小的血花在胃黏膜上形成了图案，大脑呈青紫状态，并且因充血而泛红。

最后一个事实吸引了格特勒的注意，提醒他乙醇穿过了血脑屏障。但它在渗透进大脑时真正做了些什么呢？这么多年，醉酒而死的尸体堆积如山，城里无数酒鬼在人行道边被拖走，却没有一个人真正知道这问题的答案。

对格特勒和跟他做研究的年轻化学家——下一代毒理学家，在业内将被称为“格特勒男孩”——来说，那些酒精中毒的尸体，引发了一个又一个令人着迷的问题。

病理学家通常会在倒毙于人行道或楼梯井的尸体里找到乙醇造成伤害的血淋淋的证据。市病理学家通常从血液和大脑里提取酒精，但他们无法赋予它意义。没有人能弄清楚血液里有多少酒精就意味着中毒，更不用说如何计算大脑中不同的酒精含量意味着什么了。[①] 基本假定不过是个常识：血液里的酒精含量越高，酒醉的状态就越严重。

另一方面，有时候，一个人似乎只喝了一点就醉了，而另一个人就算享用了大量威士忌或鸡尾酒自助餐，好像仍然非常镇定。人们会谈到硬汉和老练的酒鬼，而这类差异使得病理学家在弄清楚一个人死时是否真的被酒精所害变得非常困难。

据格特勒推断，血液中存在酒精并不是醉酒的真正证据：血流不会影响行为。它只是将物质传送给像大脑这样的器官。按照同样的逻辑，被发现还在胃里晃荡的酒精根本没有任何影响。“它仅仅表明酒精被摄入了，但无法作为中毒的标志。”格特勒写道。

答案必定在血液和大脑里酒精含量的相互关系当中：多少意味着兴奋的陶醉，多少又意味着烂醉如泥呢？格特勒和他的小伙子们一致认为，现在就是解决这一难题的最佳时刻，至于在禁酒时期研究这种非法物质这件事，根本没有困扰他们。

讲述毒酒故事的蓝调歌曲始于一九三〇年。从田纳西州传来

---

① Alexander O. Gettler and A. W. Freireich, “The Nature of Alcohol Tolerance,” *Forensic Medicine*, February 1925, pp. 328 - 33.

了一曲对瘫痪的悲叹，一个人和朋友饮酒后不能走路，也说不了话了。威斯康星州则唱起了关于杰克姜酒（Ginger Jake）的苦涩颂歌，写歌人担心自己认识的每个人现在都被这种鸡尾酒搞得一团糟了。

同一年，来自密西西比的歌手威利·“可怜人”·洛夫特斯悲伤地吟唱道：“妈妈痛哭失声，说，哦上帝，可怜的爸爸在这世上啥都干不成了，因为他喝了那么多的杰克姜酒，连他的腿都软得打弯了。”[1]

另一种声音，一种突如其来的愤怒，在布鲁克林响起。[2] 一九三〇年五月，被激怒的禁酒执法者逮捕了当地一个经营者，此人在自己的小工厂里调制一种独特毒酒。那是杰克姜酒，它被一桶桶地装船运往南方各州，正是这种酒激发了上述所有的悲歌。

布鲁克林的德克尔-英格拉姆与史密斯制药厂的瓦尔特·安德森，并不是唯一一个经营杰克姜酒的人，甚至不是最大的骗子。调查者会发现，在圣路易斯和辛辛那提经营着一些更大的杰克姜酒团伙。但是安德森只是以二百二十五元一桶的价格批发来这种产品，然后分装进两盎司的瓶子里，以每瓶三十五美分的价格在药店、糖果店和路边摊零售，同时供应冰淇淋和预切三明治，就已经变得足够富有了。

杰克姜酒以一种老的专利药牙买加姜酒为基础，这种酒是真正的姜味乙醇，酒精含量占比在百分之七十到百分之八十之间。

---

① Dan Baum, “Jake Leg,” *New Yorker*, September 15, 2003, pp. 50 - 57 and “The Jake Walk Blues: A Toxicologic Tragedy Mirrored in American Popular Music,” *Annals of Internal Medicine* 84, no. 6 (December 1976), 804 - 808. See also A. D. Woolf, “Ginger Jake and the Blues: A Tragic Song of Poisoning,” *Veterinary and Human Toxicology* 37, no. 3 (June 1995), pp. 252 - 54.

② “Arrested as Maker of Deadly Drink,” *New York Times*, May 1, 1930, p. 5.

第十八修正案通过之后，政府命令牙买加姜酒制造商——像安德森在布鲁克林的那家公司——减少酒精，生姜加倍。事实证明，禁酒令许可的这个配方是个赔钱的提议，把这种调和酒从广受欢迎（尤其是在那些寻找便宜酒的人当中）的奎宁汽水[①]变成了苦得吓人的黑药水。

安德森制造牙买加姜酒的执照一年前就已被撤销了，当时财政部的检测表明他在产品里额外添加了酒精。很显然，他并未关门不干，只是偷偷地另起炉灶，炮制有利可图的杰克姜酒时假装是在生产须后水。

私酒制造商粗制滥造牙买加姜酒的替代品已经有年头了，他们竭尽所能地压低成本。新的杰克姜酒通常由残渣剩料组成——包括木馏油和石炭酸在内的一种短期配方。但是在一九三〇年初，来自波士顿的财团的一对化学家发现了更好的配方，以名为塑化剂的工业化合物为基础，简单到只要从纽约州罗切斯特市乔治·伊士曼的柯达公司，或者新泽西州纽瓦克市的赛璐珞公司偷来就行。安德森和其他人一样，使用的就是这个升级版本。

这种新型添加剂是用来保持像胶片这类塑料的韧性的，它由那三个基本的原子——碳、氢和氧——与磷组成，其工业名为三甲基苯基磷酸酯（TOCP）。这种化合物的名字解释了它的结构：碳、氢、氧形成一个叫做甲基（也见于木馏油中）的环状结构，磷像一个筋疲力尽的游泳者抓住救生圈那样吊在这个环上。

在新版的牙买加姜酒里，塑化剂和变性酒精结合而成了一种叫做有机磷酸酯的化合物。这种强有力的结合就是杰克姜酒能产生强大快感的原因。之所以会产生那种令人晕眩的感觉，是因为

① 即汤力水。——译者

这种化合物也是高效的神经毒素，那种感觉几乎是一下肚就立马会产生，而且极其强烈。

随着俄克拉何马城突然出现大量令人百思不得其解的瘫痪病例，杰克腿病（Jake Leg）的流行在一九三〇年二月开始了。起初，那里的医生担心自己正在见证脊髓灰质炎的爆发。但是，病人突然涌入市内各医院，短短一周内就达六十五人，没有任何脊髓灰质炎感染的相关症状，如发烧和僵硬，肌肉痉挛，吞咽和呼吸困难。这些人直接就以最古怪的方式开始失去对手和脚的控制。

得了这种新爆发的怪病的一些人尚能正常行走，但他们无法控制在正常情况下负责定位双脚的肌肉。他们出现了被称为“杰克步”（Jake walk）的现象：把双脚抬得老高，脚尖朝下。踮起脚跟，迈步，脚跟落地，踮起脚跟——他们走路时发出标志性的踢踏-咔嗒、踢踏-咔嗒声。其他肌肉也严重下垂——膝盖下的肌肉，连接手指和拇指的肌肉。正是这种踢踏的步法赋予了这种综合征最著名也最苦涩的绰号：杰克腿，杰克脚，杰克炎，杰克瘫，还有姜酒足。

到了夏天，全国的医生都在报告像布鲁克林那家公司的那种杰克姜酒经销商出售的产品所带来的后果：整个南部和西南部有几千个瘫痪病例。多年来，那里的牙买加姜酒混合姜汁麦芽酒造就了便宜的鸡尾酒。公共卫生部统计，单是密西西比就有两千多个杰克病案例，堪萨斯州也差不多，肯塔基、俄克拉何马、田纳西、佐治亚和得克萨斯都要多出几百个，就连罗得岛和马萨诸塞都奇怪地多了好几个。

科学家们花了几个月才锁定塑化剂，在弄清杰克姜酒的化学成分之前，他们起初怀疑是木馏油，后来又怀疑是石炭酸。[1] 当他们认识到这种极其有害的成分是塑化剂时，着实吃了一惊。人

---

① “Paralyzing Drink Has Carbolic Acid,” *New York Times*, March 29, 1930, p. 6; “ ‘Ginger Jake’ Is a Puzzle,” *New York Times*, July 13, 1930, p. 13.

们本以为有机磷酸酯并没有那么危险。现在，杰克姜酒迫使公共卫生部门的化学家要不情愿地重新审视这种想法了。通过解剖人类尸体和在动物（在俄克拉何马，科学家在小鸡身上做了实验）身上对这种流行病的研究表明，这种化合物的行动精确得吓人。它能渗透进脊髓中的一系列神经细胞，即前角细胞之中。这些细胞是运动神经元，研究者日后会发现，这种细胞的受损会让人类罹患肌萎缩性脊髓侧索硬化症。

但是，杰克姜酒很难抑制人们对一组非常有前途而且人通常并不饮用的新化工产物的热情。特别是军方的科学家，没花多长时间，就看到了神经毒素化合物作为武器的潜力。到二十世纪三十年代末，德国纳粹的研究人员就已经开发出了四种神经毒气——其中最著名的就是沙林毒气，所有毒气都建立在从杰克姜酒的悲剧中看到的那种破坏力之上，那种伤害的效果是如此骇人，以致其中大多数根本没有在战争中使用。

在纽约市，一九三〇年更受青睐的酒是私酿杜松子酒，这一点阻止了人们对布鲁克林那些创新的化学品制造商付出不必要的关注。事实证明，杰克姜酒的流行主要是出于好奇。

在突袭了安德森和他的杰克姜酒工厂之后，禁酒执法者发现了一个酒精分配圈，被巧妙地用作化妆品工厂的掩护。化学家从全国各地购买香水，将它们混入原始的酒精里，像杰克姜酒里使用塑化剂一样提升其毒性，作为香水重新包装，然后打包发给药房老板，后者把东西从柜台下面拿出来卖给知情的顾客，这些顾客也日渐不幸地发展为瘫痪病人。①

---

① "Kansas Ginger Jury Indicts Firms Here," *New York Times*, July 30, 1930, p. 5.

这个集团的头目——经政府确认为亨利·曼德尔，又名查尔斯·哈里斯，还化名布鲁克林的拉尔夫·路易斯——组建了一个令人惊羡的全国网络。直到政府将他的同党一网打尽时，单在堪萨斯州就有超过一百多个药房老板与哈里斯-路易斯-曼德尔和另外十七个布鲁克林居民有牵扯。

财政部工业酒精局的负责人詹姆斯·多兰，利用这个时机提醒饮酒的广大美国民众，私酒商人可不是他们的朋友。他指出，这个私酒集团的成员为了赚钱，甚至连他们的老妈都会毒害。他们是罪犯，是骗子，是“明显靠一夜暴富的勾当发财”的生意人。

“暴富”这部分是所有私酒商关心的事，也是他们过去一直在做的事。在这一点上，就连查尔斯·诺里斯和亚历山大·格特勒也认同多兰的看法——这是纽约市法医办公室和身为禁酒派代表之一的多兰罕见的一致时刻。

到一九三〇年时，格特勒已经为深入研究酒醉的化学过程而积累了一份百科全书式的病例清单。① 早在二十世纪二十年代，他就和自己的一个实习生，名叫亚瑟·泰伯的一位很有前途的化学家，乐观地启动了一个项目——他们有无限的试验对象供应，因为“每天都能在街头遇到酒精中毒的人”，停尸房每天晚上都记录下因酒精中毒而死者。

---

① Gettler and Tiber, “Alcoholic Content”; Alexander O. Gettler, Joseph B. Niederl, and A. A. Benedetti-Pichler, “The Isolation of Pure, Anhydrous Ethyl Alcohol from Non-Alcoholic Human and Animal Tissues,” *Journal of the American Chemical Society* 54, no. 4 (April 6, 1932), pp. 1476 - 85; Alexander O. Gettler and A. Walter Freireich, “Determination of Alcoholic Intoxication During Life by Spinal Fluid Analysis,” *Journal of Biological Chemistry* 92 (1931), pp. 199 - 209.

格特勒又一次在同一个部门、同一座大楼为这种研究做起了同样的工作。停尸房是个仓库，里面存放着被酒精害死的人、因车祸而丧命的人。此外，还有中枪而死者、溺水而亡者，还有那些声称因疾病和年老而死去的人。他用尸体来检测酒精水平，还用尸体来进行对比参照。当他总结自己的项目时，发现它消耗了五年多的研究时间，用去了大约六千只大脑。

对这工作的最贴切的描述就是，它乏味得可怕。

为建立研究基数，格特勒和泰伯会切碎自然死亡之人的大块脑组织，有时候一次检测要用掉半磅的脑灰质。他们会用蒸汽蒸馏那些血淋淋的泥状脑组织，最终收集到一种有些透明的粉红色液体。这种液体会被分为两份，他们要把一个样本放在一边，检测另一个。然后将剩下的一半再分出一半检测其中一部分。他们会一次又一次地检测再检测这些分好的液体，化学家喜欢称之为等分部分，并一分再分，努力弄清楚这些样本到底要少到什么程度仍能告诉他们想要知道的东西。

格特勒的蒸汽蒸馏装置使用的是一个两升的烧瓶，那里生成蒸汽，烧瓶通过玻璃管与装有脑组织的第二个容器连结起来。会有更多的玻璃管从那里通向一个冷凝装置，接着通向一个收集最终产物滴液的玻璃容器。整个收集装置大约八英尺长，由罩子封住。最终，随着检测需要的增加，格特勒会让这种超大的酒精分析装置塞满他实验室的整个房间。

每个装置的工作原理都是在模仿人体将酒精代谢成醋酸的过程。如果一个组织样本里含有酒精，醋酸就会在蛛网般的玻璃管中形成，滴入最后的收集瓶。如果格特勒处理的是大量酒精，他就不需要如此复杂的程序，可以用更直接的方法找到乙醇。但是，他在寻找一种方法，它要能够发现长期以来被认为是无法察觉的酒精含量。通过分析脑组织涂片，他知道醋酸检测提供了最敏感的可行方法。

在三楼的实验室里，格特勒和他的助手们不断地重复这种检测方法，直到确定了一个事实：正常的脑组织里一直都含有微量的乙醇，那是正常新陈代谢的产物。微量这个词是准确的：大脑里自然的酒精含量至多只有十万分之二。

但就是这一点仅有的酒精的闪现，给了他们与饮用酒精者的大脑做对比的基准。毕竟那才是真正的问题——当人们喝酒时酒精增加了多少，喝一点和喝太多时又分别增加了多少？在大脑被完全浸泡在这东西（有人可能会这么说）里面之前，到底喝了多少？

“哦，博士，我给两个人喝同样数量的酒，一个人会醉，另一个人不会，不是吗？”格特勒总是会被律师问到这个问题。他们代表的委托人，要么被指控毒害公众或醉酒驾驶，要么就是在禁酒令时期扰乱刑事司法制度的任何犯下与酒精有关的罪的人。

“对此，我的回答是，我们不是在分析这个人喝到了什么。”正如他几年来所说的那样，他不关心这一点，不关心瓶子里、胃里或者消化道里是什么，甚至不会完全计算血液里的酒精含量。“我们是在分析大脑里的酒精含量。一旦它进入大脑，就会有种影响，这种影响与人体所有组织中的酒精含量成正比。”

为了将大脑中的酒精含量与醉酒后的行为联系起来，格特勒认真研究了死时被确认为醉酒的死者遗体，那些掉下楼梯时摔破了脑壳的人，在疾驰的汽车前面走得东倒西歪的人，跌跌撞撞走上铁轨最后被一块块收集起来的人。他将这些遗体与警方收集到的目击者的证词进行了比对，证词描述了这些人在走向人生终点的过程中蹒跚而行、磕磕绊绊、滑稽可笑的样子。作为对比，他也会查看那些不喝酒之人的大脑，以及长期住院后死在贝尔维尤医院的患者的大脑，以保证其组织中酒精含量不超过正常基线。

所有这些——测量大脑中的酒精，酒精造成的损害，行为举止，那些死者的全部背景——都写入了他和泰伯发表的论文当中，该论文将被广泛认为开创了第一个科学的酒精中毒标准。

格特勒的标准里使用加号＋来表示每个醉酒级别。一个加号代表超过正常水平一级：大脑酒精基线加一，加二，加三，或加四。具体的标准是这样的：

＋：这一级的所有病例的大脑中的酒精含量都低于百分之零点一，病人没有表现出明显的酒精损害。

＋＋：酒精含量从百分之零点一到百分之零点二五不等。研究对象表现出轻微的醉酒：他们比正常时的侵略性稍高一些，行为略微有失谨慎。一口气喝下好几杯酒，投身于酒吧斗殴被捅死的人就是＋＋级。

＋＋＋：酒精含量从百分之零点二五到百分之零点四不等。死前的几小时里，研究对象双脚不稳，说话很大声，被每个见到他们的人判断为醉酒。尸检中，有一个死者就是典型的＋＋＋，此人在喝醉时跌下了楼梯，摔断了脖子。

＋＋＋＋：酒精含量从百分之零点四到百分之零点六不等。这些研究对象都在沉醉不醒后死去。他们喝得太多了，以至于通常在到达医院后不出几小时就死于乙醇中毒。

格特勒的一至四档醉酒标准，是证实死亡时酒精中毒程度的理想方法，其操作与脑组织的测量标准一样。

为车祸中幸存的酒驾者准备的相应的评级标准，不久之后就会随之出现。一九三一年，一位名叫罗拉·哈格尔的印第安纳大学毒理学家发明了“酒醉米表”这个装置，饮酒者朝一个气球里吹气，让化学家分析他们呼出的蒸汽。哈格尔的设计与格特勒所做的类似，就是将酒精中毒值与按化学结果测量的每个级别的行为相联系。

禁酒时代为建造完美的酒精中毒科学大厦提供了巨大的资源。

在纽约市，根据媒体的报道，八月份，第一大道的地下酒吧有两个人死于酒精中毒。九月死了六个人，二十一个人进了医院，都是因布鲁克林的一个酒吧供应的甲醇酒而中毒。十月，纽瓦克又有二十个人死去。① 他们显然是彻底地跳过了再蒸馏过程，直接灌下了工业酒精。

一九三〇年十二月，詹姆斯·多兰承认死亡率在恶化，至少对“某种无法控制这嗜好的人来说是这样的”②。最近这个假期里，酒的来源愈发混杂，居然包括了用在防冻剂配方里的酒精。这种防冻剂鸡尾酒是一种铁路乘客的最爱，这些偷偷混进货运列车的流动劳工称这种酒为“脱轨”，因为它几乎一瞬间就能让人醉倒。当然，它要了他们当中几个人的命，但他们习惯了这种能让

---

① “20th Newark Death Gives Alcohol Clue,” *New York Times*, October 15, 1930, p. 17.

② 多兰发表上述言论的背景是，另一位反对禁酒的政客试图迫使政府停止在工业酒精中添加额外的毒物。与之前的尝试一样，这一努力也失败了，参见：“Wets Are Defeated in First House Test on Balking Dry Law,” *New York Times*, December 6, 1930, p. 1; “Poison Alcohol Takes Larger Toll,” *New York Times*, December 19, 1930, p. 1。

人感受到临界状态的酒的效果。铁轨骑手们承认——也许有时候是吹牛——如果找不到别的，他们偶尔会喝固体酒精，或者月桂油须后水。

“这些人的死被归咎于所谓的毒酒，”多兰承认，“也就是在政府许可下制造的变性酒精。”为了回应持续不断的批评——这也是为什么查尔斯·诺里斯喜欢将美国描述为“伪善之地”，为禁酒令工作的化学家们发明了一个新配方，在一九三一年推出，他们认为它会令人反感，不会真的让人丧命。

新配方将石油制品混入了酒精之中，而汽油加工过程中会遗留相当多的油泥。因为有变质的鸡蛋那种硫化氢的臭味，他们认为它足够惹人讨厌，可以阻止任何足够清醒的人去抿一小口。为了推广这种新方法，财政部邀请了记者来品尝它。一位有经验的新闻记者立即辨出其中含有苯或乙醚。“它并不像你曾喝过的某些东西那么糟糕。”多兰语带嘲讽地回答说，而这位记者，显然习惯了更常见的毒酒，一口气喝下了另一个样本。

为什么有些人（其中最著名的就是记者了）似乎能够狂饮滥喝却没有受到显而易见的影响呢？[①] 为什么在参加了一场马拉松式的马提尼酒会之后，并不是每个人都会被放倒呢？这些问题总会被宿醉未消的朋友不无嫉妒地问起，被支持禁酒者忿忿不平地问起。他们也已经纠缠科学家好几十年了。

格特勒能够——也的确——引用那些可以追溯到世纪之交的令人困惑的研究论文。其中最有挑战性的一篇发表于一九〇八年，

① A. O. Gettler and H. Freireich, “The Nature of Alcohol Tolerance,” *Forensic Medicine*, February 1935, pp. 328 – 34.

研究对象是由人定期喂食乙醇的老鼠和兔子。在科学家们创建了一个喝酒的动物种群以后，他们给之前没有接触过酒的动物提供了同样的实验室鸡尾酒。这些新手喝得酩酊大醉，而相同的剂量对那些上了瘾的老鼠和兔子不再有任何影响。

在着手进行了一系列的血液提取之后，科学家们发现，那些瘾君子在某种程度上学会了更好地控制狂饮。而那些不老练的动物在头两个小时里摄入血液中的酒精比老练的动物多出了百分之二十。到一天结束时，初次喝酒的动物血液里的酒精水平比有经验的贪杯者高出了百分之六十六。

格特勒和天才的毒理学学生亚伯·弗瑞莱奇安（他日后将成为纽约州拿索县的首席法医）一起工作，决定看看是否能够为酒精是如何被不同种类的饮用者代谢的提供更好的理解。他选择了狗来做实验。

格特勒和弗瑞莱奇安收集了二十四只狗组成一个研究种群，其中一半注定要成为酗酒犬。从一开始，他们给狗喝的水里就有百分之九十八的水和百分之二的乙醇。在接下来的两个月里，酒精的比例增加到了百分之三十。当格特勒和弗瑞莱奇安确信他们的狗已经习惯了酒精时，才开始了真正的实验，在他们取得满意的结果之前，实验将持续两年。

开始，他们只是简单地对比酒精对一只习惯了乙醇的狗和之前从未碰过乙醇的狗有什么不同的影响。两只狗都被喂下了含量为百分之三十的酒精溶液，然后量越来越大。等达到半杯时，长期饮酒的那只泰然自若，“一如既往地顽皮”。但它的伙伴却出现了轻微的走路不稳，然后就坐下来拒绝再动。当他们将酒量翻倍时，就连习惯了酒精的那只狗也受到了影响：在测试室里被放开以后，它走路有点摇摆，表现出更愿意坐下的样子——尽管被召唤时它也会过来。另一只狗在房间里来来回回地走出了一条极不四平八稳的线路，然后失去了知觉，差不多二十五分钟后才醒过来。

两位化学家将这种对比又重复做了十一次，每次测试之间等待一个月左右。此模式从未发生变化——乙醇明显对初次饮酒者造成了伤害，但对长期贪杯者没有太多的剧烈影响。每次实验过后，实验用狗都被用照明煤气杀死，再对它们的大脑、肝脏、血液和脊髓液样本进行分析。每一次，“虽然狗都是同样的重量，摄入同样数量的酒精，在接受酒精实验之后活过大致相同的时间”，但是有饮酒经验的狗的组织里的酒精含量仍然少于那些新手。科学家们发现，平均来说，那些没经验的狗身上的酒精含量是有经验的狗身上的两倍。

确实，经常饮酒的狗也表现出了醉酒的迹象，但出现得更慢一些。一旦任何一只狗的大脑中的酒精数量攀升到百分之零点二五（＋＋＋级或者比人类的标准更高的级别）以上，它就会明显出现脚步不稳，就像人一样。这一点向格特勒揭示了一个很重要的情况——没有谁能发展出对酒精影响的免疫力。他指出：“如果说是获得性耐药导致了对酒的容忍度，那么分析得出的画面应该是相当不一样的。”

如果他们用于实验的狗变得耐药了，它们应该自始至终都保持冷静才对。如果它们对酒精中毒免疫了，那些＋＋＋级别的大脑酒精水平应该让它们不受影响才对。但即便是最冷静的狗也会达到一个临界点，当足够的酒精到达它们的大脑之后，它们也会表现出跌跌撞撞的醉态。

本质上说，格特勒和弗瑞莱奇安的研究表明了一个习惯性饮酒者的身体是如何进行调整，以使得在乙醇的代谢上变得更加高效的。肝脏释放出更多的酶来分解酒精，于是更多的酒精被排出体外，因此进入血液中的就更少一些。这样一来，达到酒精中毒的数量并进入大脑就需要更长的时间。这并非纯粹的好消息。长期饮酒者需要摄入更多的酒精，有时候甚至需要多出许多，大脑才会达到产生酒醉或者说中毒的水平。他们往往靠喝得更多来回应。

这就是老练的酒徒会被认为对酒极有耐受力的原因——他们可以和朋友以相同的频率喝酒，受到的影响却更小。但是，他们获得的并不是某种神奇的免疫力，相反，格特勒和弗瑞莱奇安将这种貌似健康又极具破坏性的化学反应称为“习惯性酗酒”。

一九三一年一月的第一天，眼看着自己的财富就要随着经济衰退而消失的百货公司继承人李·亚当·金贝尔从耶鲁俱乐部[①]的十六楼跳了下去。二月，一个曾经富有的鞋业公司老板在市中心一家酒店里服毒自杀。三月，一个管道供应商从纽约运动俱乐部的九楼跳下。四月，女继承人杰西·伍尔沃斯的经纪人亦即她的丈夫服用氯化汞自杀。五月，一个法律事务所的合伙人从海军准将酒店三楼的房间跳了出去，死于颅骨骨折。

已经在一九二九年的那个“黑色星期二”受到沉重打击的股票市场，在再次自由落体之前极不规律地疲软运行，欧洲的经济崩溃和美国大平原内的各州伴随着持续干旱而来的令人担忧的农作物损失，使其陷入了更深的困境。一九三〇年这一整年里，股票价格足足跌了百分之四十，全国有两千家银行倒闭。一九三一

① 也称耶鲁校友会馆、耶鲁同学会，至今仍是美国顶级的私人俱乐部之一。——译者

年，这些数字的情况更糟糕。

在春天发表的年度报告中，查尔斯·诺里斯宣布前一年纽约市的暴力死亡案件已创新高——五个行政区共有六千五百二十五起，由伴随经济恶性循环而跳跃式增长的自杀所驱动。[①] 自我了断的总共有一千四百七十一例，平均每天有三例。这意味着该市的暴力死亡案件中接近四分之一的人可归因于绝望。

尽管验尸官的工作量在黯然地增长，这个部门的预算却被无情地削减了，以应对该市自身的经济困境。

“目前，我一个月要从自己个人的资金里拿出近三百元，用在我认为维持办公室工作绝对应该做的事情上。”查尔斯·诺里斯在一九三二年初给市长办公室的信中这样写道，“在这个萧条的年代，这对我来说没有乐趣，因为我也跟所有人一样饱受折磨。你大可以放心，除非我认为它很重要，否则我不会每月拿出这么多钱的。”[②] 他的部门一直在靠最低限度的预算运转，但现在，连最低限度都达不到了。

格特勒拿着一年不足四千块的薪水，做着两个人的工作。由于预算亏空，市里拒绝出资聘请助理化学家，尽管每月薪水只要一百元。诺里斯自掏腰包给一个年轻的化学家，支付其兼职工资，因为“没有这钱他就会穷困潦倒”。

他累得够呛，也气得够呛，于是写信给《纽约时报》，抱怨一个所谓的伟大城市里居然是如此平庸的管理者，抱怨维持一个世界级法医办公室有多么的困难：“从一开始，这就是一场艰苦的战

① “6,525 Fatalities in City Last Year,” *New York Times*, May 19, 1931, p. 14.

② Norris to Charles F. Kerrigan, assistant mayor, February 10, 1932, medical examiner's files, New York City Municipal Archive.

斗。”诺里斯写给市长办公室的信会更私人一些，他声明自己需要休假。他打算把自己的钱花在资助政府之外的事情上。不久之后，他和诺里斯夫人将乘汽船赴西印度群岛进行一个月的短暂休息。

他会在三月底回来。但是，如果纽约市的管理者到那时还没有学会重视出色的毒理学研究，他将不得不重新考虑是否值得继续在法医办公室的工作。

“总之，”诺里斯写道，“现在的情况使我怀疑，长期留在这个办公室是否明智。”

不只是预算让人崩溃。诺里斯还绝望地感受到，他和其他毒理学家一直在徒劳地、一而再再而三地给世界上其他人讲着相同的教训。而世界上其他人却并不真正关心这些。

哈里森·马特兰德仍然在努力地让自己的同行深刻地意识到：镭中毒给公众健康带来了风险。事实已证明，这项工作令人沮丧。当最近一位工业疾病方面的权威“告诉我这种病无足轻重、极少有人知道”[①] 时，他深感震惊。

“我对这种观点不敢苟同。”他在一九三一年的一篇有关发光漆的论文的前言中尖锐地写道。该论文详述了他本人、格特勒、为消费者联盟工作的医生、哈佛和耶鲁的研究者及众多科学家所做的工作，他们当中没有一个人会说这个问题无足轻重。

刻度盘画工的死亡如节奏稳定的鼓点般仍在继续：前一年秋天，马特兰德记录了新泽西州工厂案通过法律解决后的第五例死亡，一名二十七岁的女性，她在臀骨骨折后一直在她姐姐的家里

① Harrison Martland, “The Occurrence of Malignancy in Radioactive Persons,” *American Journal of Cancer Research* 15, no. 4, (1931), pp. 2435 - 516.

卧床不起，直至撒手人寰，留下了丈夫和一个三岁的女儿。一名参加诉讼的“镭女孩”也死去了，另一个则躺在医院里，她的右腿在她步行穿过房间时骨折了。

当新泽西的报纸发现马特兰德手上保留着一份死亡名单时，记者们将之描述为“一本厄运名录”，这让马特兰德非常愤怒。他接到了几十个电话，都是来询问名录上还有谁的名字。他责怪律师把此事泄露给了媒体，决定绝不再为他们工作。他担心公众的不断骚扰会让那些女孩变成大家眼中的怪物。

“我当然不喜欢谈起此事了。”马特兰德厉声反驳了一个好奇的记者。

该名录是用于记录出现症状可能需要的时间长度的。就像他在最近的论文中所指出的，镭中毒有两种截然不同的形式。一种是急性的：那些早期死亡的患者的特征就是严重的白血病，下颌骨迅速分解，病痛蔓延至嘴唇和舌头，还有随机的细菌感染。

另一种，就像他所称的“后来那一组”，可能开始吸收的镭比较少。这些工人发作得更慢，缓慢地发展出了“骨骼里轻度却致残的损伤”。马特兰德认为，这是由她们骨头中的放射性沉积物的累积所导致，接下来会是骨髓的崩溃。无论是哪一种画面都不会让人高兴。他讨厌记者们一直把他的数据描述成一份注定要死之人的名录。

“这份名录很难不让那些名字列在上面的人产生不愉快的想法。”

诺里斯赴西印度漫游回来，因极其宜人的天气和合法的朗姆酒而满心雀跃。三月三十一日，仅仅两周之后，又一例镭死亡案例出现了，它将推动这个问题摆脱医学上的死水一潭。

这是一例很“重要的”镭死亡案件，之所以引起不同的反应，在于死者的社会阶层。[①] 这次的死者不是来自新泽西的意大利裔美国工人，而是一名五十二岁的百万富翁，一位企业家、运动员，社会精英的一员。他叫埃本·M. 拜尔斯，是 A. M. 拜尔斯钢铁厂的董事长，匹兹堡银行、宾夕法尼亚银行和伊利湖码头公司的董事。[②]

即便在经济萧条时期，拜尔斯仍然过着特权阶层的生活。他毫无失去纽约赛马场的危险，他的家安在匹兹堡（钢铁厂就在那里），他的度假别墅在罗得岛和南加州。他是耶鲁的毕业生，全国网球冠军，飞碟多向项目的运动员，一个衣着优雅、非常有趣的聚会爱好者。

五年前，在参加完哈佛与耶鲁之间比赛后回家的专列上，拜尔斯和朋友们彻夜喝酒到很晚。后来，他因为醉酒从自己的卧铺上滚了下来，摔伤了左臂。伤口一直不能彻底愈合，他的胳膊开始没完没了地疼痛，疼得足以影响了睡眠。他一次又一次去看医生，最后，有一位匹兹堡的医生给他介绍了“镭补”，就是新泽西州奥兰治已经售罄的那种镭基保健饮品。

到一九三一年底，据拜尔斯自己估计，他已经豪饮了一千多瓶“镭补”，并且从来没有把这款保健饮品的成分与那几个工厂女

---

① Roger M. Macklis, “The Great Radium Scandal,” *Scientific American*, August 1993, p. 99; R. M. Macklis, “Radithor and the Era of Mild Radiation Therapy,” *Journal of the American Medical Association* 264, no. 5 (August 1, 1990), http://jama.ama-assn.org/cgi/content/abstract/264/5/614.

② “Eben M. Byers Dies of Radium Poisoning,” *New York Times*, April 1, 1932, p. 1; “Death Stirs Action on Radium Cures,” *New York Times*, April 2, 1932, p. 12; “Doctors Seek Ban on Radium Water,” *New York Times*, May 12, 1932, p. 3; Alexander O. Gettler and Charles Norris, “Poisoning from Drinking Radium Water,” *Journal of the American Medical Association*, February 11, 1933, pp. 400 - 403.

孩的不幸死去联系在一起。但是到那个时候，他自己也已病入膏肓：他的骨骼正在莫名其妙地裂成碎片，他的皮肤随着肾衰竭而变成了黄色。当他于一九三二年三月死在曼哈顿的医生医院时，他的体重掉到了只有九十二磅，他也在呼出氡气。

拜尔斯一直对自己的病情讳莫如深，为自己不复当年运动员的健美外表而自卑不已，因此，当他的死讯传开时，着实让其他商人大吃一惊。有谣言说他没钱了，钢铁厂就要倒闭了，说他在遭受经济损失后服毒自尽了。部分是为了阻止这种令人恐慌的推测，市政府命令验尸官办公室立即进行尸体解剖。

实际上，沃克尔市长——他本人也在喝镭水来减轻关节的疼痛——要求查尔斯·诺里斯亲自做这件事。诺里斯找了两个助手帮忙：其中，马特兰德协助他尸体解剖，格特勒来分析那些骨骼。

他们的报告可以直接从"镭女孩"案件的档案中找到：双颌坏死，贫血，脑脓肿（在右脑皮层里），肾损害，遭到破坏的骨髓。诺里斯向市长报告说："全部都是镭中毒的症状。"拜尔斯骨骼的放射性是如此之强，以至于当格特勒将它们用黑色摄影胶片密封起来时，能够得到这个死去男人的脊椎的完美影像，每个椎关节都被骨头里快速放射出的伽马和贝塔射线描画出了轮廓。

在诺里斯报告拜尔斯的死因仅仅几天后，这位企业家的一些有影响力的朋友就开始召集在华盛顿的盟友行动起来。联邦贸易委员会当即宣布召开类似"镭补"这类药品安全性的听证会，美国食品药品监督管理局（FDA）发布了有关其安全性的警示。就像《美国医学会杂志》提到的那样："许多以治疗疾病为目的向公众出售的放射性物质都对健康构成了威胁。马特兰德博士发现，如果把这些药品里的放射性物质的数量集中起来，就等于新泽西州那些刻度盘画工所摄入的量。”

在迅速召集的记者招待会上，格特勒说的更简单：“起初你感觉很好。它让你精神振奋。然后我们就得准备给你身体的一部分做支架了。”一九三二年秋天，联邦贸易委员会发布了针对生产“镭补”的贝利实验室的禁令，禁止其运输这种物质。FDA 在一九〇六年创立时得到的权力极其有限，除了警示消费者外，能做的很少；此次，它将“镭补”案补充到了它最近为扩大其法律权威而蓬勃开展的运动当中。美国和欧洲都在讨论为所有放射性物质的使用重新制定新规则。

而陷入与市长办公室的又一次预算之争的查尔斯·诺里斯呢，他辞职不干了。

新危机源于市长吉米·沃克尔陷入个人丑闻所导致的管理上的变化。[①] 他的妻子因为他和齐格飞歌舞团的一个漂亮女孩的艳遇与他分道扬镳，他本人则因收受贿赂帮助解决刑事案件而接受调查。迫于正在进行政府改革的纽约州新任州长富兰克林·德拉诺·罗斯福的压力，沃克尔于九月辞职了。

被派来接替他的代理市长，名叫约瑟夫·麦基，此人因其行事极为纯粹而被人称为“传教士”。他立即深深感到沃克尔所做的

---

① Norris to McKee, September 19, 1932, medical examiner's files, New York City Municipal Archive; "McKee Says Bankers Force Budget Cuts; Dr. Norris Resigns," *New York Times*, September 21, 1932, p. 1; "Norris Quits Post as Chief Examiner," *New York Times*, September 21, 1932, p. 3; "Doctors Urge McKee to Ask Norris to Stay," *New York Times*, September 24, 1932, p. 2; "Dr. Norris Returns as City Medical Examiner; Withdraws Resignation at the Mayor's Behest," *New York Times*, September 28, 1932, p. 1; "Post Mortem," *Time*, October 3, 1932, www.time.com/time/magazine/article/0, 9171, 744511, 00.html.

城市预算竟是极度混乱，其中一部分甚至被用来资助市长欣赏的那位丝袜歌舞女郎的生活。

麦基发现，自己将面临一百万美元的赤字。纽约州的银行受信用危机的打击，拒绝借钱给政府偿还这笔债务。然而，如果麦基能让预算收支平衡，银行就准备制订长期债券融资计划。每个人都手头拮据——该市的失业率接近百分之二十五——麦基不打算增加税收。因此，他命令市政府每个部门都削减百分之二十的预算，无一例外。其中包括所有供法医办公室使用的汽车所需的资金：医生们将不得不打车、坐轨道交通或步行去犯罪现场。

对于仍然在支付格特勒的助手工资，并且还自掏腰包给尸体解剖室买设备的诺里斯来说，这么做简直太过分了。他在九月十九日给市长写了封信，信上只有一句话："在此递交我作为纽约市首席法医的辞呈。"然后，他向愿意倾听的每个人抱怨，碰巧还包括几个让人着迷的国家级出版物。

在接受《时代》周刊的采访时，诺里斯详细谈到了让他最生气的交通工具问题。验尸官必须在半小时内赶到死亡现场，他们没有那么多时间在街角上跟人抢出租车。"整件事，说到底就是目光短浅，"诺里斯对杂志记者吼道，"那些大部门，弄到一百万比我这个小部门弄到十块钱还要容易。一味地推行这种小事聪明大事糊涂的政策，市政府可能会严重妨碍法医办公室做应该做的工作。"

麦基"遗憾地"接受了诺里斯的辞呈，但随之而起的民愤让他震惊。托马斯·冈萨雷斯被任命为这个部门的代理负责人，但冈萨雷斯强烈要求市长召回诺里斯。医院、私人医生、大学校长和警官们也是一样。在警察局和消防部门的一次球赛上，麦基向警察局长透露了他越来越沮丧的心情，求局长去跟诺里斯谈谈回来的事。市长对他说："这位医生是位如此难能可贵的公仆，我们不能失去他。"

正如《时代》周刊所指出的那样，诺里斯完全可以辞职。他六十四岁，正合适的退休年龄。没错，他会失去一年七千五百美元的薪水，但他从来都不是为了钱而做这份工作的。毕竟，"他是宾夕法尼亚州诺里斯家族的一员"，是诺里斯顿的缔造者，是银行家、商人、地主。他本可以选择更轻松舒适的消遣方式。

但是，全职休闲不适合诺里斯。有一项事业为之奋斗，有某个挑战需要攻克，才是他最幸福的事。身在西区七十二街上他雅致的家里，他发现自己在想念那间简陋的办公室，想念尸体解剖室那股消毒剂味儿和血腥味儿（他完成了约四千具尸体的解剖工作），他还惦记着所有未完成的工作。他一天比一天烦躁不安，当警察局长邀请他复出时，诺里斯的妻子鼓励他回去。

等到十月，也就是麦基恢复了他所在部门的汽车服务之后，他才搬回了验尸官办公室。

十一月，富兰克林·德拉诺·罗斯福当选为美国总统。受损严重的经济让胡佛和共和党的紧缩政策非常不受欢迎，而罗斯福在竞选中承诺要改变的不仅仅是财政策略。在胡佛的其他目标中，有一个他所称的"高贵的实验"，新总统却认为很失败，那就是促成禁酒令实施的、已经诞生十二个年头的《宪法》修正案。

许多美国人相信，是禁酒促成了经济崩溃，啤酒厂关闭，就业机会减少，犯罪率上升，还有——现在所有人都承认的——酗酒现象增加。民主党在这个问题上强烈支持其候选人，宣称终止禁酒令将是新总统和国会的首要目标之一。罗斯福的竞选主题为"好日子又回来了"，它受到了热烈的欢迎，在大选中他赢得了四十八个州中的四十二个。

一九三二年底，诺里斯又一次发布了假日期间的酒精中毒死亡报告。消息变了，异乎寻常地好。[1] 整个节庆当中只有两人死于甲醇中毒。

诺里斯亲自巡视了该市的两个街区，它们都以供应该市最臭名昭著的酒而闻名。一个是胡佛城，就在布鲁克林的海边，那里的海员们“以愿意喝掉任何形式的酒而名声在外”。令人欢欣鼓舞的是，那些水手看起来都很健康。另一个是在包厘街，诺里斯发现那儿像平常一样，肮脏的走廊里被喝酒喝到呆若木鸡的男人占得满满当当。但是，“在打个小盹之后，他们好像又变得足够健康，可以溜达着回到他们最喜欢的度假胜地去。我猜，就连包厘街的地下酒吧都在供应不那么致命的酒水了”。人们仍然在用甲醇毒害自己，到当年年底，法医办公室登记的酒精中毒致死者超过了七百例——它再次提醒人们想起格特勒的结论：甲醇可能是最重要的毒物。

但是，从何时开始，这不再是真的了呢？诺里斯坐着市府出资的汽车——当然，由他的司机驾驶——离开了包厘街，回到办公室去完成他的报告。这是一篇充满细节和描述性短语的杰作，一篇在暮色沉沉时让人们倚着砖墙安心睡去的杰作。报告中没有丝毫谈到甲醇中毒时的那种愤怒，而是一幅关于乙醇的风景画，在诺里斯任职很久以前就存在的风景，他怀疑，这是一道很久以后还会存在的风景。他回家去了，薄雾聚集在他身后的河上，傍晚的钴蓝色天空渐渐变深转黑。

---

① “Only Two Deaths Laid to Poison Liquor,” *New York Times*, December 27, 1932, p. 2.

十　二氧化碳（CO_2），第二部分

一九三三至一九三四

在布朗克斯的第三大道上，有一间灰扑扑的、似乎永远不会开门营业的小店，正好卡在一家小雨篷店和一道楔形砖墙之间。那道砖墙上贴满了为附近的芬威剧院做广告的电影海报［《无畏泰山》（*Tarzan the Fearless*）里的巴斯特·克拉比，《玫瑰花床》（*Bed of Roses*）里的康斯坦斯·贝内特］。[①]

但是，假如你住在附近，你就知道这家店的门晚上都不锁，在堆满脏兮兮的盒子的屏风后面，是个极其简单的地下小酒吧，一个沙发，四张桌子，一个胶合板吧台沿后墙展开，大量供应的威士忌，还有一个在酒吧关门后睡在沙发上的酒保。

这家地下酒吧，就凭着这副家当，让它的主人勉强远离了贫困线。他的顾客有时候付钱，有时候不付。他们会掏空口袋里杂七杂八的硬币，放在账单上。他们有时候付账单，有时候不付。他们中最坏的一个，是个名叫迈克尔·马洛伊的老爱尔兰人，他的工作漂泊不定，有时候做街道清洁工，有时候做棺材抛光工，全看他是否能挺直身子。店主可以对天发誓，有几个晚上迈克尔·马洛伊把他的大部分收入都顺着那瘦骨嶙峋的脖子灌下肚了。

一个冬天的晚上，当这个爱尔兰人又一次趴在胶合板吧台上不省人事后，马洛伊和钱成了大伙儿讨论的中心。地下酒吧的老板托尼·马里诺和他的朋友们正无聊地玩着皮纳克尔纸牌，喝着还算过得去的威士忌，操心着这个艰难时世。马里诺的财务状况处于贫困边缘。那个街边的水果贩子几乎达不到最低线，就连有一大家子人的当地殡仪馆经理也是入不敷出。他们又喝了一些，各自交换了发一笔横财拯救所有人的幻想。

只要他们当中哪个人有个阔亲戚，或者，有个投了大保险单的生病亲戚就行。就是那种死的时候真正能派上用场的家庭成员。桌边的几个男人起初觉得这个主意是开玩笑，随着纸牌落下，酒杯倒在桌上，他们越来越认真了。他们都没有可牺牲的亲戚，但也许，马里诺建议，他们可以创造一个——一个没人会想念的人，一个几乎不值得活下去的人。

就像故事后来讲述的那样，他们转过身去看迈克尔·马洛伊，他又在吧台上打起鼾来。就在那一刻，在布朗克斯这个蹩脚的地下酒吧里，他被一个谋杀计划选为最糟糕的受害者——报纸日后会称他为“杀不死的迈克尔”。

一九三三年的冬天裹挟着刺骨的寒风和一场大雪横扫了整个城市，它预示着马里诺的脏乱差酒吧代表的那种地下酒吧的日子

---

① 这番描述依据的是一九三三年刊登在《纽约每日新闻》上的一张照片，这张照片也被收入以下著作中：Simon Read, *On the House: The Bizarre Killing of Michael Malloy* (New York: Berkley Books, 2005)。里德的这本书提供了马洛伊故事的背景，亦可参见：“The Indestructible Man,” Richard Glyn Jones, ed., *Poison!* (New York: Berkley Books, 1987), pp. 58 – 71; Marshall Houts, *Where Death Delights* (New York: Coward-McCann, 1967), pp. 125 – 38。

将走向终结。二月二十日，国会投票废除了第十八修正案。[1] 但是，禁酒令在法律上的终结还需要《宪法》再一次正式修订。于是，立法者撰写了一份新的修正案——第二十一修正案，开头就是"美国《宪法》第十八修正案特此废止"。

尽管参众两院都同意这一变更，但在四十八个州的四分之三数批准之前，新的修正案仍然不能成为法律。因为这个决定仍然充满争议，联邦政府要求每个州都召开特别会议进行投票表决。禁酒令在第二十一修正案得到三十六个州的特别会议同意之前，仍然是这个国家的法律。

在过渡时期，联邦政府决定放松《沃尔斯特法案》对禁酒的某些限制。最早的松动是允许啤酒这种较轻度数的酒精饮料合法销售。新的修正案的批准期限为七年。但是，没有一个人希望新修正案的通过要花这么长时间，就连那些鼓吹禁酒的人和私酒商人也不希望——他们衷心盼望它会失败。

策划谋杀迈克尔·马洛伊的人共计有四个：托尼·马里诺；他的酒保雷德·墨菲；当地的殡仪馆经理弗朗西斯·帕斯卡；街边的水果贩子丹尼尔·克里斯伯格。人脉广的帕斯卡和保险代理人会了面。一九三三年二月到来时，策划者们已经给马洛伊投了三份人寿险，一份四百元的大都会寿险，两份保险金额少一点的信诚寿险。钱并不多——按照斯奈德-格雷案的标准来看——但是意外死亡有双倍赔偿，那么保险赔付金将达到一千五百元左右。

---

① 参见：David J. Hanson，"Repeal of Prohibition in the U. S.，" www2. potsdam. edu/hansondj/controversies/1131637220. html；以及 Marvin Hintz，*Farewell, John Barleycorn: Prohibition in the United States*（Minneapolis：Lerner Publications，1996）。

马洛伊不必为这些地下酒吧里的朋友做任何事，就得到了马里诺答应给他的无限量酒精。老头没有表现出明显的怀疑，很痛快就签了保险单，同意让帕斯卡付保险费，指定墨菲为他的弟弟和受益人。

马洛伊是个上了年纪的流浪汉，可能有六十岁，要不是帕斯卡允许他睡在殡仪馆他就无家可归了。他长得一副老酒鬼常见的那种黄色稻草人的模样。谋杀四人组的成员估计，只要让他敞开了喝一个星期的酒，就能要了他的命。可是两星期后，每晚有威士忌供应，还搭配酒吧里的吃食如沙丁鱼和饼干，马洛伊反倒看起来精神倍增。他好像还胖了一点儿，一点儿没浪费一个人的幸福时光。

马里诺推断说，也许，问题出在酒上。马洛伊显然非常习惯每天大量饮酒——也许，是太习惯了。毫无疑问，他需要劲儿更大的酒。每个人都知道——法医办公室多年来不是一直在反复地向大家灌输吗？——甲醇做的酒劲儿大。于是，马里诺赶紧从加油站订购了工业酒精。

雷德·墨菲直接把那东西给了马洛伊——满满一杯加冰块的酒。谋杀四人组满含期待地望着这个老醉鬼，但他没有不省人事地倒在地上，他的呼吸继续有规律地发出刺耳的声音。他喝干了那一杯，还举起杯子要求再加满。第二天晚上，他又回来了，继续灌下马里诺的好酒。

到二月中旬，这伙人放弃了在酒中下毒。

马里诺决定用食物杀死马洛伊——他更具创意的尝试之一是加了腐烂沙丁鱼、磨砂玻璃和金属碎屑的三明治，可是失败了。用甲醇腌制过的牡蛎，也失败了。在一个格外寒冷的夜晚，他们等马洛伊失去知觉后，把他放到外面，往他身上泼水。可是这也没用：冰冷的水惊醒了他，他又回到了马里诺的酒吧，在地板上沉沉睡去。

这一次，马里诺是真的绝望到想杀人了。他把酒吧里的另一个主顾拉进了策划的阴谋中，一个名叫赫希·格林的出租车司机。他雇格林去碾压马洛伊，向其保证这个受害人会不省人事地躺在街上。报酬是一百五十块，保险金一兑现就给。第二天晚上，几个同伙把失去知觉的马洛伊拖到一条黑暗的小巷里。格林加大马力撞了上去，冲击力让马洛伊飞进了人行道。他们把尸体留给陌生人去发现，可是接下来的几天，叫他们困惑的是，报纸上根本没有任何有关无家可归者死亡的报道。

一星期之后，迈克尔·马洛伊一瘸一拐回到了酒吧。

他一直在医院，他告诉大家，被车撞了之后在养伤。他不记得自己被撞的事了，不确定到底是怎么发生的。但他知道是一个警察发现他蜷缩在人行道上，把他送去了医院。他头部骨折，还有几根骨头断了，不过他们已经给他接好了。

天哪，还是很疼。他实在需要来一杯——随便哪种老私酒都行。

其他地方的地下酒吧里，顾客们正在毫无问题地倒毙。

到二月末，纽约有近百名居民死亡，死于再蒸馏的工业酒精。布鲁克林的地区检察官约翰·雷斯顿说毒酒来自大轮船，由私酒贩子用更小些的船运来，就像以往一样，来自著名的酒精再造之家布鲁克林。

“人的生命对于那些把美元置于它前面的人来说一定是廉价的，”雷斯顿掷地有声地说，“即便禁酒令不是一条法律，供应这种剧毒的混合物仍然属于犯罪，每个守法的公民都应该大声疾呼报仇雪恨。”

顺便提一下，他衷心地希望有关方面能快点结束禁酒令和它造成的让人丧命的酒精的供应。可能的话，就在今年。

二月末，那几个郁闷的怎么也干不掉马洛伊的谋杀者们又想出一个杀人计划。这一次将是那么成功，足以笑对他们之前的所有努力。他们要使用所有毒物中最值得信赖的一个——难以忍受的高剂量一氧化碳。

雷德·墨菲和丹尼尔·克里斯伯格假扮成工厂工人，在附近一家寄宿公寓里租了间房。说实话，只有一张床，没有其他家具，但由煤气灯照明。煤气喷嘴就在床上方的墙上。

二月二十二日晚上，墨菲不断地给马洛伊的杯子斟满酒，直到这个老头再次不省人事地滑向地板。马里诺建议墨菲把这个失去知觉的人送回家，去睡觉，他说这话时，声音大到足以让所有人都能听见。然后，墨菲和克里斯伯格就把马洛伊背了出去，半拖半拉地送到了寄宿公寓。房东太太望着这三位踉踉跄跄地上了楼，还询问他们的朋友是不是病了。没有，只是喝醉了，他们兴高采烈地回答。

一把他放上床，关上门，墨菲和克里斯伯格就迅速地动作了起来。他们在煤气阀上装了一根橡皮管，把另一头塞进了马洛伊的嘴里，还捂了块手巾在他脸上，堵住他的鼻孔。然后，打开了煤气。

马洛伊扛住了甲醇，乙醇，烂鱼，发酵的牡蛎，碎玻璃，金属屑，冰水浸泡，汽车伏击。但一氧化碳又是另一回事了。后来墨菲估算，马洛伊只用了不到五分钟就死了。

克里斯伯格招供时，稍微添油加醋了一下，模仿了煤气从小软管里流过时发出的那种像毒蛇一样的嗞嗞声。他一直听着这声音，直到发现马洛伊突然停止了呼吸，只能听到煤气进入死者肺里时那蛇一般的嗞嗞声。

毒理学家早就知道一氧化碳杀人靠的是渗透血液，将氧气赶走，让令人窒息的碳基血红蛋白取代运送氧气的氧基血红蛋白。

他们不太确定这种东西杀死一个人需要的数量如何。某些地方的医学检测确定致死量至少在饱和度百分之六十五到百分之八十之间。但是，格特勒早就怀疑，一氧化碳可能在低于这个水平的情况下就会致命。这种气体是如此稳定的杀手，很可能在含量更低时也会致命。他又一次决定利用他和纽约市停尸房的联系来检验这一想法。

他在自己最喜爱的学生亨利·弗赖穆特，一位倍受尊敬的打牌作弊者和一流化学家的帮助下进行这一工作。他们开始记录前一个月进入停尸房的煤气致死者，列出了每一例在死亡时血液里的一氧化碳含量。

> 案例二：男性，三十八岁，从打开的煤气喷嘴连接橡胶软管到嘴里死亡，饱和度为百分之五十三点六。[①]
>
> 案例九：男性，三十五岁，被发现时已经死亡，一个煤

① A. O. Gettler and H. C. Freimuth, "Carbon Monoxide in Blood," *American Journal of Clinical Pathology* 13, no. 79 (1943), pp. 10 - 17.

气喷嘴打开未点火，煮沸的咖啡壶溢出扑灭了火焰。饱和度为百分之七十五。

案例五〇：男性，二十岁，死于无通风的单车车库。死者一直在修理汽车发动机。饱和度为百分之四十九点三。

案例五七：女性，四十岁，于一次住宅火灾（火消耗氧气，燃烧的材料释放出一氧化碳）后死亡。饱和度为百分之五十一点九。

案例六五：男性，七十六岁，死在床上。煤气从有缺陷的烟道中泄漏。饱和度为百分之六十一点九。

通过六十五个案例，两位科学家发现，样本中将近百分之十的人死于饱和度不到百分之五十的一氧化碳。其中有些甚至被少到百分之三十的一氧化碳杀死。另外百分之十四点五的人死于百分之五十到百分之六十的碳基血红蛋白。超过百分之七十死于一氧化碳的人，如课本上预测的那样，达到了百分之六十到百分之八十的饱和度。

然而，正是那些更低的数字引起了格特勒的兴趣。它们加深了他的怀疑：一氧化碳是大自然最高效的杀手之一。不仅如此，它们还说明了毒理学正在思考的一个难题——确定致命剂量的困难。有些人面对某些毒药时格外的脆弱，而其他人的抵抗力则异乎寻常。

如果有人注意，迈克尔·马洛伊可能就是研究甲醇抵抗力的好例子。但他最终吸引格特勒是因为其他原因。摄入多少一氧化碳会杀死这样一个天生的幸存者呢？他们真的能计算出来吗？一具已埋葬的尸体中的一氧化碳饱和度保持多久还能被测量出来呢？

马洛伊的尸体在他死后几天进了一个乞丐公墓。

谋杀团伙找到一个医生——其实是个前市议员，此人愿意以瓜分那笔钱为回报签署死亡证明，说那个老醉鬼是死于甲醇中毒。

殡仪馆经理弗朗西斯·帕斯卡，几乎没等证明签好字就把尸体埋了。等大都会人寿保险支付了八百美元的保险金后，帕斯卡多要了一些做丧葬费，完全无视一个明显的事实：他让市政府埋葬了他们毒死的人。

这是一种毫无必要的欺骗，它预示着事情不会特别圆满地结束。

一九三三年四月，合法啤酒（酒精含量为百分之三点二）迎来了它胜利的、家喻户晓的、期待已久的回归。①

全国的啤酒厂都开始昼夜不停地工作。仅一家工厂就往纽约送了三十五万箱和一万八千桶啤酒。全部供应量在两天之内就被消耗一空。人们在水果店和街头小摊上买来一打打罐装啤酒。镍罐的卖完了，他们就买一角钱一小瓶的。餐馆里挤满了用餐者，全都抱着他们那包金饰花的大啤酒杯。

一些地下酒吧高高兴兴地转为合法营业场所。他们撤下了隐蔽的屏风，用颜色亮丽的桌布和一篮篮椒盐卷饼打造出小小的啤酒花园。兴高采烈的政治家眼看着啤酒像水一样流淌，预言说在“一个饥渴的国度里爱酒的大多数人”的推动下，第十八修正案将在这一年年底被废止。

然而，在马里诺那间昏暗的小酒吧里，脏兮兮盒子堆成的屏

① “Brewers Here Swamped,” *New York Times*, April 8, 1933, p. 1; “Thirsty Throngs Jam City Streets,” *New York Times*, April 8, 1933, p. 2.

风还在原处，卖的还是各种私酒，气氛并不欢快，一点也不。

五月里，谋杀马洛伊的团伙分裂了。

托尼·马里诺的一个见不得人的助手在这家酒吧的一次争执中被人开枪打死。酒保雷德·墨菲作为谋杀的重要证人被监禁。出乎意料的是，信诚保险公司已经起了疑心，拒绝支付死亡赔偿金。马洛伊那么快就被埋葬了，这尤其让信诚的保险代理人不高兴。

更糟糕的是，关于那个男人拒绝去死的故事，开始在布朗克斯其他酒吧的牌局和酒桌上流传开来。马里诺的老主顾们听到了这个故事的边边角角，就把它们传扬了出去。一个更加狂野的杀不死的迈克尔的传奇，正在第三大道蹩脚的街区周边散播。没有得到应得的那份钱的团伙成员——只拿到了承诺的一百五十块里的二十块的那位出租车司机——对着自己的朋友发牢骚。“杀不死的迈克尔”的故事被重复了那么多次，就连巡警都听说了它。他们当中有个人对凶杀案侦探提起了这个故事。四处稍加打听之后，那个侦探对布朗克斯的地区检察官复述了这个传闻。检察官十分好奇，于是下令调查。

太多人愿意分享他们知道的那部分了，太多的证据在等待被人发现。[①] 谋杀团伙成员的运气，以一种失控的速度变化着。五月十二日，地区检察官宣布他将把马里诺、帕斯卡、墨菲、克里斯伯格和赫希·格林（那个出租车司机）带到布朗克斯大陪审团

---

① “Insurance Murder Charged to Five,” *New York Times*, May 13, 1933, p. 1; “Murder Plot Seen in Another Death,” *New York Times*, May 14, 1933, p. 27; “Murder Inquiry Is Widened by Foley,” *New York Times*, May 16, 1933, p. 18; “Indicted as Slayers in Insurance Plot,” *New York Times*, May 17, 1933, p. 8.

面前。五天的审判加上二十个证人出庭之后，陪审团以一级谋杀罪起诉所有同谋者。

签署死亡证明的医生被指控为从犯。他承认没有报告可疑的死亡，并同意出庭作证。吓破胆的格林接受了袭击罪的指控——毕竟，他没有成功地杀死马洛伊——同意出庭作证以换取十年监禁。

但是，其他人要更强硬一些。墨菲一言不发。克里斯伯格突然一口咬定他拿不准是否用煤气杀死了迈克尔·马洛伊。马里诺宣称自己有记忆障碍。地区检察官决定将审判推迟到秋天，给自己更多的时间收集谋杀指控的证据。

六月中旬，贝尔维尤医院和纽约大学宣布成立一个全新的院系：法医学系。[①] 这将是美国第一个法医学系，正如纽约大学医学院院长所说的那样，它将使美国更接近欧洲的医学侦查工作水平。

实际上，“法医学系”这一术语就是借用自欧洲的相关机构。美国的通用说法是“医疗法学”。纽约大学选择这一新术语，既是出于其精英历史，也是为了强调科学重于法律。大多数医学院只提供关于这个题目的一些讲座，仅此而已。一个专门的系意味着这个专业可以成为一个值得信赖的职业。哈佛大学也成立了一个法医学系，尽管他们的尝试更具学术性。纽约大学的计划则是彻底实用主义的，重点是让优秀的科学家在刑事司法体系内工作。

我们只有读过那份未来的教职员名单，才能体会到这个新专

① “NYU Will Train Medical Officers,” *New York Times*, June 11, 1933, p. N4; “Science and Crime,” *New York Times*, June 18, 1933, p. E4; “Program Outline and Requirements,” unpublished document, 1933, medical examiner's files, New York City Municipal Archive.

业背后的专业学术性，以及它的实用性目标。查尔斯·诺里斯将是这个新系的带头人，哈里森·马特兰德将是他的助手。亚历山大·格特勒将领导毒理学科，托马斯·冈萨雷斯和纽约市大多数其他助理法医将教授病理学。

诺里斯制订了一个雄心勃勃的计划，他要培训从如何正确签署死亡证明到怎样在法庭上作证的所有业务。选修的实验课程，就是在法医办公室工作一个月，四年制学生将得到一个参与尸体解剖的机会。对于刚毕业希望在法医系实习的医生，该系将提供在法医办公室三年的实习期，以及附加的毒理学研究生课程。

当然，学生们在这项工作中就能获得实践经验。拟议的课程没有解释它可能带来些什么结果，但是在一九三三年，它肯定包括与该市殡仪馆的争论。几个大胆的殡仪馆经理正在靠将尸体从犯罪现场移走来拓展生意，他们声称得到了诺里斯办公室的口头允许。诺里斯针锋相对，向警方提供了备忘录，坚决要求必须由法医以书面的方式核准。殡葬业又回敬一拳，抱怨他的部门官僚主义。切尔西殡仪馆一位经理写信说，有一家人花了三十六小时才从停尸房里找到亲人的尸体。“停尸房的职员们似乎认为殡仪员什么都不是，他做的事情也什么都不是。”这位经理写道，“我要告诉那些聪明小伙子，重新振作起来吧。”[①]

诺里斯为所有粗鲁无礼的行为道歉，并且保证自己会妥善处理。但他没有为新的手续道歉。他发现有些殡仪员正在造访停尸房，还撒谎说得到了家人的许可来取尸体。他要求职员们只能在向家人核实殡仪员的说法之后才能放走尸体。诺里斯无意迎合自己的批评者，正如他对另一个生气的殡仪馆经理明确表示的那样：

---

① Edward F. Donovan, funeral director, to Charles Norris, March 7, 1933, medical examiner's files, New York City Municipal Archive.

“许多麻烦确实出在殡仪员本身。然而，不要认为我是在批评你或者殡葬协会。这不过是人类这种动物身上的矛盾性的一个例子而已。”①

禁酒令在技术上可能仍然是国家法律，但这个国家正在把它抛到身后。②

在七月份，据美国啤酒商协会统计，美国人喝掉了十三亿三千二百七十九万四百零八杯新酿的啤酒。宾馆的酒吧重新开张，供应和啤酒一样低度数的葡萄酒。教堂又允许在仪式中使用圣酒了。医生们在开医用酒精处方上有了新的灵活性。

废除一旦开始，就表现出几乎令人不安的迅猛势头。四月，最先投票的两个州，即密歇根州和威斯康星州，通过了第二十一修正案。五月，罗得岛和怀俄明投票通过。六月，是新泽西、印第安纳、特拉华、马萨诸塞和纽约。到九月底，二十五个州投票通过允许酒类合法，意味着批准数超过了三分之二。

经销商已经在申请恢复销售意大利苦艾酒、法国香槟和苏格兰威士忌的进口许可证了。财政部感到有必要公开保证，好酒一定会在禁酒令消亡后大量供应。“国家保证威士忌管够”，有家报纸用了这个欢快的标题，毫无疑问是出自那些爱酒的记者，他们对政府实施禁酒令早就气不过了。

尽管如此，非法饮酒的那几年已经改变了美国的文化。杜松子酒，一种新的鸡尾酒配方，以及一种烟雾缭绕的氛围，已经成

---

① Norris to George Goodstein, May 13, 1933, medical examiner's files, New York City Municipal Archive.

② "July Thirst Sets 3.2 Beer Record," *New York Times*, September 1, 1933, p. 36.

为任何精彩的聚会或热闹的酒吧所必不可少的元素。禁酒令时期的样子——一手拿酒，另一手拿烟——体现了新的复杂性，而且只要花极低的成本就能实现。

一九三三年，买一包香烟花十三美分（两包两毛五）。卡顿的平均价格是一点一九元。有些酒吧免费赠送香烟，跟沙丁鱼一起，而在更好的酒吧里，还有免费的三明治、奶酪、小香肠、冰泡菜、一盘盘的咸零食。香烟品种繁多，令人眼花缭乱，提供无限的体验可能。

吸烟者可以在大约三百个牌子当中选择。① 由土耳其和埃及的烟草制成的香烟，牌子包括阿卜杜拉、本森·赫奇斯、辛辛那提俱乐部、埃及直道、哈萨姆、莫卧儿、奥马尔、帕尔美尔、菲利普·莫里斯、拉美西斯、土耳其奖杯。土耳其和美国的烟草混合的牌子包括切斯特菲尔德、登喜路、法蒂玛、好彩、万宝路、派普、小钱儿、漫步者、三城堡。对纯粹主义者来说，玩家和里士满只用来自弗吉尼亚和北卡罗来纳的烟草，埃尔托罗和哈瓦那烟是用西印度群岛的烟叶卷成的。

抽烟是如此流行，以致亚历山大·格特勒发现，这一习惯已经干扰到了他对血液中一氧化碳饱和度的研究。

科学家们从十九世纪末就已经知道，烟草的烟雾中含有一氧化碳。维多利亚时代的科学家甚至能够计算出烟雾里这种气体的含量：香烟中最多的达百分之四，在格特勒本人抽的雪茄里，则是百分之六至百分之八。

---

① Emil Bogen, "The Composition of Cigarets and Cigaret Smoke," *Journal of the American Medical Association* (October 12, 1929), pp. 1110 - 14.

格特勒最近的工作，从理论上说明了老烟枪可能会遭受低剂量一氧化碳的毒害。他在一九三三年的报告中推断："重度瘾君子体会到的头疼，部分即是因为吸入了一氧化碳。"[①] 但他真正的兴趣不在于他们的症状，而更多在于这种毒物在他们血液中累积了多少，以及这将如何影响他对死因的估算。

他以他惯常的、一心一意的方式来处理那个问题。为了更好地了解烟草的烟雾中一氧化碳的污染程度，格特勒选择了一个三组人做对比，分别是：只待在乡下一个空气相对干净的州立机构的人，每天在汽车排出的尾气中扫大街的清洁工，以及重度瘾君子。

不出所料，乡村居民血液的碳基血红蛋白水平平均不到百分之一。曼哈顿的街道清扫工的这一水平是前者的三倍，足足百分之三。但是，瘾君子的达到了最高，高得远超他的预期，也超过了十九世纪的计算结果。美国人正在吸入远比之前更多的烟草烟雾，他们的饱和度在百分之八到百分之十九之间变化。（后一百分比来自布朗克斯的一名出租车司机，他承认在来格特勒实验室的路上抽了六支烟，用前一个烟蒂点燃下一根烟。）

人们可以有把握地假设，格特勒以他一贯的谨慎和精准写道："烟草的烟雾明显提高了血液中一氧化碳的浓度，在解释实验室结果时不能忽略这一点。"

烟草的烟雾中另外一个著名的毒物是尼古丁。

尼古丁是一种天然的存在于烟草类植物中的生物碱，由碳、

① A. O. Gettler and M. R. Mattice, " 'Normal' Carbon Monoxide Content of the Blood," *Journal of the American Medical Association* 100, no. 92 (January 14, 1933), pp. 92 - 97.

氢、氮（$C_{10}H_{14}N_2$）原子紧紧交织成一束。[①] 实际上，烟草类植物属于臭名昭著的茄属植物家族，一个充斥着有毒植物的群体，包括曼德拉草、曼陀罗草和龙葵，毒素颠茄就产生于其中。尼古丁在十九世纪被分离后又合成出来。在纯态下，杀死普通的成年人最多只要一盎司。

这种毒素在毒理学家当中很有名，是因为它是科学家能够在尸体中检测到的第一种植物碱。这一突破发生在一八五一年的法国，当时，一位非常有毅力的年轻化学家让·塞尔韦·斯达从人的胃部组织里提取出了尼古丁。这个胃属于一位富有的、被其手头拮据的妹妹和妹夫所杀的贵族。受害者死前曾痛苦不堪的证据，驱使内敛而又狂热的斯达把自己关在实验室里，直到他发现了一种能从尸体中分离出尼古丁的办法。

高剂量时，尼古丁是一种可怕的毒素——它所到之处，所有组织都会起水泡，从嘴到胃被一路烧伤，还会导致剧烈的呕吐，紧接着是惊厥，继而是神经系统彻底停工。即便在十九世纪，它的名声也是非常糟糕的。“致死案例中人的中毒过程非常迅速，要以分钟而不是小时来计算。”一本医学教科书在引述一个用尼古丁自杀的病例时指出，这个不幸的人甚至还没来得及将毒药瓶放回桌上就死掉了。“死亡是由于呼吸麻痹。”另一位作者指出，并补充说，有时这种麻痹发生得过于迅速，以致在双肺停止工作之后，心脏还会跳动，至少是短暂地跳动。

人们只要吞下几盎司的烟草就可以杀死自己，虽然这样起效

---

① Thorwald, Century of the *Detective*, pp. 296 - 307; Peterson, Haines, and Webster, *Legal Toxicology*, pp. 554 - 65; Gonzales et al., *Pathology and Toxicology*, pp. 844 - 45, 1140 - 42; “Case Definition: Nicotine Poisoning,” U. S. Centers for Disease Control, www. bt. cdc. gov/agent/nicotine/casedef. asp.

比纯碱慢许多。但是，没有人确切知道烟草的烟雾里有多少尼古丁被吸入，它又会有多危险。首先，测量尼古丁一事惊人的困难，一九二九年的一项分析表明，烟草类植物所含尼古丁数量根据它们生长地点的不同而各异——原来，弗吉尼亚烟草所含的尼古丁是西印度群岛烟草的三倍。[①] 另外，各人的吸入量也不一样——有些人迅速地喷了出去，有些人则把烟深深地吸入了肺里。这就可以解释格特勒观察瘾君子所记录下的一氧化碳读数从百分之八到百分之十九的变化了。

到二十世纪二十年代末，研究者们知道了烟草的烟雾里不只含有尼古丁和一氧化碳。他们还发现了氰化物、硫化氢、甲醛、阿摩尼亚、吡啶，最后一个是工业溶剂里的一种成分。[②] 几位医生还记录了它造成的慢性疾病——嗓子疼和咳嗽，支气管炎，心脏及循环系统问题，包括心率过快和血管堵塞。有些医生甚至怀疑卷烟里的化学物质可能与癌症有关系，尽管许多人对这一观点持怀疑态度。

更多的医生认为，抽烟的益处所蕴含的价值远大于未经证实的风险。烟草的化学物质似乎是以积极的方式刺激神经系统的，不仅会使人清醒，还会带来镇定的效果。它有助于控制食欲及由此引起的肥胖。有些医生相信，这种烟甚至能通过一种天然的抗菌作用抵抗病毒感染。在英国医学杂志《柳叶刀》上撰文的医生提出了一个乐观的看法：香烟有助于人们应对二十世纪初那个复杂世界的生存压力。

---

① Bogen, "Composition of Cigarets."

② Bogen, "Composition of Cigarets."; W. E. Dixon, "The Tobacco Habit," *Lancet*, October 22, 1927, pp. 881 - 85; "Is Tobacco Smoke Carbon Monoxide Eliminating the 'Red-Blooded' Man?," *New York Times*, November 7, 1926, p. X16.

《美国医学会杂志》上有一篇类似的文章，它引证说社交和放松是吸烟更有益的结果。此文的作者虽热情洋溢，却也知道在他自己的医疗实践中约有三分之一的吸烟者患上了气短或慢性咳嗽，或者两病兼有。“仍然得由吸烟者自己来决定他是否要为从中得到的快乐而付出这些代价。”这位医生写道。

他还补充了一条非同寻常的警示。医生们不理解吸烟的生理效应，《美国医学会杂志》的编辑提醒读者。他们不知道这种烟雾完整的化学构成，他们还未充分认识“它可能导致的临床效应”。人们有理由欣赏这种习惯，没错，但也同样有充分的理由保持谨慎。

十月的第一个星期，马里诺和他的朋友帕斯卡、克里斯伯格及墨菲终于接受了审判。

在他们被控谋杀的五个月里，布朗克斯的地区检察官下令掘出了马洛伊的尸体送往贝尔维尤进行分析。确实，这个老酒鬼已经被埋葬好几个月了，但格特勒向检察官保证，如果此人是被煤气所杀，他的实验室仍然能从中找到一氧化碳的证据。

一氧化碳在死尸中的持久性是格特勒那年关注的另一个问题。[①] 德国科学家早在两年前就已经报告，埋葬三个月后被掘出的尸体仍然含有碳基血红蛋白。那是它的时间极限吗？格特勒很好奇。还是说这种化合物可以存在更长久呐？

他收集了包括马洛伊在内的死于一氧化碳中毒者的血液，把

---

① A. O. Gettler and H. C. Freimuth, “Carbon Monoxide in Blood,” *American Journal of Clinical Pathology* 13, no. 99 (1943), pp. 79 - 83; “The Carbon Monoxide Content of Blood Under Various Conditions,” *American Journal of Clinical Pathology* 10 (1940), pp. 603 - 16.

它们装满了十六个瓶子。所有血液样本都充满了碳基血红蛋白。其中一半放入了实验室的冰箱，另一半放在沿实验室的墙边摆放的长木架上。他的想法很简单，就是要对比一下冷藏环境下和室温下细胞的衰变率。格特勒和同事们以初次存储后二十四小时到八十四天的间隔检查这些瓶子。“一氧化碳绝不会因血液的腐败而增长。”他指出，并重申了一个事实：人在死后，尸体既不制造也不吸收这种气体。

格特勒发现，碳基血红蛋白确实在随着血液细胞的腐败而减少。但它的消失很缓慢，在最初的检测中几乎难以觉察。在最长的间隔八十四天里，一氧化碳的饱和度只从百分之七十五点三下降到了百分之七十点八，这两个数字都是致命的剂量。那迈克尔·马洛伊的血液呢？① 他的一氧化碳饱和度仍然是强有力的百分之七十。同样可恶的是，尸检发现，这个老人的心脏和肺脏被那种最熟悉不过的樱桃红染得明艳艳的。

一九三三年十月十九日，四名同谋全部被认定为一级谋杀罪。第二天，他们被判电椅死刑，执行日期要等待上诉期之后，还要看同谋犯们什么时候能被安排进辛辛监狱。

在曼哈顿，随着时钟滴滴答答地走到那令人憎恨的禁酒令年代的终点，城市里各酒店、俱乐部和餐馆的氛围，都是期待与庆祝的狂热混合。②

---

① “Four on Trial in Bronx Insurance Slaying,” *New York Times*, October 5, 1933, p. 16; “Jury Weighs Fate of Four in Killing,” *New York Times*, October 19, 1933, p. 42; “Four Men to Die for Bronx Killing,” *New York Times*, October 20, 1933, p. 38.

② “Chefs Jubilant at Dry Law Doom,” *New York Times*, November 11, 1933, p. 1.

华尔道夫酒店装修了三家新酒吧，两家小而舒适，另外一家就在酒店备受赞誉的孔雀厅附近，以其蓝色镜面天花板、银色贝壳墙面和亮闪闪的蓝色黄色立柱给人一种超尘绝俗之感。纽约人酒店买下了价值十万美元的优质威士忌，而且正在建造一个地下葡萄酒窖、一个室内酒吧和一家优雅的室外露台餐厅。

耶鲁俱乐部、哈佛俱乐部和网球俱乐部都申请重开各自的酒吧。到十一月末，卖酒执照的申请以每天一千份的速度涌入纽约市政厅，从全国看，政府正以极快的速度批准酒类生产，一旦禁酒时代正式结束，就有预期中的一千二百五十万加仑的酒可供享用。

到十一月末，已经有三十三个州投票废除禁酒令，还有三个——俄亥俄州、宾夕法尼亚州、犹他州——计划在十二月五日投票。皮埃尔酒店的大厨预言，精致的餐饮、优雅的舞蹈即将回归，禁酒令时代“那焦躁不安的爵士舞和随身小酒壶”将终结。这位大厨向有同情心的新闻记者吐露心声说，他真心希望，男人和女人在等待上菜时，可以慢慢地品尝葡萄酒，而不是围着桌子跳舞。

在公园大道三〇〇号时髦的两层餐厅“路易斯·谢里”的经理担心，顾客们将不得不重新学习为每道菜配上合适的葡萄酒。他甚至不确定他手下的侍者们是否还记得这些——现在所有人都只知道私酿姜酒和变性酒精。谢里的厨房正在制订一份新菜单：鱼子酱配伏特加，白龟配香槟，法国血鸭配香槟（一九二一年的凯歌香槟更佳），还有餐后焦糖咖啡（热咖啡、干邑白兰地、肉桂棒，装在玻璃杯里，边上抹一圈糖）。

“这意味着酗酒的结束，”路易斯·谢里餐厅的门房预言道，“我们不用在聚会之后搜一遍这个地方，寻找滑到桌子下面的小伙儿和姑娘。我们将回到举止优雅的时代。我从骨子里感觉到了这一点。”

最后一个需要完成批准的州——犹他州，在东部时间十二月五日五点三十三分正式批准了。[①] 像纽约这样的州发现这个时间安排实在令人恼火。废除禁酒令生效的那天，时间实在太晚了，大多数酒类零售店——现在足有五千家有许可证——那天晚上都没法把他们刚刚合法的货物弄到城里。

尽管如此，准备充分的酒店还是推出了酒吧推车，让它们满大厅地转悠，分发鸡尾酒。布卢明代尔百货公司很有手段，得到了卖酒许可，在电台广播传出犹他州投票的新闻的那一瞬间，立刻把进口威士忌和黑麦酒卖给了等待已久的顾客。

布卢明代尔百货公司前的队伍蜿蜒曲折，大喊大叫，一直排到喧闹又喜气洋洋的大街上。

还有其他变化要庆祝。在坦慕尼协会掌控一切十五年后，在吉米·沃克尔可耻地离开之后，纽约市终于选出了一位锐意改革的市长。不幸的是，查尔斯·诺里斯与新上任的菲奥雷洛·H. 拉瓜迪亚[②]的相处，并不比与前几任市长好多少。

拉瓜迪亚十一月当选，立即开始处理该市令人震惊的赤字问题（三千一百万）。他削减了薪资，解聘了市政府的雇员，提高了税费。一九三四年一月，他下令削减所有部门预算中的油水。拉

---

① “City Toasts New Era,” *New York Times*, December 6, 1933, p. 1.

② 取代民主党上台的共和党改革派政府和“联合党”市长，纽约的三大机场之一便是以他的名字命名。——译者

瓜迪亚手下热情高涨的工作人员甚至取消了他们认为过多的钟表，包括法医办公室墙上的时钟。

诺里斯立刻自己花钱换了一个钟，但他又一次愤怒地向该市的报纸发牢骚，不管这样会不会令拉瓜迪亚尴尬。

这根本不是油水的事，诺里斯厉声说："多少年来，我们的预算都被砍得见了骨头。现在就连骨头都要被刮干净了。"难道市长办公室一点都不知道一个法医办公室要怎么处理问题吗？"法律要求我们记录报告给我们的每个案例的确切时间，工作人员要依靠时钟确保准确性。经济到底糟糕成什么样已经一览无遗了。"

他已经明白，必须培养市长学会欣赏法医学的科学性。反复地培养。

一九三四年六月三日，托尼·马里诺、弗朗西斯·帕斯卡和丹尼尔·克里斯伯格上了电椅。① 他们的从犯雷德·墨菲，在法庭评估他的精神状态时赚了两个星期的寿命。三个人跟家人说了再见，跟精神顾问会了面，在"舞蹈室"里等待死刑执行的命令。

《纽约每日镜报》的一名记者用机关枪般不连贯的乐段清晰地记录下了当时的场面。"十一点钟，"该报的罗伯特·坎佩尔写道，"注定难逃一死的声响。现在是双脚碰撞的啪啪声。大门打开。"囚犯们走过所谓的最后一里路，其实只有大约二十四步。他写道，帕斯卡最先出来，"发电机嗞嗞作响，两千伏十安培，足以将一个人撕开的电流。三次电击。"接下来是马里诺。又是三次电击。然

---

① "Three Die at Sing Sing for Bronx Murder," *New York Times*, June 8, 1934, p. 44; "Murphy Goes to the Chair," *New York Times*, July 6, 1934, p. 10; Robert Campbell, "Three Die in Chair for Barfly Murder," *New York Daily Mirror*, June 8, 1934, p. 1.

后是克里斯伯格。再来三次。三个人都在十七分钟内死亡。就在一个月以后，最后一次上诉失败，顽固不化的雷德·墨菲也上了电椅。

坎佩尔把事情整个概括了一下——发电机的尖啸，电流的暗火，尸体被推走时石头地面上的隆隆声，一切都是基于一个刚刚解放的威士忌爱好者的观点："这是整个国家在为'杀不死的老迈克尔'干杯。"

十一 铊（TI）

一九三五至一九三六

有些时候——而且这种时刻经常出现——人们会觉得现代社会，机器时代的美国，已经对毒药上了瘾。[①]每一天都在重复讲述着这种依赖的故事：毒药飘浮在早上被通勤车尾气污染的空气中，游荡在夜晚的马提尼酒杯里、煤气炉蓝色的火焰里、饭后香烟的袅袅烟雾里、许多人在过完紧张的一天后吞下的巴比妥盐[②]里。

畅销书《一亿只豚鼠》[③]（*100,000,000 Guinea Guinea Pigs*）到一九三五年已经重印了九次，在这本书里，一对为消费者维权的作家抱怨说，美国公民已经成了对消费者福祉漠不关心的化工企业的小白鼠。而政府呢，他们痛苦地补充说，与企业沆瀣一气。监管几乎不存在。成立了十九年的 FDA 就是个笑话，连设立最低安全标准的权力都没有。消费者群体和他们在国会里的同盟已经尝试了两年，却未能成功地争取让一部能赋予 FDA 重要权威的新法通过。

他们的要求并不特别过分。拟议中的立法将要求产品在上市前进行安全检测，立法将确定销售危险产品的公司的责任。其中一个建议是对付邪恶的工业制造商联盟和专利药品公司的，它仅仅是要求向消费者提供基本信息，例如，所用原料的成分必须在药品、家用清洁剂和化妆品的包装上列出。

一九三五年，一个想用“睫毛诱惑”（Lash Lure）这个产品涂黑自己睫毛的女人根本无从知道，这种染料里含有的苯化合物，能够而且的确会引起角膜溃疡和失明。一个用顶点生发灵的秃顶男人无从知道，他正在往自己的头皮里擦乙酸铅。根据医学检测，斯蒂尔曼派祛斑剂里全是水银。一种流行的染料，波特夫人牌胡桃色染发剂在广告里自称“保证不含铅、硫和银”，实际上却含有来自煤焦油的苯胺染料，该成分因其具有毒性而在欧洲被禁用。当然，在美国，联邦政府机构没有权力采取类似的保护措施。

《一亿只豚鼠》的作者、消费者研究协会的阿瑟·卡莱特和F.J.史林克，用了很大一部分篇幅来描述最糟糕的化妆品：含有金属铊的脱毛剂。铊有毒，这不是秘密。它是许多种杀虫剂的主要成分。然而，化妆品制造商却一直使用它，坚持说小剂量是安全的，还做广告宣传它具有去除脸上——以及女性渴望的身上其他任何地方——的多余毛发的神奇本领。

脱毛剂在二十世纪三十年代早期导致了一次小规模但很严重

① Arthur Kallet and F. J. Schlink, *100,000,000 Guinea Pigs: Dangers in Everyday Foods, Drugs and Cosmetics* (New York: Grosset and Dunlap, 1935); Ruth De Forest Lamb, *American Chamber of Horrors: The Truth About Food and Drugs* (New York: Grosset and Dunlap, 1936).

② 曾作为催眠药或镇静药应用于临床，但因药效弱、不良反应多、不安全、易致依赖而被淘汰。——译者

③ 全名为《一亿只豚鼠：日常事务、药品和化妆品的危险》，本书试图证明美国人正被当作豚鼠，被食品和消费品制造商们拿去做集体实验。本书的两位作者来自非营利组织“消费者研究”，它致力于测试各式产品，发布商品指南，指导人们选购，是世界上第一个消费者组织。——译者

的流行病，《美国医学会杂志》全面讲述了这一事件。[1] 一个女人在下巴上用了这种脱毛剂，最后差点儿头发全掉光了，只剩下百十根头发形成了“她脖子后面的刘海”。明尼苏达的一位女性在上唇部位用了这种脱毛剂，结果入院治疗，她的头发成把地脱落，双腿也无法支撑自己的重量。缅因州的一个女人则失去了视力。“这种脱毛剂里有铅吗?”她的医生写信去问美国医学会的专家，说她另外的一些症状——包括严重的恶心——让他想起了急性铅中毒，这会导致眼角膜变得不透明。

卡莱特和史林克一再发布针对铊基脱毛剂的警示，他们说这种制剂完全是毒药，是“已知最致命的一种”，他们还敦促消费者就更好地监管这类化合物的问题去游说国会议员。多年来，美国医学会一直致力于反对这类产品。由于缺少政府监管，该会成立了自己的调查部门，分析了众多品牌，反复警示说铊基脱毛剂是“对公众健康的威胁”。

尽管如此，女人们仍然购买这种美容产品。像《时尚》这类妇女杂志上刊登的广告，极力吹捧这种制剂能够去除难看的毛发并让皮肤焕发出美丽的白皙光泽。毕竟，这些无所不在的毒药确实像广告所说的那么有效。一如四乙基铅确实解决了发动机的爆

---

① “Dangers from Use of Thallium Acetate,” *Journal of the American Medical Association* 94, no. 2 (January 18, 1931), p. 197; “Thallium Poisoning,” *Journal of the American Medical Association* 95, no. 3 (January 30, 1932), pp. 406 - 407; “A Case of Thallium Poisoning Following the Prolonged Use of a Depilatory Cream,” *Journal of the American Medical Association* 96, no. 22 (March 30, 1933), pp. 1866 - 68; “Reports of Thallium Acetate Poisoning Following Use of Koremlu [a depilatory cream made in New York City],” *Journal of the American Medical Association*, 1868 - 69; William Mahoney, “Retrobulbar Neuritis Due to Thallium Poisoning from Depilatory Cream,” *Journal of the American Medical Association* 98, no. 8 (February 20, 1932), pp. 618 - 20.

震，一氧化碳确实提供了一种廉价而可靠的燃料，氰化物确实有助于胶片清晰地显影。

那是一九三五年的四月，金色的微风吹拂着夏日的气息：人们整天挤在科尼岛的木板路上，在长岛的海滩享受着午后的阳光。弗雷德里克·格罗斯没有钱去海滩旅行，但阳光是免费的。在傍晚的柔光中，他喜欢和邻居们一起坐在他公寓房间那高高的门廊上，抽着烟斗，交换着当天的新闻，望着孩子们在街头玩踢罐子的游戏。

他是个特别好的人，邻居们说。[①] 他从来不抱怨自己是个残疾人，只不过会给自己多留点时间，因为他的假腿移动得很慢。他右腿膝盖以下在家乡费城的一起马车事故之后截了肢。他在下曼哈顿一家进口公司里做了十三年的簿记员，他的同事们也喜欢他。他们说，他天性善良，工作努力，话不多，待人和气。

格罗斯，他的妻子巴巴拉，他们的五个孩子，还有他的丈母娘，一起住在布鲁克林的布什威克社区一个没有热水的小公寓里，那儿的街道两旁排列着被分隔开的成套住宅，一套套房子又被分成一个个房间供出租。他们的隔壁邻居赌咒说墙壁薄得她都能听到格罗斯家说的每一个字。她告诉警察，从来没听到他发脾气提高嗓门说话。

是的，这位邻居说，四月底他妻子和四个孩子确实死了。没错，剩下的那个儿子和丈母娘都住了院。但她永远永远都无法相信，就是这个笑容甜美的小个子簿记员杀了他们所有人。

① "Five in Family Killed by a Rare Poison; Father Is Accused," *New York Times*, May 11, 1935, p. 1; "Five Poisonings Denied by Father in Court; No Motive Is Found," *New York Times*, May 12, 1935, p. 1.

格罗斯一家开始出岔子，可怕的、难以置信的差错，其最初迹象出现在三月底一个平常的日子。格罗斯回家吃晚饭时，妻子巴巴拉告诉他，他们的一个儿子感觉不太好。

弗雷迪九岁，这个男孩最近老是感冒着凉，胃不舒服。格罗斯给他最大的儿子穿上睡衣，掖好被子。那孩子脸色显得很苍白，格罗斯决定待在房间里以防儿子的病情加重。他正在椅子里打盹，弗雷迪突然醒来，干呕不止，呼吸变得十分困难。到了清晨，这孩子死了。紧接着第二天，他们三岁的儿子列奥也病倒了。他在四月第一个星期里死去。

他们的医生向卫生局报告说这两人都死于支气管肺炎。可是到这时，巴巴拉·格罗斯也令人绝望地病倒了。小列奥死后过了两天，四月四日，她也跟着去了。这一次，医院的医生诊断死因为脑炎。震惊的格罗斯要求休息几天。他和丈母娘一起照顾剩下的孩子，七岁的凯瑟琳，五岁的弗兰克，还有家里的婴儿小巴巴拉，只有八个月大。

蹊跷的是，似乎只有这位父亲是健康的，其他人都有些勉强。就连平常最活跃的少年都提不起精神，身上还有点疼痛。格罗斯的妻妹几乎每天都得来帮忙做饭，让她的孩子跟格罗斯家的小孩们玩儿。可情况却越发糟糕起来。

到这个月末，两个小姑娘也死了，诊断为脑炎，那位外祖母和五岁的男孩则住进了医院。他们四个，不管是死去的和生病的，头发几乎都掉光了。几个星期以来，邻居们一直为此事纳闷。最小的那个，小巴巴拉，曾经拥有一头最美丽的棕色鬈发。她的妈妈为此深感骄傲，带着小姑娘在他们居住的埃尔德特大街上来来回回地炫耀。可是到了四月中旬，这个蹒跚学步的孩子头发已经那么稀疏，连头皮都露了出来，在小女孩死前两天，一个邻居说：

“她的头秃得就像你的手。”

铊这个名字来自希腊语 thallos，意思是长出新叶的植物，在春天阳光的照耀下绿油油的。[①] 对于一个颜色并不艳丽，在土里是苍白的银色，接触空气就变得暗淡发灰的金属元素，这似乎是种过于鲜明的描述。

但是，有关铊的科学发现的故事解释了这个名字的来源，也说明了与这一发现相关的科学进步。铊是在一八六一年首次被一位顶尖的英国化学家识别出来的，他叫威廉·克鲁克斯，受邀分析一批用于工业开采的硫酸，这些硫酸明显受到了一种不知名的杂质的污染。克鲁克斯遵循自己一贯的流程，先是做了个简单的火焰测试。他将一段铂丝浸入硫酸里，然后将铂丝放入本生灯[②]无色的火焰里。

随着温度的升高，铂丝突然亮起了耀眼的绿色。

克鲁克斯已经做过几百次火焰测试，他见过其他元素闪耀出绿色——比如铜和钡。但是，这种如春天般生机盎然的绿色对他来说是全新的。他决定用一种新仪器——分光镜进行更复杂的测试。这个装置的实验原理和火焰测试一样：当某种材料加热到白炽状态时，会按照其原子构成散发出不同的颜色。在分光镜下，一个未知的化合物被一直加热到燃烧，产生的火光通过一条窄缝

---

① Emsley, *Elements of Murder*, “Thallium: The Essentials,” www. webelements. com/thallium/; Jefferson Lab, “It’s Elemental,” http://education. jlab. org/itselemental/ele081. html; “Thallium: Statistics and Information,” http://minerals. usgs. gov/minerals/pubs/commodity/thallium/.

② 德国化学家发明的以煤气为燃料的加热器具。在本生灯发明前，所用煤气灯的火焰很明亮，但因煤气燃烧不完全，火焰温度不高。本生将其做了改进，先让煤气和空气在灯内充分混合，从而使煤气燃烧完全，得到无光高温火焰。因其燃烧效率高、产生污染小而多用于实验室中。——译者

直接射入棱镜。无论这道光是什么样的，棱镜都会将它折射为全光谱。通过放大管观察这些亮光的科学家，可以辨认出被加热物质的每个成分，将不同颜色与现有的化学元素目录进行匹配。

但是，克鲁克斯在棱镜里看到的这种明亮的绿色却是前所未见的，这让他意识到他可能发现了一种新元素。因其独一无二的光谱颜色，他将自己的发现命名为铊。事实证明，克鲁克斯将不得不与人分享这一功劳。就在同一年，法国化学家克劳德-奥古斯特·洛米报告说，在采矿残留物的检验中发现了一种惊人的绿色光线。洛米进一步探索，分离出了这种元素，铸造成一个小小的金属锭。这位法国科学家也提出怀疑说（虽然要到很久以后才会被人赏识）铊是种非常凶险的物质。

在分离铊的那几个月里，洛米的身体日渐衰弱。他疲惫不堪，双腿疼痛难忍。虽然他恢复了健康，但他也受了很大的罪。之后，他把这种元素喂给狗、鸭和小鸡来进一步测试。所有的动物都在几天之内死去了，出现了虚弱、颤抖、呼吸困难的情况，情况最糟糕的那些甚至双腿全部瘫痪。

克鲁克斯认为有人企图窃取他的发现，对此他极为不满。他拒绝接受对手的关心。高剂量的铊可能很危险，英国化学家知道。但是小剂量，他亲自尝试过，对健康根本没有影响。

克鲁克斯负责一本顶尖的化学杂志的编辑工作，因此，他对铊元素广为人知的评价得到了科学界的认可。当然，不幸的是，在这个细节上他错了。

“一家五口被离奇的毒药杀死”，《纽约时报》五月十一日的头条标题如此写道，格罗斯一家的故事占据了报纸的头版。不管怎么说，就像报纸上所说的，一个周薪二十块的职员用一种极不寻常的毒药谋杀自己的孩子这种事频率会有多高呢?

死亡事件实在太多，也太集中了，根本没法避开警方的调查。警察的工作从格罗斯家最后一个幸存的孩子小弗兰克和格罗斯的岳母奥尔加·拜因开始，到布鲁克林的布什威克医院结束。从医院里得到的组织碎片被送到了当地一位刚得到棱镜的医生那里。检测结果出现了那抹明白无误的邪恶的灿烂绿色。随后，地区检察官命人掘出了格罗斯的妻子和大儿子的尸体，通过同样的检测方法，医生也看到了铊元素的那种标志性的致命绿色。

警察审问了格罗斯漫长的二十八个小时，试图让他承认犯下了谋杀罪行。而他始终一脸的无辜和困惑——他无法理解铊究竟是如何在他家人的体内发现的。他坐在小床上就直接睡着了，还穿着他唯一的一套西装。

铊极容易弄到，尽管亚历山大·格特勒说“它相当罕见而且价格不菲”[1]。除了用于化妆品，它也被广泛应用于工业产品中。

铊可以强化钨丝灯的灯丝。当金属铊被熔入玻璃中时，可以加强光的反射，这让它在制造眼镜镜片和闪闪发光的人造宝石时很有价值。加入用于制作温度计的汞合金中，铊将有助于达到低至零下六十摄氏度的精确度。

浓缩剂量的铊盐被用于害虫的防治，从一九二〇年起它就被加入毒鼠药当中，以硫酸铊膏和“铊鼠”的牌子出售。它是市场上名为铊谷[2]的一种杀虫诱饵中的有毒成分。在二十世纪初，它被用于清除像皮癣这类头皮感染的儿童的头发，以便医生能够看

① Louis Weiss, *A Study of Thallium Poisoning*, Ph. D. diss., New York University, 1942.

② Thalgrain，谷类中混入硫酸铊。——译者

到并处理引起感染的真菌。但是，在太多学步小童死亡之后，这种做法被抛弃了。

正如美国公共卫生部在一篇关于铊的医学用途的综述中所指出的那样，每种受试的动物——大鼠、小鼠、豚鼠、兔子和猴子——在每天摄入一定剂量的铊之后，都掉光了毛发。[①]

研究者们不确定到底是为什么。铊是唯一会导致脱发的金属毒物，这似乎很奇怪，但动物研究表明，铊与皮肤细胞的极速破坏有关。日后的研究会发现，铊导致这类加速损伤的一个原因是，它和另一种软金属钾拥有非常相似的原子结构。就像镭利用人体对钙的天然亲和力一样，铊会沿着钾离子吸收通道迅速进入细胞核。

但是，钾有助于维持细胞壁内正常的体液平衡，滋养控制肌肉运动的神经细胞，铊却会破坏细胞新陈代谢，使化学键分裂。钾离子通道也为这种毒物效果的扩散提供了一种令人沮丧的有效方式。“铊中毒动物的死后检查表明，这种金属几乎出现在了尸体的每一个器官中。”一位官方科学家写道，他认为，这种元素是如此不加选择地置对象于死地，它甚至都不应该被用作杀虫剂。

从二十世纪二十年代末开始的几年里，加利福尼亚州在南部沿海的一些县使用加了铊的谷物诱饵来消灭地松鼠。根据州野生动物官员的发现[②]，这计划起到了效果，但同时也杀死了吃掉中

① Francis Heyroth, *Thallium: A Review and Summary of Medical Literature*, Supplement No. 197 to the Public Health Reports (Washington, D.C.: United States Government Printing Office, 1947).

② Jean M. Linsdale, “Facts Concerning the Use of Thallium in California to Poison Rodents: Its Destructiveness to Game Birds, Song Birds and Other Valuable Wildlife,” *Condor* 33, no. 3 (May - June 1931), pp. 92 - 106.

毒地松鼠的动物——果子狸，土狼，黄鼠狼，狐狸，红尾鹰，金雕，土耳其秃鹫——以及所有不幸地发现了剩余诱饵的生物，包括白鸽，鹌鹑，兔子，野鸡，五种野鹅，草地鹨，臭鼬，老鼠，渡鸦，三种麻雀，三种啄木鸟，囊鼠，灯草雀，白足鼠，宠物猫和狗，家鸡，羊，牛。

最终，当一群野外工作者用一袋在农民谷仓里发现的粮食做饭并用餐之后，该项目宣告中止。那袋粮食原来是一袋含铊的诱饵。这群工作人员中有七人死亡，超过十二人幸存，但是都患上了局部瘫痪，当然，还有标志性的、不可避免的脱发。

格罗斯一家的悲剧刺激格特勒对铊的毒理学进行详细分析。他的结论是，大约三分之一盎司的铊盐就能快速地杀死任何一个人。

他写道，高浓度、大剂量中毒的症状，是恶心和呕吐、颤抖、气短，大约在三十小时内死亡。实际上，这些症状和恶性肺炎并无太大不同，格罗斯家两个死得最快的男孩就是被这么诊断的。“在亚急性情况下，病人能活几天到三四个星期，”格特勒写道，“唯一特异性的症状就是脱发，但仅限于那些死亡延迟至少二十天的病例。”①

在这些慢性中毒者中，最初的迹象是多种多样的：恶心，腹泻，腿疼，震颤，瘫痪，“症状和体征类似脑炎，偶尔伴有精神抑郁或亢奋、谵妄与失智、惊厥、昏迷这类精神症状，以及中枢神经系统瘫痪和呼吸衰竭导致的死亡”。这些症状也很容易被误认为

---

① Alexander O. Gettler and Louis Weiss, “Thallium Poisoning I: The Detection of Thallium in Biologic Material,” *American Journal of Clinical Pathology* 13 (1943), pp. 322 - 26; Gonzales et al., *Pathology and Toxicology*, pp. 756 - 57.

是某种传染性疾病或者神经症——而且经常被误诊。在一起著名的谋杀案中，一个奥地利女人在一九二四年和一九三四年之间用铊杀死了她的两任丈夫，她的儿子和一个婴儿。她在公寓里动手杀掉房客时才被抓获，但那也不是因为警察怀疑到了她，而是一位前房客的健康的儿子坚持要求掘出他母亲的尸体，才揭开了系列谋杀案的一角。

铊无色，无味，无嗅，可以轻易地混入液体，没有砒霜那种偶尔出现的沙粒感。它几乎可以隐没在任何饮料中——咖啡、茶、苏打水和可可。警方调查发现，格罗斯的雇主最近购买了一小批可可，打算将其添加到可配送物的清单中。放弃这个想法之后，公司以二十美分一罐的价格将可可提供给了雇员们。弗雷德里克·格罗斯在家人开始死去前不久，买了四磅半的罐装可可粉。

的确，布鲁克林的警探认为，这远远超出了他的需要。[①] 似乎他一直在计划着强迫家人吃可可。而进一步的调查发现，这家进口公司准备了充足的硫酸亚铊，以控制大楼里的啮齿动物的数量。警方把格罗斯家公寓里剩下的可可罐送到了他们在调查案件时曾合作过的医生那里。

他再次反馈说，当他把样本放在分光镜下之后，又看到了那种明确无误的、不可否认的绿色在闪着光。

“到目前为止，除了贫穷，我们没有发现其他任何动机。”布鲁克林的地区检察官宣布，但这家人的贫困极为严重，他说，“这

---

① “New Clues Found in Poisoning of Five,” *New York Times*, May 13, 1935, p. 1; “Thallium Is Found in Gross Cocoa Can,” *New York Times*, May 13, 1935, p. 1.

个男人过得很艰难。”①

弗雷德里克·格罗斯从未挣过多少钱，而大萧条使他的经济状况几乎陷入赤贫状态。到一九三四年，他的雇主，法尔兹和鲍尔进口公司已经失去了太多的业务，只好让职员选择要么减薪，要么离开。格罗斯的薪水从每周三十五元减至二十元。

这一家人住的公寓——只有冷水，没有电灯和暖气——每月房租要二十元。格罗斯家每周只剩下不到15元支付所有的花销。他们已经习惯了每顿饭都吃热麦片。这正是他买那些可可的原因，格罗斯说它香甜又饱腹。他们每天晚饭都喝它——一碗加了一点牛奶和糖的热的谷物粉，还有一杯热气腾腾的可可。他妻子经常午饭时也给孩子们喝——可可、麦片，遇上好日子还有点橙汁。

即便如此，这个家还是背上了债务。格罗斯有一套西装——蓝色毛哔叽，正在分期付款。在被捕的那一天，他还欠着这衣服的三十块全款里的十七块。全家已经两个月没交房租了，四月份，格罗斯得知妻子又怀上了一个孩子。“这一切对他来说也许都太沉重了。这可能就是动机。”

记者们从这些叙述中读出了某些不确定性。不仅仅是格罗斯顽强地坚称自己无辜造成了这种不确定，警察也没有发现他购买或偷窃这种毒药的证据。没有一个人看见他往可可里加了任何东西。实际上，他通常让妻子和丈母娘做饭。而且他也并未从亲人的死亡中得到任何好处，他没有买任何有利可图的人寿保险。

更有说服力的是，警方没有找到一个相信他有罪的人。通常情况下，找到某个人来指认警察一直怀疑的嫌疑犯是非常容易的，但这一次，没有一个邻居这么做——无论家人还是朋友。还在住

① “Prosecutor Hints at Freeing Gross,” *New York Times*, May 15, 1935, p. 44.

院试图从铊中毒中恢复的丈母娘告诉警方，她根本不相信是他。他的妻妹也是这么说。格罗斯的身体里没有一根坏骨头，而且热爱他的家人，她对警察一口咬定道。

"我相信围绕这些死亡的谜团会彻底解开，"布鲁克林的地区检察官威廉·吉欧根告诉记者，"任何意外的可能性都已经被排除了。"但私下里，他却没那么自信。他决定征求本地医生之外的某位专家的意见。他将证据——身体组织、可可、研究结果——送到了贝尔维尤的市立实验室。

在铊中毒案中，尸体解剖的结果可能是令人沮丧的。①

这种元素不会制造任何带有特异性的损害，完全不像一氧化碳那样有明艳的红色信号，或者像镭中毒那种骨骼破裂的证据。贝尔维尤的病理学家发现，在急性铊中毒的案例中，尸体也许会显示出胃黏膜发炎的情况，器官上有一些血块，但也有其他许多条件下，并没有发现任何情况。

当然，致死更慢的铊中毒通常会引起脱发。可是在体内，这种毒物还是没有提供任何戏剧性的证据。可能会出现血管凝血，心脏和肾脏脂肪变性，肺部充血或者大脑充血的症状。但是，被掘出来并解剖的格罗斯的两个孩子，"结果完全是阴性的"。

这一切都归结于另一个原因：铊中毒死亡被误判为其他死因实在是太容易，也太常见了。只有在实验室里，铊才会现出原形。铊和其他金属毒物——比如砒霜——一样，顽固地停留在人体内，在人死后几周甚至几个月后仍渗透在组织当中。任何知识渊博的

① Alexander O. Gettler and Louis Weiss, "Thallium Poisoning III: Clinical Toxicology of Thallium," *American Journal of Clinical Pathology* 13 (1943), pp. 422 - 29.

毒理学家都能发现它。

有人可能会说，它是一种属于化学家的毒物。

像布鲁克林的医生一样，格特勒对那些组织和可可进行了棱镜分析。他也看到了每个样本里闪闪发光的绿色。但一个测试对他来说还不够。从来都不够。

他又使用了光谱仪，这种装置与棱镜类似，但有个相机可以留下光线的永久图像。他发现光谱图像在法庭质证时极其管用。这些“逼真的闪光”，他这么称呼它们，也揭示出了每个组织样本中的铊。

然而，可可粉的光谱却没那么肯定——他觉得这颜色不太对劲。可可已经有点发臭了——格特勒不知道是不是罐子本身过滤了部分金属。他怀疑用来做罐子的合金里含有铜，这能够解释为什么可可的检测结果里有闪光的绿色。

他决定对可可和人体组织进行一系列的化学检测——相比用新机器所做的检测，那是一种过时的方法，但很可靠。他在四天里一遍遍地重复检测，直到满意为止。

就在格特勒做检测的时候，警方开始讨论一个解释系列谋杀的完全不同的推测了。

在搜查埃尔德特街的那间公寓时，布鲁克林警方发现了几本书，扉页上有格罗斯太太的名字。两本是医书，有各种毒药的信息。剩下一本是哲学家亚瑟·叔本华的《悲观论集》，这本书令人绝望地主张，本质上，宇宙根本没有提供人合理存在的希望。

地区检察官吉欧根最初对这几本书不以为意，但后来邻居们陆续讲起了格罗斯太太的故事。住在两门之隔的一个女人在一份声明上签了字，说她曾在系列死亡实践开始前几周与格罗斯太太交谈过。在知道自己又怀孕了之后，格罗斯太太曾说过她想用灭鼠药杀死自己的孩子，还有她的母亲和她自己。

她告诉这位邻居，她已经弄到那毒药了，它起效缓慢，没有痛苦，而且肯定致命。“你的意思是你要给孩子们下毒，还要看着他们受罪?”吓坏了的朋友问。她说格罗斯太太回答道：“我的这种毒药没有痛苦，肯定会死。”她在费城的一家医院里做电话接线员时就知道这种毒药了。“也许只用一天，也许要用三十天。”她实在忍受不了在如此绝望的贫困当中养育自己的孩子了。

不过，她的朋友告诉警察，格罗斯太太不想毒死自己的丈夫。没有一大家子的花销，她敢肯定他会找到更好的生活。据那份声明说，她断言：“我拥有所有女人都想要的最好的丈夫。但我宁愿做任何事，也不愿像这样劳心劳力，过贫困的生活了。”

对格罗斯太太犯罪这一推测，最强烈的反对来自还在监狱里的弗雷德里克·格罗斯。自从两人在费城相遇以来，他和巴巴拉结婚已经二十年了。她是个好女人，好妈妈，他告诉警察。“事情绝对不可能是那个样子，”他告诉地区检察官，“我不相信。”

可是，邻居们不停地说着他们的故事，就连公诉人都开始怀疑了。

铊的化学检测是一桩错综复杂而又棘手的业务。①

首先，格特勒要将那些组织绞成糊状。然后倒入一些硝酸，让混合物在大烧瓶中静置一小时。之后，烧瓶进行蒸汽浴两小时，

① Gettler and Weiss，“Thallium Poisoning I.”

直到所有的组织彻底溶解。待溶液冷却后，把所有固体的脂肪通过玻璃棉过滤掉，烧瓶被放到明火上。随着液体被加热，将硝酸小心地倒入其中。

一旦硝酸汽化，就会剩下一层厚厚的污泥在火上冒着黑色的气泡。“这时候，最好把火苗调小，等烧黑的液体不再起泡时再调大。”格特勒在一篇论文中详细地介绍了他的方法。待液体沉淀后，他将硝酸缓慢地滴入混合液中，直到颜色由黑变红再转黄，最后变成无色透明状态。只有在其他污垢都被彻底清除掉之后，他才开始检测铊。

有几种方法可以发现这种毒物。一个就是老标准，火焰检测。其他的，包括迫使铊从溶液中析出。比如，如果向那种透明液体中喷入二氧化硫，然后加入氢溶液，淡黄色、富含铊的沉淀层就会落到烧瓶的底部。或者可以加入碘化合物，沉淀出碘化亚铊。氨和铬酸钾会产生明亮的黄色沉淀层覆盖在烧瓶底部，由铊铬酸盐组成。

当然了，阴性结果同样很容易看出来。如果混合物里没有铊，烧瓶里的液体就会仍然保持无辜的透明状态。让格特勒吃惊的是，他最后得到了两种结果——既有铊的暗黄色，也有雨水般清澈的无毒溶液。

由格特勒的实验室进行的化学检测在所有死去孩子的体内都发现了铊，但在格罗斯太太体内却没有找到。她显然死于脑炎，正如原本诊断出的那样。孩子们是被下了毒，但母亲根本没有，这便提供了另一种可能——她实在过于疯狂，一心想跟她的丈夫和那个还未出生的孩子重新开始她的婚姻生活。

格特勒的检测结果表明，每个孩子摄入的铊的剂量显著不同。

因为两个女孩死在母亲之后，地区检察官确信她们的父亲肯定是下毒之人。但是，格特勒对此不赞同。部分是因为这两个孩子在死前几周内已经秃顶，他认为，她们在母亲死前已经摄入了毒药，因为剂量比那两个男孩的小，死得更慢一些。

而且，对可可的反复分析并未发现一丁点格罗斯老板用做毒鼠药的硫酸铊。[①] 如果可可罐含有这种毒物，格特勒指出，那他们应该发现，因为它会在分解组织中以很高的程度显示出来。以格特勒的检测结果为基础，尸体解剖和其他病理工作在贝尔维尤完成，法医的报告指出，尽管孩子们是中了铊的毒，却没有证据表明他们的死亡与父亲相关。

布鲁克林当局，特别是原来做检测的那位医生，都大为震惊。医生甚至既恼怒又尴尬。他说，也许，格特勒还不习惯使用棱镜。每个人都会犯错误，即便是表面上绝不会错的纽约市毒理学家。他公开建议格特勒重做检测。

此举刺激了查尔斯·诺里斯，他决心插手此事。他不能容忍对他的那些工作努力、报酬微薄的员工的批评。如果亚历山大·格特勒没有发现这种毒物的痕迹，诺里斯声明，那么“它就不在那儿”，句号。

五月二十日，布鲁克林的一位地方法官驳回了对弗雷德里克·格罗斯的指控。[②] 他的老板给这位刚刚获释的簿记员打电话，告诉他工作还为他保留着。格罗斯直接去了医院，他的儿子弗兰克还躺在那儿一个阳台的床上。看着儿童床上那个秃顶

① “Gross Cocoa Found Free of Thallium,” *New York Times*, May 18, 1935, p. 3.
② “Gross Is Released in Poison Deaths,” *New York Times*, May 21, 1935, p. 40.

的小男孩，他开始哭泣。五岁的孩子问父亲，探访日那天为什么没来看他。

“我很忙，儿子。”格罗斯回答。他告诉记者，等儿子的身体足够好以后，他打算带其去一个夏令营玩儿，让孩子长壮一点儿。他的丈母娘已经答应继续为他打理家务。他希望能更好地照顾剩下的家人。

所以，他要尽快回去工作。他不怪那位地区检察官，他说，他知道事情看上去很糟糕。但是，他对围在身边听他将来打算的记者们有个特殊的请求：那就是告诉每个人，把这话传播开来，他从始至终都是无辜的。

我们对有毒化合物如此深入地渗透进日常生活负有责任，“要让你的声音被清楚地听到，还要经常抗议冷漠、无知和贪婪，”消费者研究协会的卡莱特和史林克在一九三五年发表的宣言中写道，“掺假行为和虚假陈述潜藏着对你健康的威胁，不应该再被容忍。”①

消费者研究协会开始好奇，什么样的中毒事件才会刺激政府采取行动。FDA 回避了杰克姜酒的问题，将相关调查移交给了财政部的禁酒执法人员。虽然该机构采取措施终止了类似“镭补”这种含镭健康水的使用，但仍然没有出台法律禁止这些高风险产品的州际贸易。国会也并未以强化 FDA 的权力作为回应。相反，立法者甚至罗斯福总统都抵制类似的法律，因为它们会损害经济危机时代的贸易。

消费者研究协会担心，需要一场大灾难才能改变这一体系。

① Kallet and Schlink, *100,000,000 Guinea Pigs*, p. 302.

卡莱特、史林克及其同事的这一估计将在两年后被证实。一九三七年，田纳西州的一家小型制药公司开发出了一种新型止咳糖浆，将磺胺类药物溶解到了二甘醇溶剂中——这种碳、氢、氧的复杂链结（HO—CH_2—O—CH_2—CH_2—OH），也用于防冻剂的配方中。尽管二甘醇本来就有一种甜味，但是公司通过加入覆盆子调味剂使这种酏剂的味道更好了。

这种产品，磺胺酏剂，杀死了一百多个人，其中大部分是孩子。[①] 但是，在FDA的最简规则之下，只要求这家公司为贴错标签支付了一小笔罚款，因为“酏剂”意味着含有酒精。而这个配方里没有。死亡事件引发了众怒，其中首当其冲的是悲痛的家属，愤怒的消费者维权人士和害了自己病人性命的痛苦的医生则激化了这种情绪。（就像一位医生所写的那样，他眼睁睁地看着自己的朋友们因为请他治疗而死去。）公司的领导因为指出除了标签错误之外，产品完全合法——“我不觉得我们有任何责任”——而进一步激起了全国上下的愤怒。

第二年，国会通过了一九三八年《食品、药品和化妆品法案》，授权美国食品药品监督管理局要求厂家进行安全测试并准确标注，要求制造商对损害其消费者的行为负法律责任。经罗斯福签署，法案正式生效。

一九三五年的那个春天，尽管格罗斯案成功告破，查尔斯·诺里斯还是觉得十分疲惫。总会冒出另外一种毒药。另外一次谋

① U. S. Food and Drug Administration, “Taste of Raspberries, Taste of Death: The 1937 Elixir Sulfanilamide Incident,” www.fda.gov/oc/history/elixir.html; Paul Wax, “Elixirs, Diluents, and the Passage of the 1938 Food, Drug and Cosmetics Act,” *Annals of Internal Medicine* 122, no. 6 (March 15, 1995), pp. 456 - 61.

杀。另外一连串不必要的死亡。另外一个让你心碎的故事。

那年四月，也是多年来的头一次，他没有参加在阿斯特酒店举行的侦探养老协会年会（称“我尽量避免外出”[1]），只是送去了祝福。当他的母校耶鲁大学请他向校友基金捐款时，他坦诚地回信给领导这项活动的老朋友道：“你问我怎么样。我刚从一场严重的‘流感’中恢复过来。我们必须记住我们全都正在变老，一天比一天衰弱。我的花销比我的收入大得多，一段时间以来一直如此。”[2]

他答应送去一张五十美元的支票，但只能到五月再说，到他确定天会放晴的时候。他正把余钱投入法医办公室，闲暇时间则用来对付拉瓜迪亚市长，市长好像认为所有的长期部门的领导都是骗子。拉瓜迪亚下令检查所有这类部门，五月末，市长的政治盟友组成了公民预算委员会，指控诺里斯的员工为发放死亡证明等日常工作收取非法费用。

委员会估计，诺里斯的办公室处理的案件中有百分之四十需要某种形式的证明文件。[3] 那就意味着在过去的十七年里有超过两万个潜在的赚钱机会。在最坏情况下，如果法医办公室的每份报告收费二十元——由别的部门设定的费用——那么，从诺里斯就任以来的贪污总数将达到四十万美元。

诺里斯称这份报告是个笑话，他说：“我不知道他们是从哪儿估算出这四十万来的。保险公司偶尔想要听证会记录的复印件，

---

① Norris to Philip Hoerter, Detectives' Endowment Association, April 15, 1935, medical examiner's files, New York City Municipal Archive.

② Norris to Charles Miller, Yale Alumni University Fund Association, April 17, 1935, medical examiner's files, New York City Municipal Archive.

③ "Graft of $170,000 in 'Fees' Charged to Aides of Norris," *New York Times*, May 27, 1935, p. 1.

为此付些小钱，但我们收到这类请求的频率一周不超过两次，费用从五十美分到一美元不等。”他补充说，至于穷人，总是根本不必付费就能得到文件。

不出一个月，由该市的会计专员做出的正式调查就洗清了诺里斯办公室的贪污罪名。[①] 没错，办公室的确为冗长的文件收取了打印费，但他们只收了大约五十美分。办公室职员显然认为这一举动是法律允许的。他们也在公开这么做。在诺里斯掌管办公室的这段时间里，收费总数是四千元，或者换句话说，打字组每年分得两百多元，而不是大家议论中所说的四十万。

这笔钱，专员的报告指出，从未被诺里斯本人或科学家团队的任何成员瓜分。调查者发现，诺里斯“与这种所谓的非法活动没有任何关系”。相反，这位首席法医“从自己口袋里拿出了大笔钱来支付办公室的花销”。

诺里斯带着庄重接受了这一调查结果，但他被激怒了。所以，当有人请他一起赞美拉瓜迪亚市长时，他回信说自己恐怕不能那么做。他对市长不够了解，不能对他的优秀品质加以评价。

然后，诺里斯博士就去度了另一个来之不易的珍贵假期。他太累了，他对这一切都烦透了。

在悠闲地乘船享受了一番南美洲的热带气候之后，诺里斯于八月末度假归来。但是，他仍然莫名其妙地疲惫，在办公室里也是行动迟缓。他对此一笑了之。毕竟他已经六十七岁了。也许，他对这份工作来说年纪已经太大了。

---

① “Blanshard Clears Aides of Dr. Norris,” *New York Times*, June 28, 1935, p. 23.

九月十一日早晨，他醒来后感到非常恶心。[1] 他的医生认为他在旅行中染上了痢疾，但诺里斯在一天之内变得越来越虚弱。那天晚上八点半，他死在了床上。给出的死因是心力衰竭，虽然他的许多朋友都认为他极有可能是操劳而死。

三百多人参加了在第五大道和五十三街的圣托马斯圣公会教堂举行的葬礼。三十位身穿制服的警察，包括五位骑在马背上的，在入口处组成了仪仗队。他的灵柩停放在教堂前面，铺满了蕨类植物和红玫瑰，当唱诗班唱起“前进吧，基督的战士”时，警察们将灵柩抬下走廊，后面跟着他的妻子欧根妮，还有他的妹妹、外甥和妹夫。他的女儿在他死时正在欧洲度假，正在快马加鞭地往回赶。

州酒类管理局的主席来了，副警督、医院专员、医学院院长、贝尔维尤的实验室领导，纽约大学医学院院长、波士顿首席法医、纽约医学会的首脑也来了。在场的还有哈里森·马特兰德，以及担任代理首席法医的托马斯·冈萨雷斯。此外，还有来自法医办公室的医生、化学家、职员和速记员。亚历山大·格特勒，本市的毒理学家，当时正静静地坐在前排座位上。

纽约的报纸上列出了现身葬礼的每一个显要人物。这份名单里不包括拉瓜迪亚市长。不过诺里斯，这只永不停歇的牛虻，毫无疑问会对此大笑置之。

而且，他一定会被那些曾跟他并肩工作的人表露出的尊敬和

---

① “Dr. Norris, 67, Dies of Sudden Illness,” *New York Times*, September 12, 1935, p. 1; “Dr. Norris Buried with High Honors,” *New York Times*, September 15, 1935, p. 38; “Dr. Norris Set Up Trust for Wife,” *New York Times*, September 21, 1935, p. 13.

喜爱深深触动。

全体工作人员筹钱为他画了一幅肖像，挂在主办公室里。[①]每个人都捐了钱：速记员和文员，病理学家和化学家，他的老司机，还有清洁女工。冈萨雷斯组织设立了查尔斯·诺里斯法医学研究基金，以支持纽约大学新项目中有前途的学生。没有一个人为该倡议得到的慷慨回应而惊讶，就像冈萨雷斯写信给一位捐助者时所说的那样："因为如此众多的人对诺里斯博士怀着深厚的友谊和崇敬，就像你一样。"[②] 对他的致敬来自全世界，来自全国各地，但最热烈的表达来自和他一起工作过的人。

一封来自斯塔恩岛的法医的信很典型。它以庄严的调子开始，称赞诺里斯作为病理学家的本领，以及他为法医学成为受人尊敬的科学所做的开创性工作。这封信以个人化的回忆结束："在奉上我小小的捐款时，我要表达我对首席法医的感激之情，感谢他给予我的友谊，感谢他对我个人许许多多的帮助，感谢早年在我的办公室最需要时他所给予的极其慷慨又全心全意的支持，感谢他那鼓舞人心的话语和愉快喜悦的笑容，尤其是在办公室遇到困难，整个世界似乎黯淡无光之时。"[③]

然而，也许感谢查尔斯·诺里斯及其成就的最好方式，就是观察纽约市法医办公室的工作。诺里斯精心建设的法医团队——以他们来之不易的卓越声誉，以及他们对训练和科学流程的坚

① "Receipts and Expenditures—Portrait (Painting) of Dr. Charles Norris," September 1936, medical examiner's files, New York City Municipal Archives.

② Thomas Gonzales to Mendel Jacobi, July 23, 1936, medical examiner's files, New York City Municipal Archive.

③ Mendel Jacobi to Thomas Gonzales, July 21, 1936, medical examiner's files, New York City Municipal Archive.

持——将在他葬礼后的日子里受到很大的挑战。

他们发现，大部分的挑战是可以预测的——汽车意外，酒精中毒，枪击和斗殴，熟悉的生活节拍常常以这样的方式出错。在诺里斯去世后的那个秋天，该部门将与警方合作调查形形色色的案件：一个男管家，他把乙酸铅拌到了小肚鸡肠的老板的汤里；一个在百老汇快餐厅里割破朋友喉咙的画笔商，因为他怀疑此人睡了他老婆；女王地铁站的一名服务员因为一个男人拒绝给小费就把这人捅了；还有一个守夜人，为工资杀了一个七十一岁的老面包师。这类死亡事件仍以诺里斯所熟知的并且曾对抗过的，但有时只能痛惜的似乎不可避免的节奏继续着。

尽管如此，在他葬礼后不到两周的时间里，仍有一个案件从持续不断的死亡模式中脱颖而出——这起谋杀案因其冷酷的计谋、扭曲的性动机，以及其中一名嫌疑人有一张令人难以辨认的脸而令人难忘，至少在亚历山大·格特勒看来是如此。

案件始于九月中旬，当时，一位三十六岁的长岛家庭主妇突然得了重病，呕吐不止，肚子痛得直不起腰来。[①] 她的医生怀疑

① 关于克莱顿—阿普尔盖特谋杀案，参见：Leonard Gribble，“The Long Island Borgia,” in Richard Glyn Jones，ed.，*Poison!*（New York：Berkley Books，1987），pp. 100 – 12；Dorothy Kilgallen，*Murder One*（New York：Random House，1967）；*The People of the State of New York*，*Respondent v. Frances Q. Creighton and Everett C. Appelgate*，*Appellants*，Court of Appeals of New York，271 N. Y. 263；2 N. E. 2nd 650；1936；and the following newspaper accounts：“Find Poison Enough to Kill 3 in Wife's Body；Quiz Husband,” *New York Daily News*，October 7，1935，p. 1；“Wife Dead by Poison，Quiz Mate,” *New York Post*，October 7，1935，p. 1；“Woman Confesses Arsenic Slaying,” *New York Times*，October 9，1935，p. 1；“Admits She Poisoned Friend and Own Kin,” *New York Daily News*，October 9，1935，p. 1；“State Maps Case to Send Mrs. Creighton to Chair,” *New York Evening Journal*，October 10，（转下页）

是胆囊炎，并将这位名叫艾达·阿普尔盖特的主妇送进了医院。一星期后，她回了家，脚还有点颤抖，直接上了床，仍然虚弱得吃不下饭，只能喝点牛奶，有时在奶里放一点鸡蛋和糖。

两天后的九月二十七日，她醒来后再次病得很重，很快又陷入了昏迷。她的丈夫埃弗雷特叫来了医生和警察，求别人带氧气过来。医生赶到时，警察还在尝试诱导那已死的女人呼吸。医生为她治疗肥胖症已经有一段时间了，她的体重接近二百七十磅——他认为一定是她那不堪重负的心脏终于崩溃了。他在死亡证明上写下了“心肌梗塞”，让人将她的尸体送到了一家殡仪馆。

本来事情很可能也就这样了，要不是和阿普尔盖特一家同住的是一对臭名昭著的夫妇的话。这对夫妇——约翰·克莱顿和玛丽·弗朗西丝·克莱顿——曾因砒霜谋杀罪而受审。

自从十二年前无罪开释，克莱顿夫妇一直安静地生活着。他们卖掉了新泽西的房子，在长岛的鲍德温镇买了套小平房。约翰·克莱顿在县工程师办公室找了份工作。他们的孩子露丝现在十五岁，杰克十二岁，都在当地学校上学。

这期间，约翰加入了美国退伍军人协会。他在这个组织里的

（接上页）1935, p. 1; “Ruth Creighton Refuses to Save Lover at Altar,” *New York Daily News*, October 10, 1935, p. 2; “Suspected Borgia, Kin Asserts,” *New York Daily Mirror*, October 11, 1935, p. 1; “Indict Appelgate, Mrs. Creighton,” *New York Post*, October 11, 1935, p. 1; “Husband Indicted in Arsenic Murder,” *New York Times*, October 12, 1935, p. 2; “Mrs. Creighton Calm in Face of Life Trial,” *New York Evening Journal*, October 12, 1935; “Dr. Gettler on Stand at Appelgate Trial,” *New York Times*, January 18, 1936, p. 6; “Mrs. Creighton Dies for Poison Murder: Appelgate Follows Her to the Death Chamber for the Slaying of His Wife,” *New York Times*, July 17, 1936, p. 1.

朋友包括埃弗雷特·阿普尔盖特，一位当地支部的官员。阿普尔盖特在退伍军人救援局做调查员，他和妻子艾达、女儿及岳父母住在一起。在阿普尔盖特和艾达的父亲吵了一架以后，克莱顿提出让他们住进自家的平房，费用大家分摊。这个家的底层只有两间卧室，两家的大人住，露丝·克莱顿和阿普尔盖特家的女儿阿格尼丝睡在阁楼上；杰克·克莱顿睡在阳台上放着的小床。

这么住很拥挤，也许不太舒适，但是，“我们碰上了大萧条，”即将报道长岛谋杀案审判的记者多萝西·基尔加伦写道，“两个家庭合住这么小的一座房子的想法也就不太可能惊动任何人了。”

没有一个邻居喜欢艾达。她习惯于批评所有惹她生气的人，似乎每个人都会惹她生气。但两个家庭好像相处得还挺融洽，没有人知道布莱恩特街上这一家有过任何麻烦。

艾达死后，考虑到克莱顿夫妇的前科，警察询问阿普尔盖特是否可以对他妻子的尸体进行解剖。让他们惊讶的是，他拒绝了。地区检察官传唤了阿普尔盖特，告诉他检察官办公室可以强行尸检，但丈夫如果同意的话会好一点。

阿普尔盖特不情愿地同意了之后，病理学家切除了死去女人的器官，将其送往格特勒的实验室。他反馈说，在每个器官里都发现了砒霜，他估计艾达的摄入量超过了致死剂量三倍。又调查几天后，十月六日，纳苏县警方指控玛丽·弗朗西丝·克莱顿——目前自称弗兰——和埃弗雷特·阿普尔盖特共同谋杀。

玛丽·弗朗西丝·克莱顿的再次现身给了格特勒沉重一击。

正如基尔加伦在描述审判时所指出的那样，他曾是玛丽早年那桩谋杀案审判的被告方证人，是他本人的化学分析结果帮助她洗清了谋杀婆婆的罪名。

新一轮的调查——很可能令他十分欣慰——没有发现他在那个案子里有错误，但却强烈地表明她在另一项指控中骗过了侦查人员，成功地谋杀了她自己的弟弟。在与警察局雇用的心理医生会面期间，玛丽·弗朗西丝承认自己确实杀死了十几岁的兄弟，她想要那笔保险金。那次她选的毒药不是稀释的福勒氏溶液（即警察发现的那瓶），而是雷夫牌灭鼠药，她已经设法扔掉了。

这种富含砒霜的配方，也就是格特勒在艾达·阿普尔盖特的体内发现的毒药，直接把其他配料混合到了诱杀老鼠的毒饵里。遵循了毒理学家早在十九世纪就观察到的模式。砒霜杀手常常因为初次杀人特别成功，就会以为自己还可以再次侥幸逃脱。

玛丽·弗朗西丝·克莱顿在一九二三年的谋杀案审判后的这些年里老得很快，她那阴郁的圣母马利亚式的容颜已不复存在。她看起来比实际年龄三十六岁要老一些，又矮又胖，有三个下巴；照片里的她，有种古怪的青蛙似的表情。她所谓的同谋，埃弗雷特·阿普尔盖特，年纪跟她一样，但看上去年轻许多。他身材苗条，一头棕色头发，一双蓝色眼睛，对自己的外貌颇为骄傲。当警察们问起他与弗兰·克莱顿的关系是否可能成为谋杀动机时，他急忙予以否认。他们是同屋也是朋友，他说，这就是他们的全部关系。

不过，警方的目标只不过稍微偏离了一点儿。正确答案可以解释，为什么像基尔加伦这样来自赫斯特的《美国纽约日报》（*New York Journal American*）的头牌记者，会报道一件声名狼藉的郊区谋杀案，以及为什么她会给审判报道定名为“毒药与恋童癖”。

阿普尔盖特和玛丽·弗朗西丝·克莱顿没有暧昧关系。他喜欢的其实是她那个相当漂亮的十五岁的女儿。

问：你和露丝在你妻子躺的那张床上性交吗？
答：是的。
问：你妻子对此说了什么？
答：她根本不知道。
问：你是赤身裸体的吗？
答：是的。
问：你妻子也是裸体吗？
答：是的。
问：露丝也是裸着睡觉吗？
答：她穿着衣服进来。
问：但她不久就脱了衣服。
答：是的。
问：所以就是你妻子、露丝和你在床上，都光着身子？
答：是的。

审判在一九三六年一月十三日正式开始了。

阿普尔盖特作证说，他想和露丝·克莱顿结婚。虽然他否认艾达知道这桩风流韵事，但证人说的不一样。

露丝作证说，阿普尔盖特有一次问过她，假如他是单身，会不会更喜欢他。她还讲起了一次意外，当时，她坐阿普尔盖特的汽车回家。两口子一直在吵架，等他们到家后，艾达摔门而出。她丈夫跟了上去，把她打倒在地。她爬起来冲他喊叫："要是露丝，你就不会这么干了！"

约翰·克莱顿也作为证人被传唤到庭。他说起在劳动节的聚会上，阿普尔盖特夫妇又吵了起来，埃弗雷特打了妻子一耳光，将她推倒在椅子上。她朝他大声说：“你要是再这么做，我就把事情说出来，让你到你该去的地方。”

克莱顿承认当时他听得一头雾水。后来阿普尔盖特告诉克莱顿，说他希望能把露丝放进一所公寓，“让她留在那儿，不要在这个家里待着，如果她生病了，我可以叫医生来治好她。”他说，“你觉得怎么样？”

克莱顿作证说，他当时目瞪口呆，问道：“你这么说是什么意思，阿普？你用不着为我的女儿做任何事，不是吗？”

他说，阿普尔盖特彻底否认了他的疑问：“不，先生，你了解我。我不会伤害她一根头发的。”

约翰·克莱顿相信了自己的朋友。现在看来他在这件事上是大错特错了，简直不必说有多么愚蠢了。

按照阿普尔盖特的说法，约翰是克莱顿家唯一无辜的人。他作证说玛丽·弗朗西丝知道露丝在和他睡觉，她甚至帮他记录露丝的月经周期。女儿要嫁人并且搬出这个过分拥挤的家，这想法她喜欢。

阿普尔盖特承认他开车带玛丽·弗朗西丝去一家打折药店买了一包雷夫牌灭鼠药，还为此给了她钱。但他坚持说她告诉他需要这毒药来解决家里的老鼠。他说妻子死时他感到十分震惊。玛丽·弗朗西丝证实，他曾带她去药店，还给了她二十五美分去买灭鼠粉，然后从她手里拿走放进了自己的口袋。

关于谋杀当晚的事，她说：“那天晚上吃过晚饭后不久，我去冰箱里拿牛奶，倒进了一个玻璃杯，他递给我一包粉末，告诉我把它放进牛奶里。一种灰白色的东西，白纸包着。”

问：你知道那粉末是砒霜吗？

答：反正他是这么说的。

问：所以你把蛋奶酒放在艾达的桌上等她喝的时候，知道里面有砒霜？

答：没错。

问：你站在旁边看着她死去？

答：我不知道她要死了。

问：你不知道她要死了？

答：呃——不太确定。

一月三十日，玛丽·弗朗西丝·克莱顿和埃弗雷特·阿普尔盖特被判一级谋杀罪，在辛辛监狱执行死刑。五月，纽约上诉法院维持了这两起案件的判决，指出克莱顿“毫无疑问被证明有罪”，“至于阿普尔盖特，陪审团认定他有罪是正当的，他除掉妻子的动机显而易见……他的行为已经说明了他是怎么想的”。

两个凶手的死刑执行定在七月十六日晚上十一点。监狱里相当安静。没有杀人犯通常会引来的那种汹涌人流。他们没有激起同情的热潮，就像大约十年前的露丝·斯奈德那样的舆情。但是，跟踪报道此案的记者们来了，坐在同样的硬木长凳上，注视着被定罪的凶手被同一张黑色椅子上的安全带扣紧。

阿普尔盖特脚步稳健地走向了这个位子，坚定而又平静。当警卫扣紧带子时，他只说了一句：“死之前，我要说我是无辜的。”玛丽·弗朗西丝只能被人用轮椅推着进入房间，她已经吓得没法走路了。当人们把她推进死刑室时，她手里攥着一串念珠。那天下午，她已经见过了监狱的牧师，牧师劝她，多一些对上帝的信仰也许会有帮助。作为一个长期的新教教徒，她在那天下午四点受洗成为天主教徒，认为“这样会让死亡对于我来说更容易一些”。

她被安置在电椅里时什么都没说。但是，就在电闸被推上去之前，她把那串念珠扔到了地上。

对格特勒来说，克莱顿案的定罪肯定是苦乐参半。毫无疑问，他因为自己十二年前在开脱克莱顿的罪责中扮演的角色而备受煎熬。然而，第一次的审判是对科学易犯错误的一个恼人的提醒，第二次的审判则证明，格特勒及其同事为毒理学在法庭上赢得一席之地取得了巨大的进步。在克莱顿因其弟弟之死被初次审判时，被告的律师还能够嘲笑检方的科学证据。到了第二次审判时，被告的律师则抱怨因为该市实验室的声名太响，格特勒太受尊敬，所以陪审员会接受他说的一切。

诺里斯和格特勒坚持不懈地致力于推进法医毒理学的研究，使舆论的戏剧性转变成为可能。诺里斯和格特勒经常吃力不讨好的工作——实验室里的漫漫长夜，与市长办公室没完没了的斗争，对抗联邦政府和大企业的战斗——产生了真正的效果。诺里斯和格特勒真真正正地改变了毒药竞赛。

克莱顿审判的胜利——有科学证据支持的正义行为——属于两个人，虽然诺里斯没能活到庆祝成功的时刻。两位同事的合影，摄于审判前一年的贝尔维尤实验室，为了向他们共同完成的工作表达敬意，此照片现在已归入该市的档案。[①] 画面上，诺里斯坐在高凳上，弯腰注视着长桌上的显微镜，桌上堆满了玻璃烧杯和笔记本。格特勒则俯身停在他肩头，表情专注。观者几乎能听得见他的声音，正温和而严肃地解释着什么。当然，照片是黑白的，但我们能生动地想象出，他们头顶上的灯散发出炽热的金光，他们身后的实验室长凳上的煤气喷灯闪烁着一种苍白而神秘的蓝色。也许，夜已经深了，就像他们做检测时常有的那样，黑暗正在琥珀色的窗子外面聚集。实验室里是那么宁静，但他们知道，在窗外的阴影中，又一个下毒者正在暗自等待，策划着他的下一个行动。

---

① 照片由亚历山大・O. 格特勒的家人提供。

结语　最可靠的毒药

烟草，咖啡，酒精，印度大麻，氢氰酸，马钱子碱，都不够劲儿：最可靠的毒药莫过于时间。

——拉尔夫·沃尔多·爱默生，《晚年》

《大西洋月刊》一八六二年一月

诺里斯去世时，托马斯·冈萨雷斯和曼哈顿办公室的另外两位法医——摩根·万斯和米尔特·赫尔伯恩——正在编撰一本全面的毒理学教科书。这本《法医学与毒理学》在两年后出版，题献给了诺里斯。当作者于一九四五年出版第二版时，他们更新了实验程序和毒物名单，但题献一如既往："谨以此书纪念查尔斯·诺里斯，纽约市首席法医。"

亚历山大·格特勒仍然是纽约市的首席毒理学家，直到一九五九年一月一日七十五岁时才退休。强制退休年龄是七十岁，但该市为他通过了特别豁免。离开办公室的那一天，他估计自己分析了超过十万具尸体。

他还发表了足以塞满一个图书馆的论文——关于甲醇和乙醇，氰化物，一氧化碳，氟化物，氯仿，苯，铊，从组织中分离挥发性有毒物质的方法，对赖因什检测方法的调查，偶尔还有与毒药完全无关的环境调查。他还帮助培养了新一代毒理学家——那个被称为“格特勒男孩”的特殊俱乐部——他们将相继领导从长岛到波多黎各的各毒理学实验室。

格特勒的一位前学生亚伯拉罕·弗雷德里克，从事酒精中毒研究，是法医科学院毒物学部门的创始成员。他在写作中多次重复这一评论：“如果有谁能够当得起‘美国毒理学和法医学之父’这个称呼，他就是格特勒博士。”①

曾与格特勒合作研究一氧化碳中毒，后来成为巴尔的摩、马里兰首席法医办公室的主任毒理学家的亨利·弗赖穆特指出，格特勒所做的全部试验都使用了今天毒理学家所谓的“湿法”化学分析方法，依靠的是试管和本生灯、烧杯和身体组织。② 例如，为了反复检查大脑酒精含量的检测结果，格特勒有时候需要半磅人体组织，相比之下，有新机器相助的“干法”化学分析只需要组织涂片即可。

由于这项工作经常令人毛骨悚然，格特勒特意设计了一项测试，考察申请来实验室工作之人的毅力。③ 他在冰箱里放了一个白色搪瓷罐，里面装着正在分解的脑组织，要求未来的毒理学家用它来演示蒸馏过程。首先要将腐败的脑组织研磨成灰白色的泥浆，当泥浆渗到申请人的手套上时，其中几位呕吐着冲出了实验

---

① A. W. Freireich, “In Memoriam: Alexander O. Gettler 1883 - 1968,” *Journal of Forensic Sciences* 14, no. 3 (July 1969), p. vii.

② Henry C. Freimuth, “Alexander O. Gettler (1883 - 1968),” *American Journal of Forensic Medicine and Pathology* 4, no. 4 (December 1983).

③ Irving Sunshine, *Was It a Poisoning? Forensic Toxicologists Searching for Answers* (New York: American Academy of Forensic Scientists/Society of Forensic Toxicologists, 1998).

室。“如果他们没吐，就通过了评估的第一步。”[1] 埃弗里·森夏恩写道，他通过了测试，在格特勒门下做研究，后来成为全国顶尖的毒理学家，在克利夫兰的凯斯西保留地大学任教，同时也担任俄亥俄州凯霍加县的首席毒理学家。

森夏恩帮助这个行业从湿法化学分析转变为干法化学分析，使用气相色谱—质谱仪这类可以全程追踪样本的灵敏仪器。他相信这种转变非常重要，所以经常直接与设备制造商合作，在实验室里测试样机。森夏恩说，在有毒的新化合物开发速度远远超过二十世纪早期的时代里，这些机器是必不可少的。

但是，他补充说，在一切都依靠科学家的直觉和创造性以及对化学反应的透彻理解的时代，亚历山大·格特勒面临着更大的压力。格特勒曾熬了整整一夜制造出了一个极小的装置，去收集一个婴儿大脑滴下的化学溶液，以证明是那个过分热情地为生了虱子的他用药的护士毒死了他。

与他那位广为人知的领导查尔斯·诺里斯频繁地利用自己的职位作为公共平台不同，格特勒本质上非常注重这份工作的隐私。他拒绝了以他的工作为基础拍摄电视系列节目的提议，因为妻子讨厌这个主意。他的学生曾深情地回忆起他的怪癖——每天偷偷溜出去给他的赌马经纪人打电话，他沉迷于赛马，还狂热地爱着扬基队和纸牌游戏。他们记得他站着的样子，衬衣的袖子撸上去，雪茄塞在嘴角，眼睛则观察着一个装满烧杯的托盘，烧杯里装有处理过的肝提取物，他就这样确认了毒物。“极少人有特权来观看‘这位老人’用这些残留物做经典的色斑测试（例如寻找氰化物的

---

① Irving Sunshine, *Was It a Poisoning? Forensic Toxicologists Searching for Answers* (New York: American Academy of Forensic Scientists/Society of Forensic Toxicologists, 1998).

蓝色时所做的那些），”森夏恩写道，“然而，每个人都为他能完美地识别那些非法成分而惊叹不已。”

可是，每当有人要采访他的工作时，格特勒就会像乌龟缩进壳里那样，退回到彬彬有礼的状态里。他对自己将要分享的信息是那么谨慎，以致有时候根本不肯透露哪怕一点点。他有一种小职员的性格，一位记者写道。另一位记者说，他要不是这么迂腐，准会更出名。在一九五五年的《哈珀杂志》上发表的一篇名为《阅读死尸的人》的文章中，作者将这位毒理学家描述成“一个执拗而且一丝不苟的七十岁老人，从不离手的雪茄也没能将他从一本正经的气场里解救出来”。

退休几年之后，格特勒中了风。这才让他慢了下来，他开始用拐杖走路。他和妻子爱丽丝从布鲁克林搬到了扬克斯，以便离儿子约瑟夫——纽约大学的化学教授更近一些。他死于一九六八年八月三日，葬在霍桑的天堂之门公墓。“他对以前的学生和助手的影响从未消退，他的影响甚至在全国大多数重要的毒理学实验室里普遍存在。”①

格特勒的自我评价通常更为低调。在一个稍纵即逝的坦诚时刻，他向《哈珀杂志》的记者承认了他对于细节的执念，说到那些认认真真一再重复去做的实验，多年来他建立的化学信息数据库，那些仍然令他感到沉重的结果。他的化学知识帮助无辜者躲开了谋杀指控，比如查尔斯·韦伯、弗兰克·特里维亚、弗雷德里克·格罗斯。但也帮助给另一些人定了罪，比如露丝·斯奈德和贾德·格雷、托尼·马里诺和迈克尔·马洛伊案的几位同谋、玛丽·弗朗西丝·克莱顿和埃弗雷特·阿普尔盖特，并且把他们

① Freireich，“In Memoriam.”

送上了电椅。

格特勒的儿子约瑟夫，是一位有机化学家，有一次透露说，他很早就决定不会从事法医学：因为他的良知根本无法承受这么多生与死。[1] 他的父亲理解他。因为有时候死者会在亚历山大·格特勒的睡梦中走动，有时候，他们在辛辛监狱的黑色椅子上咔嗒作响，正如他在最后一次虚弱不堪地接受采访时承认的那样："我不断地问自己，我做的一切都是正确的吗？"

---

① Pawley, "Cause of Death: Ask Gettler," *American Mercury*, September 1954, pp. 62－66.

作者的话

我上大学时，梦想成为一名化学家（我的孩子们确信，这表明我性格的核心是个真正的好学者）。在我把头发点着的那一天，我改变了主意——想想上世纪七十年代的长辫子吧，还有本生灯。“你闻到烟味了吗?”跑进实验教室的研究生质问道。或许，是在发生事故的那一天吧，有毒烟雾熏了整个房间，那是我宁愿忘记的一天。

对一个心不在焉地做着白日梦的学生——换言之，就是我——来说，化学实验室是个危险的地方。但是，对一个专心致志且一丝不苟的科学家来说，他或她就能在那里阐明任何东西的复杂的内部机制，从糖晶体到马钱子碱的迷宫般的结构。我至今还记得，课堂上那些实验让我眼花缭乱。这很可能就是我偶尔心有不甘地将自己描述为一个过时化学家的原因之一，只不过我指的是时间过去了几十年。

即使是对化学如此短暂的涉猎也让我们明白了，只要数量足够大，任何东西都可能致命。生命赖以存在的水本身也能致命，只要你灌下足够多加仑的话。正如毒理学家所说，剂量造就了毒药。但是，水做的毒药不会让我们恐惧。真正可怕的东西来自那些毒性以点和滴来衡量的元素与化合物。我们和地球上的其他生命都很幸运，这样的物质非常稀少。但我们却在设法找到或创造出许许多多来。我们出于实用目的利用它们，为善——我们的药物就是靠无数的有毒化合物制成的——也为故意的恶。

毒药这个主题之中存在着一种神秘的谋杀快感。犯罪小说作家们，尤其是二十世纪早期的，把这一主题写进了无数的死亡阴谋故事里。我一直很欣赏那些老式小说的写作风格，这也充分说明了我读过并喜欢过很多关于砒霜和氰化物谋杀的故事。但这并不影响一个事实，实际上，我认为投毒杀人是所有谋杀案中最令人不安的。

我看到的下毒者——那样精于算计，那样冷血——都像极了我们的恐怖故事中的坏蛋。他们更接近于潜伏在壁橱里的怪物，而不是拿着枪、中了毒的疯子。我的意思并不是说后者就可以不予理会——这两种人都会制造同样可怕的后果。但更加可怕的杀手，仍然是那个事先周密计划，欺骗朋友、妻子、情人吞下某种让器官溶解、皮肤起泡、肌肉痉挛的东西，明知这一切会发生还要那么做的人。

投毒杀人的事实显示出了我们道德中最坏的一面。我们当中的大多数人怀着厌恶的心情看待它，那么努力地侦查它，并对之进行惩罚，而这一事实又颠覆了上述结论，它提醒我们人的尊严是普遍存在的。我们天性中的两面都在毒物的历史中得到了揭示。我相信，对道德标准的追求是这个故事的中心，它最终会胜过我们中间那些下毒者的诡异魅力。但由此我也知道，我们永远不会忘记壁橱里的怪物。在许多个冬日，在被阳光照亮的早晨，当我开始谈起我书中的某种毒物，显示自己危险的专业知识时，我总是一边讲，一边静静地注视我的丈夫，下意识地将他的茶杯推到我够不到的地方。

黛博拉·布鲁姆

麦迪逊，威斯康星

二〇〇九年五月

致　谢

书写查尔斯·诺里斯和亚历山大·格特勒的故事是一项特权。我们这代人中的大部分都忘记了，他们是在行政部门工作的革命者，我们都知道，这是值得庆祝的。很感谢能得到这个机会讲述他们的故事，感谢——蒙上天眷顾——所有帮助我这么做的人：

感谢总能给人惊喜的我的代理人，苏珊娜·格卢克。她对我说："你干吗不写你一直想写的毒药之书呢?"她确信我能做到。

感谢我一向非常出色的编辑，安·高德夫，她大胆地让我尝试起初相当不切实际的想法，耐心地帮助我将所有不相干的元素整合在一起，让这本书变得更好（更巧妙）。

在企鹅出版社这个了不起的团队当中，我还要特别感谢林赛·惠伦、比恩娜·卡姆拉妮、卡罗琳·加纳、珍妮特·贝赫尔，感谢他们所有巨大的帮助。

感谢阿尔弗雷德·P. 斯隆基金会，特别是项目副总裁多伦·韦伯，他相信贯穿全书的化学知识很重要，并给予我信任，允许我进行必要的研究。

感谢麦迪逊的威斯康星大学研究生院提供暑期资金，让我能够专心写作，特别是埃内斯托·利沃尼，他替我说话，但后来却透露说，我那绝望的请求——"我的交稿时间要到了，救命啊，救命!”——给了他实实在在的乐趣。

感谢了不起的硕士研究生卡吉萨·达尔雷姆普尔，他花了数小时研究不知名的毒药和下毒者，寻找二十世纪二十年代和三十年代的科学报道，与全国的档案保管员和毒理学家接洽、联络，挖掘档案，阅读年久失传的纽约报纸的缩微胶片——以满足我通过目录来喝遍禁酒令时代鸡尾酒的想法。我们并未走多远，但我强烈推荐“顶尖儿”这一款。

感谢亚历山大·格特勒的家人给予的无尽慷慨：弗吉尼亚·格特勒的儿媳，孙子保尔·格特勒，外孙女多萝西·阿特兹尔，重外孙女维姬·阿特兹尔。他们不但从百忙中抽出时间来与我会面，还四处搜集家庭文件和纪念品。多萝西和维姬将维姬为曾外祖父所做的一个极好的荣誉展示资料包分享给了我，其中包括信件、发表的论文，甚至还有录像带。我不知怎么感谢你们才好。

感谢纽约市政档案馆的工作人员，他们翻箱倒柜找出了一堆盒子，里面装着查尔斯·诺里斯在担任该市验尸官的任期内的信件；宾夕法尼亚大学的档案保管员南茜·米勒，为我收集了早期的美国毒理学的背景资料，这其实超出了她的职责范围；哥伦比亚大学档案馆的珍妮弗·库明斯，查到了诺里斯和格特勒的校友资料；贝尔维尤医院联络处的斯蒂芬·博伦，不但带我了解了医院的过去，还允许我在历史文件中反复翻找；纽约公共图书馆和纽约历史学会的馆员们，帮助我搜集了爵士时代的纽约的资料。

特别要感谢玛丽·希区柯克，她是威斯康星大学埃布林健康科学图书馆的医学史图书管理员，她什么都能找到，在我寻找二十世纪三十年代铊的信息时她简直是救了我一命。

感谢杰出的法医约翰·特雷斯特雷尔三世，他允许我用各种各样的问题纠缠他，并且用证明文件回答了我所有的问题。

感谢两位著名的化学家——威斯康星大学的巴萨姆·沙卡施里和加州理工学院的哈里·格雷，他们帮助我弄清了一氧化碳在分子水平上的毒性，以便我能理解亚历山大·格特勒的颜色检测结果为何会起作用。是的，我有强迫症。

感谢我的三位最好的朋友为我阅读原稿：罗宾·玛兰兹·赫尼格帮我理清了前面的许多章节；金姆·福勒改正了其中的打字错误和时态问题；丹尼斯·阿兰提供了二十世纪早期最全的犯罪小说来鼓励我。

最后，但绝非最不重要的，是要感谢我的儿子马库斯和卢卡斯，他们模仿我做家长时的样子说：“走开，我正在写我的书。”不幸的是，非常准确，至少有些时候我的确是这样的。他们让我开怀大笑，尽管他们是在讽刺挖苦我，但还是让我开心。还要感谢我的丈夫彼得。他大着胆子阅读了原稿，而且通过无数的方法提升了它。在此，我公开承诺——我为他准备的咖啡永远安全无虞。

本手册阅读指南

我们就像坐在巨人肩上的矮子。我们比他们看得更多、更远，不是因为我们的视力更高一筹，或是因为我们比他们更高，而是因为他们托起了我们，是他们的伟大成就了我们。

——索尔兹伯里的约翰，《元逻辑》，一一五九年

如果说我比别人看得更远一些，那是因为我站在巨人的肩膀上。

——艾萨克·牛顿爵士，给罗伯特·胡克的信，一六七六年二月

由于我的书是关于查尔斯·诺里斯、亚历山大·格特勒和二十世纪初的毒理学的，焦点主要集中于他们的工作以及他们在历史上的地位。但是，其他众多科学家——从更早之前最先尝试抓住下毒者的那些科学家，到今天仍在进行研究工作的科学家——对这一领域也有贡献。专心致志的研究者们几百年来不断工作，步步前进，建构了法医学领域。今天的毒理学家站在格特勒、诺里斯和他们同时代人的肩膀上，正像他们自己从前几代的学者那里学到的那样。关于这一领域的历史和范围，我发现的最有用的

书籍包括：

AUTENRIETH, WILHELM, AND W. H. Warren. *Laboratory Manual for the Detection of Poisons and Powerful Drugs* (London: J & A Churchill, 1928).

BAMFORD, FRANK. *Poisons: Their Isolation and Identification* (London: J & A Churchill, 1947).

BOOS, WILLIAM F. *The Poison Trail* (Boston: Hale, Cushman & Flint, 1939).

CHRISTISON, ROBERT. *A Treatise on Poisons* (Philadelphia: Ed. Barrington and Geo. D. Haswell, Philadelphia, 1845).

EMSLEY, JOHN. The Elements of Murder: *A History of Poison* (New York: Oxford University Press, 2006).

ESSIG, MARK R. *Science and Sensation: Poison Murder and Forensic Science in Nineteenth Century America* (Ph. D. diss., Cornell University, 2000).

GERBER SAMUEL, ED. *Chemistry and Crime* (Washington, D. C.: American Chemical Society, 1983).

GERBER, SAMUEL, AND RICHARD SAFERSTEIN, EDS. *More Chemistry and Crime* (Washington, D. C.: American Chemical Society, 1997).

GLAISTER, JOHN. *The Power of Poison* (New York: William Morrow & Co., 1954).

GONZALES, THOMAS, ET AL. *Legal Medicine: Pathology and Toxicology* (New York: Appleton-Century-Crofts, 1954).

GONZALES, THOMAS, MORTON VANCE, AND MILTON HELPERN. *Legal Medicine and Toxicology*. (New York Appleton-Century Co., 1937).

GRANT, JULIUS. *Science for the Prosecution* (London: Chapman & Hall, 1941).

LUCAS, A. *Forensic Chemistry and Scientific Criminal Investigation* (London: Edward Arnold & Co., 1921).

MAGATH, THOMAS B., ED. *The Medicolegal Necropsy: A Symposium Held at the Twelfth Annual Convention of the American Society of Clinical Pathologists at Milwaukee, Wisconsin, June 9, 1933* (Baltimore: Williams & Wilkens Co., 1934).

MARTEN, EDWARD, AND BEVERLY LEONIDAS CLARKE. *The Doctor Looks at Murder* (New York: Blue Ribbon Books, 1940).

MCLAUGHLIN, TERENCE. *The Coward's Weapon* (London: Robert Hale, 1980).

MITCHELL, C. AINSWORTH. *Science and the Criminal* (Boston: Little, Brown & Co., 1911).

PETERSON, FREDERICK, WALTER S. HAINES, AND RALPH WEBSTER, EDS. *Legal Medicine and Toxicology* (Philadelphia: W. B. Saunders Co., 1923).

SMITH, JOHN GORDON. *The Principles of Forensic Medicine* (London: Thomas & George Underwood, 1821).

SMITH, SYDNEY. *Forensic Medicine* (London: J & A Churchill, 1940).

SUNSHINE, IRVING, ED. *Was It a Poisoning? Forensic Toxicologists Searching for Answers* (New York: American Academy of Forensic Scientists/Society of Forensic Toxicologists, 1998).

THOMPSON, C. J. S. *Poison Mysteries in History, Romance and Crime* (Philadelphia: J. B. Lippincott Co., 1923).

THORWALD, JÜRGEN. *The Century of the Detective* (New York: Harcourt, Brace & World, 1965). ——. *Dead Men Tell Tales* (London: Thames & Hudson, 1966).

ULLYETT, KENNETH. *Crime Out of Hand* (London: Michael Joseph, 1963).

VON OETTINGEN, W. F. *Poisoning* (London: Wm. Heinemann, 1952).

WITTHAUS, RUDOLPH, AND TRACY BECKER. *Medical Jurisprudence, Forensic Medicine and Toxicology*, Vol. 4. (New York: William Wood & Co., 1896).

这些书为我的序言中所包含的法医毒理学概述提供了背景，你也可以在有关不同毒物历史的章节注释中以及针对个别案例的其他材料中找到它们。总的来说，它们提醒我们，即使是像查尔斯·诺里斯和亚历山大·格特勒这样的开创先河的科学家，也是"站在巨人的肩膀上"，并在朋友的陪伴下茁壮成长的。

图书在版编目(CIP)数据

毒理学破案手册 /（美）黛博拉·布鲁姆（Deborah Blum）著；温华译. —上海：上海译文出版社，2022.11
（译文纪实）
书名原文：The Poisoner's Handbook：Murder and the Birth of Forensic Medicine in Jazz Age New York
ISBN 978-7-5327-9113-2

Ⅰ.①毒… Ⅱ.①黛… ②温… Ⅲ.①纪实文学—美国—现代 Ⅳ.①I712.55

中国版本图书馆 CIP 数据核字(2022)第 221430 号

毒理学破案手册
[美] 黛博拉·布鲁姆/著　温　华/译
责任编辑/钟　瑾　装帧设计/柴昊洲　邵旻　观止堂_未氓

上海译文出版社有限公司出版、发行
网址：www.yiwen.com.cn
201101　上海市闵行区号景路 159 弄 B 座
上海信老印刷厂印刷

开本 890×1240　1/32　印张 10　插页 2　字数 215,000
2022 年 12 月第 1 版　2022 年 12 月第 1 次印刷
印数：0,001—8,000 册

ISBN 978-7-5327-9113-2/I·5660
定价：56.00 元